正在消失的南方

朱山坡　著

江苏凤凰文艺出版社
JIANGSU PHOENIX LITERATURE AND ART PUBLISHING, LTD

目 录

第一辑

纸上帝国

凭什么信任小说家

这段时间，我在北师大读研，住八里庄鲁迅文学院。半个多学期里先后来了两拨网络文学的作家学员，住进来二十几个来自美国、俄罗斯、埃及、匈牙利、智利等国的作家、诗人。我们住在同一个院子、同一幢小楼，在同一食堂吃饭，未免有一些交流。与外国作家的交流似乎有了更多相同的话题，因为我们都是传统作家，而且不约而同地说到了一个“国际性”话题，那就是在人工智能时代呼啸而至的今天，文学存在的价值。诗人要比小说家乐观一些，因为他们确信冰冷和孤独的人类仍然需要诗歌的抚摸、唤醒、激励，而小说家像是 18 世纪的手工艺人，无论手艺多么精湛却再也不会顾客盈门。其实，不仅是诗人，还有越来越多的好心人在替小说家担心：你们会不会在去往小说的路上饿死、冻死，或死于孤独？

作为一个写小说的人，有时候我也困惑、彷徨、悲观，但原因并非是小说的穷途末路，而是因为我没能把小说写得更好。没错，小说早已经无法影响人类的生活和历史的进程。但在这个信息泛滥、真伪莫辨的时代，小说家仍然值得信任。很多时候，史书道貌岸然，但不可信；小说纯属虚构，但值得信赖。人们听腻了政治家、科学家、经济学家、哲学家和医生的论调，还想“听听小说家的意见”。这是诡异的现象，也是小说赖以存活的理由。每天涌现的资讯稀奇古怪，扑朔迷离，有时候铁板一块的事情被离奇地反转，有人觉得不可思议，眼镜大跌，脑洞大开，不知道应该相信谁，以为这些曲折荒诞的情节超出了小说家的想象，人性恶之程度即便在小说中也找不到观照。因而他们说：现实比小说荒诞，连你们小说家也想象不出来。他们就是在讽刺小说家的无能，而且越来越多的人附和这一判断。但小说家可以肯定地告诉他们，现实的荒诞和人性之恶绝大多数没有超出小说家的想象和表达。面对复杂多变、怪事层出不穷的世界，很多人慌里慌张，只有小说家有底气说："局势都在掌握中。"那些认为现实比小说荒诞和小说家无能的人，是因为他们"见识太多"而阅读小说太少。其实，今天已经发生乃至明天即将发生的事情，无论多么离奇荒唐，人心多么黑暗险恶，谎言多么强大可怕，在小说家的作品中都早有演示和预见，有些早已经提前告知，都可以一一找到对应。假象在人世间举目可见，真相在小说中比比皆是。小说家有能力洞察一切，描述一切，预言一切，并且一代又一代的小说家在跟进、发现、补充，在不断地揭示和呼喊，只是你们视而不见，置若罔闻，被自己遮蔽了双眼，麻木了自己，却反过来讥讽小说家的无能和文学的无力。小说家表示不服。

小说家喜欢安静，喜欢离群索居，喜欢冷眼旁观，喜欢暗自思考。因而小说家没有诗人可爱。小说家之所以不可爱，还因为他们的任务不是给身边的人带来廉价的笑声，而是另有使命。小说家早已经不能靠手艺行走江湖，而是靠洞察力、想象力和诚实的品格吃饭。不要被小说家外表的懦弱、迂腐、木讷所迷惑，他们内心有着惊涛骇浪般的激情和岩石般倔强的意志。真正的小说家通常是正直的人，有良知和底线的人，所有的人都信以为真地以为他们仍然对事情持质疑态度，是真相的侦察机、挖掘机、运输机、隐形战斗机，是最后接受事实的怀疑者、追问者和鉴别者。因此，连史家和记者都对小说家怀有古老的敬意。小说家的情感值得信任，他们蔑视权贵，爱憎分明，永远站在弱者和正义一边，现实中好人得不到好报、坏人颐养天年的情况在小说中能得到大快人心的纠正。小说家的眼睛值得信任，他们的感知系统异常发达，敢于窥探黑暗、危险和肮脏的角落，常人用千倍显微镜也看不到的东西，在小说中会纤毫毕现，连最狡诈的灵魂也原形毕露。小说家的想象力值得信任，科学家无法告诉你宇宙的边界在哪里，但小说家不仅能说清楚并且还能让你相信死后能到达那里。小说家的眼泪也值得信任，他们最具有同情心和悲悯情怀，对笔下的人物充满感情和体恤，即使是十恶不赦的人在他们的劝导下也能获得救赎；当你读得热泪盈眶时，其实小说家早已经把泪流干，正是他们用泪水呼唤泪水，用爱唤醒爱。当你悲愤欲绝时、走投无路时、生无可恋时、被全世界抛弃时，人生只剩下一片废墟时，只有小说家即便在苟延残喘之际仍愿意挑灯夜战一针一线地为你构建精神家园，为你摆渡，为你重塑梦想……小说家死了，笔下的人物仍然替他活着，替他抚慰你追随你。爱小说家之所爱，恨小说家之所恨，像小说家那样思考，人生不会有太大的偏差。小说家不害怕被饿死、冻死、孤独而死，因为他们从不曾追求“顾客盈门”，只要还有一个读者，哪怕没有读者，他们仍会保持书写的热情。因为他们不是对某一个人或某一群人言语，而是对全人类说话。他们的作品未必是给现在的人读的，而是留给后人的苦口婆心的“遗嘱”。就凭这些，你应该信任他们。

同时，我也在警醒自己：小说家像巫师一样必须依靠“信任”生存，如果不被“信任”，我们在劫难逃——为“信任”写作，忠诚到底。

2017 年 12 月 8 日《文艺报》

短篇小说没有问题

在谈论短篇小说的时候我们都喜欢谈些什么？一是故事，二是语言，三是意蕴。很少谈论短篇小说作为一个文体的未来和可能。因为这似乎不是一个问题。小说就是讲故事，长篇小说讲长的故事，短篇小说讲短的故事。只要故事好，语言超好，意蕴十足，这个短篇小说肯定是个好收成。只要作品写好了，王道就掌握在我手里。但越来越多的人说，短篇小说已经边缘化了，比诗歌的处境好不到哪里去。文学边缘化我已经听多了，听习惯了，突然被换了一个概念，有点莫名其妙和慌里慌张的，因为我正起劲地鼓捣短篇小说，雄心勃勃地奔创造经典而去。这好比，你正开足马力往前飞跑的时候，旁边却有人追着你喋喋不休地喊：你跑偏了，跑错方向了，后面没有人跟你玩了。心里一凉，我仿佛就是走在一条日渐荒芜的苍茫无朋的小路上。因为短篇小说。

而确实是，在我开始鼓捣短篇小说之前，作为文学重要“主流文体”的短篇小说在急速走向“边缘”。普通读者不愿阅读，评论家不屑研究，出版商对短篇小说集敬而远之，评奖对短篇小说的轻蔑由来已久，作家在谈论短篇小说的时候常常问“你写长篇了吗？”短篇小说莫名其妙地被孤立了，创作者和阅读者的心开始疏远，甚至互相抵触。这不得不让我纳闷：短篇小说究竟怎么了？短篇小说作为一种文体有问题吗？

我怀着疑虑重新审视古往今来的短篇小说，重新审视自己的创作，先是不断地否定，把短篇小说扔到地上用脚搓它，把它扔到垃圾箱里，就差往它身上吐口水了。但是我说服不了自己。我无法否定它，因为短篇小说作为一种文体从来就没有问题。短篇小说出身正统，正大光明。我不能枉杀忠良，不能与自己深爱的人一切两断。

短篇小说没有问题。问题出在读者身上，出在文学生态系统的紊乱和颓败上。短篇小说块头小，不容易引人注意，还容易被欺负，在长篇小说众声喧哗的时代，短篇小说人微言轻被迫保持缄默。文学乃至文化的、物质的生态系统挤压短篇小说这种文体的生存空间，正在成为短篇小说再现辉煌的制约。整个国家对文学的标高和刻度一再降低，对经典的渴望和热情不断消退。文学阅读群体一边急剧萎缩，一边宁愿读十部烂长篇（有些网络长篇小说动不动上百万字）也不愿意耐心地品读一篇优秀的短篇，他们甚至无从知晓一篇好短篇已经到达的文学高度。短篇小说成为畸形阅读选择的牺牲品，读者难辞其咎。问题也出在作家身上。尽管我们的作家已经创作出很多非常优秀的即使拿到世界文坛去比较也毫不逊色的短篇小说，而他们却显得不自信，充满了“没落”的焦虑和虚无，尤其是在影视面前，在物质利益面前，作家开始怀疑自己，怀疑短篇小说，逐渐失去了对短篇小说的自信，盲目崇拜长篇巨著，仿佛文学是以文字的多寡衡量一个作家的成就的。

短篇小说没有问题，因为长篇小说有的故事、人物、想象力、批判性、寓言性、现代性，短篇小说也有，而短篇小说所拥有的凝练犀利的语言、斑驳隽永的韵味、势大力沉的撞击、瞬间内爆的效果，是长篇小说所没有的。长篇小说和短篇小说各有各的优势，相互不可替代，也相互不可能打败对方。以短篇小说扬名立万的经典作家并不见得比以长篇小说载入史册的杰出作家少。一百米冠军不必向马拉松冠军俯首称臣。它们分别代表着不同的道路和样式，但目的地是一样的，那就是抵达文学的最高处。

短篇小说没有问题，重要的是要恢复文体自信。短篇小说犹如匕首，锋利得让人胆寒。作为一种文体短篇小说具有诸多的长处在此不必赘述。一个连短篇小说都写不好的民族，肯定不是文学上的强者。短篇小说不繁荣、不产生经典的时代，难道称得上文学盛世？现当代中国在世界文坛拿得出手的文学作品并不多，其中短篇小说应该占大多数。短篇小说作为一种文体，它是在不断变化，虽然比不上长篇小说的文体那样有惊世骇俗的创新，但海明威、福克纳、罗布—格里耶、纳博科夫、博尔赫斯、鲁迅、沈从文等不断地推陈出新，现实主义、现代主义、后现代主义，写实、荒诞、魔幻、黑色幽默等，样式、风格越来越多样，越来越迷人。短篇小说作为一种文体是有生命力的，具有无限的创造性和可塑性。我们一定要增强短篇小说的“自信”：

一是故事自信。故事本来是小说必不可少的元素，而且是最重要的元素。很多经典故事出自短篇小说，也因为故事经典成就了经典小说。但小说尤其是短篇小说，曾经有一个问题被一再提出来：小说还要不要讲故事？这本来是一个伪问题，但说多了便成为一个真问题。作家开始变得优柔寡断甚至装腔作势。淡化故事后，短篇小说的处境越来越难。短篇小说不仅要讲故事，还必须尽最大努力把故事讲清楚、讲精彩。作为小说家，职责就是要讲好故事，讲好的故事。通过讲故事，把人生的百态、内心的丰富、人性的复杂、时代的变化表现出来，给我们的阅读带来审美震撼。

二是语言自信。短篇小说最能体现语言的精妙。短篇小说不容忍拙劣的叙述和粗陋啰唆的语言。用短篇小说的语言写长篇只是摧残作家身心，而用长篇小说的语言写短篇会使小说死得很难看。我不是虚妄地认为短篇小说的语言比长篇高人一等，有文体上的优越感，而是说短篇小说的语言是纯粹凝练的语言，它能使我们的故事叙述得典雅、别致、俊逸、峭拔，有韵味，有尊严。虽然我们的文字不多，但却有足够的能量。虽然我们的叙述看似平静如水，但文字深处却惊涛骇浪。在文字上，短篇小说不必谦让，短篇小说的语言就是最纯粹、最干净、最接近诗歌的语言，是长篇小说难以兼有的。有人说短篇小说难写，难在无法像长篇那样藏拙，其实更主要的是难在语言。短篇小说的语言门槛很高，不是谁都可以抬脚进来的。因此，我们要有文体上的自觉，有对语言精雕细琢、千锤百炼的耐心，有为文学作出“语言贡献”的担当和底气。

三是经典自信。在漫长的文学史里，经典短篇小说的光芒能穿透时间的迷雾，无处不在无时不有。经典是最激动人心的冲锋号。作家是活在经典里的，甚至一辈子都为经典而活着。对已经掌握了一定叙述技巧和有文学底蕴的作家来说，短篇小说是可以写得完美无缺、无懈可击的，可以创造经典作品。如果我们能达成以下共识：写作不是为了获取庸俗的利益而是为经典文库添砖加瓦。那么，我们为什么不追求纯粹的写作呢？短篇小说为我们提供了创造经典的广阔空间，我们还在乎世俗的喧嚣？那些漠视短篇的人，甚至我们自己，或许还没有意识到，其实我们已经写出了短篇经典，就差文学史的发现和时间的印证。

2015 年 5 月 10 日《文艺报》

2015 年第 2 期《广西文学》

如何书写这个时代

如果让我选择，我宁愿不生活在这个时代。因为这不是作家最好的时代，更不是 70 后作家最好的时代。文学已经变得非常不重要。时代变化太快了，每天都出乎意料。铺天盖地的信息和令人眼花缭乱的新闻既让作家兴奋，又让作家恐慌。过去要求作家要走在时代的前列，引领时代发展。如果今天仍然这样要求作家，就像要求猪上树一样。

生活在这个时代，必须面对的一个问题是：如何书写这个时代。18 日一早我上网看到的第一条信息便是马尔克斯去世了。他才是书写时代的高手和大师。中国当代能够从本质上真实反映这个时代的作品可以说凤毛麟角。这个时代充满了荒诞感。尤其是中国现实，有太多的荒唐，太过于繁杂，变化太快，好像整个国家都在上演一场“生死时速”。每个人都有深深的焦虑感、虚无感和不安全感。面对这个时代，想象力永远是不够用的。在这个时代说文学高于现实，那是骗人的，根本不可能。

我们这些 70 后小说家经历的时代背景比较特殊，有人说我们是承前启后的一代，或者说是过渡性的一代。但有一点跟前辈作家是一样的，就是致力于探究这个时代最真实最隐秘的一面，揭示社会现实，呈现人生真相，发现世界奥秘。我们笔下的主人公通常是这个时代的被漠视的大多数：失业者、农民工、北漂一族、公司小职员、代课教师、妓女、都市边缘人物、被拆迁户、乡村人物……我们雄心勃勃地试图通过他们表现这个时代的每一个正面和侧面，以此抵达时代的真实。但是，我们遇到了太多的挑战。首先，每写一个故事和人物都让人似曾相识，写的都是人人所熟知的生活，连情节、细节都类同。我们的生活太类同了，没有任何新鲜感和陌生感。我们表达的能力赶不上城镇化的速度啊。小说的背景大多是乡村、小城镇，写大一点的城市都力不从心。在这个全球化的时代，我们的视野普遍还是比较狭窄的。我们很少关心和思考国家、人类的前途命运、文明的冲突和世界灾难。我们似乎只擅长写家庭、家族、个人的那些芝麻小事，写一些歪瓜裂枣。说白了，书写这个时代我们还显得心有余而力不足。无论是正面强攻还是侧面包抄，都难以取胜。其次，"怎么写"比"写什么"显得比任何时候都更重要。在过去，哪怕是先锋文学盛行的时代，读者面对看不懂的小说或叙述啰哩啰唆的小说还能读下去，而现在，读小说的人本来就不多，大部分读者看一个小说的开头三四百字，觉得不耐烦就不读了。而事实上当下大部分小说都让人读得不耐烦。我经常自我怀疑，每写一个小说之前都必须反复论证一个问题，这个小说有意思吗？写它干吗？在写的过程中，考虑最多的是如何让人读下去。明知道小说无法跟电影、电视剧比吸引力，但我还是不得不跟电影、电视剧较劲。我觉得书写这个时代是有难度的。有主观原因，也有客观原因。50后、60后作家书写时代的方式擅长宏大叙事，擅长驾驭重大题材，写家国命运，写百年人生，写社会变迁，史诗性、全景式介入生活。这里我想提一下余华的《第七天》，很多人说这个小说只是新闻串串烧，苍白无力，但余华把这个时代发生的新闻事件，一个个通过文学想象重新还原，找到了审视现实的通道，看似十分荒诞，但在现实主义无法抵达现实的时代，用荒诞的方式接近真实是一个非常有效的手段。到了我们这一代，很少人再延续这种宏大叙事，不是不想，是做不到。时代不同了，书写的难度也不同了。我们有时候还有意无意地回避现实，跟现实保持一定距离。80后、90后作家似乎决心跟现实离得更远一些。他们对时代的书写跟我们70后又大不相同。但到目前为止有一点是相同的，那就是面对巨大而繁杂的时代，我们还在寻找和调整适合各自的书写方式。既然无法回避，那就坦然面对。

2014年4月19日，杭州

在两岸新锐作家创作座谈会上的发言

日夜折磨我的是文学梦

有一次麦家说到他的父亲对他最大的期待是能当上镇长、县长，而对他选择写作异常费解和失望，直到麦家通过写作也能过上阔佬的日子才稍感有点面子。我父亲也是一样。他一直希望我当官光宗耀祖，哪怕当一个副镇长也好，我的祖宗十八代也没有谁当过官。从学校毕业后，我几乎一直在政府办公室工作，有几次机会调到其他部门去，但都由于父亲的极力反对而泡汤。因此，我有了两个梦想：一是当官，二是当作家。前者是为父辈，后者是为自己。实际上，即使我在官员成堆的权力机关工作，过的仍然是一种与文学若即若离的文人的生活。拼命地写公文，讲话稿、总结、汇报、调研报告、理论文章，大的包括政府工作报告，小的包括领导请假条，越是在枯燥的文字里疲于奔命越能激发我对文学的渴望，我必须用充满诗意的文字调和我的生活，使它达到某种平衡。实际上，是文学在呼唤着我，那呼喊的声音从遥远的深处传来，像自己内心发出的呼救一样扣人心弦。在无聊、失意和彷徨中日夜折磨我的是文学梦，它深深地扎根在我所有梦想的中心位置，让我无法绕道而行，文学像被我遗弃了的母亲那样等待着我找回它重新对它满怀孝敬。最终，文学以压倒性的优势在我的生活中占了上风，也最终使我明白，鱼和熊掌向来不能兼得，忠孝自古不能两全。我悖逆了父亲的意志，选择了一个梦想，一种生活。现在，我的梦想和生活合而为一。我一辈子也不可能像麦家那样成就辉煌，但可以肯定的是，我会像他一样不为自己的选择懊悔。

但是，从 1996 年到 2003 年这段时间我在县政府办公室，一心从事公文写作，很少去考虑文学上的事情，期间偶尔写些诗和撰写地方人物传记，离文坛很远，当时连很多当代著名作家的名字都觉得陌生。2000 年后，当地文学活动（主要是诗歌活动）突然活跃，重新唤醒了我的文学梦和久违的激情，我开始重新写诗，用诗歌融化生活的坚冰，用诗歌照亮梦想。2004 年，我突然觉得应该写写小说了，于是事隔多年后我写了第一篇真正意义上的中篇小说《我的叔叔于力》。开始时我怀疑它是不是小说，小说能不能这样写，这些简单的问题当时也百般折磨着我。又经历了几次退稿后，我把它投给著名的《花城》杂志。大概是两个多月后，编辑林宋瑜电话告诉我，这篇小说写得好，还问我还有没有其他小说。我又给了她几篇新写的短篇，她给予了肯定。2005 年，《花城》在其重要栏目“花城出发”隆重推出我的两篇小说、一篇长篇访谈和创作谈，这对我的鼓励和帮助相当大，怎么形容也不过分。我把这个“大事件”作为我小说生涯的起点，我通常说，我真正意义上的小说创作是从 2004 年开始的，从 2005 年出发的。此后我几乎每天都在写小说，有时候一天能完成一个短篇，一个星期能拿出一个中篇，两三个月草就一个长篇，那时候不知道是文学折磨着我还是我折磨着文学。我一直在告诫自己，不要辜负“花城出发”。后来发表的小说越来越多，跌跌撞撞，慢慢成长起来。现在回过头来看，我永远无法忘记《花城》及其编辑林宋瑜，还有主编田瑛，他们是我的伯乐，在我最需要鼓励和信心的时候，是他们给予了我最响亮的回应，我对他们永远感恩。有一次在珠海开会，吃饭的时候，我就坐在著名评论家施战军老师身边，当他知道我的名字后马上说起了一件事，就是当年田瑛老师在电话里欣喜地告诉他，《花城》“花城出发”准备推出一个“很厉害的新人”。施老师说田老师当时说的新人就是我，这让我大为感动，受宠若惊，也倍感压力。但直到现在，我也没有给过田老师电话，因为我的写作离他的期待还有很大的差距，我有些愧对他，而且，我是一个不善于用言辞表达感恩的人。当然，后来在文学道路上给予我无私的帮助和扶持的组织、老师、编辑、朋友还有很多，我无法一一说出来。对一个生活在边远地区的基层作者来说，他们的鼓励和帮助多么重要！现在文学给我的回报已经够多了，它极大地丰富和拓展了我的生活，使我超脱了很多世俗的东西，文学梦不再折磨着我，因为我已经生活在文学的梦想里。这辈子我不可能去追逐高官厚禄，也不可能享有荣华富贵，文学使我的生活简单、快乐、充实、满足，内心色彩斑斓，即使文学是一个遭人嫌弃的丐妇，我也愿意与它亲近。

2011年1月9日

《文学界》2011年第5期

梦境中的“高峰”

无论是生长在低洼地带，还是行走地高原之上，人的心里都会屹立着一座谜一样的“高峰”。

攀登“高峰”一直是人类的孜孜不倦的追求。珠穆朗玛上横亘着一具具年代不同的尸体，依然无法阻挡梦想者的前赴后继。海明威在《乞力马扎罗的雪》中向我们讲述了在皑皑白雪覆盖下的非洲最高峰乞力马扎罗山之巅，有一具已经风干冻僵的豹子尸体，豹子到这样高寒的地方来寻找什么，没有人做过解释。但读者心知肚明，海明威也心知肚明。读者和作者都心照不宣，形成了精神上的默契。小说中的主人公作家哈里弥留之际没有能达到心中的目标，死前，他悔恨至极，所有的回忆就是一部“后悔录”。故事的结尾，他死于一个梦境：他乘着飞机，朝着乞力马扎罗的山顶飞去。他看到了：“像整个世界那样宽广无垠，在阳光中显得那么高耸、宏大，而且白得令人不可置信，那是乞力马扎罗方形的山巅。”

我相信，每一个作家的心里都会有一座像哈里梦境里出现的那样的“方形的山巅”。那里人头攒动，站满了圣徒一般肃穆的大师，堆放着积雪一样厚重的经典作品。从山下远远地仰望，仿佛仍有空隙，我们仍有机会挤进去。于是，我们暗暗地放行一直困在心里的那只雄壮的豹子，让它奔跑在去往乞力马扎罗山之巅的路上。

这一只豹子，我暗养活了多年。不敢告诉别人，怕别人讥笑。因为那时候我连雪都没有见过，越过一座座连绵不绝的小山丘已经让我气喘吁吁勉为其难。好在有一天我突然明白了，乞力马扎罗只是一个梦境，每一个作家心里都有自己的“方形的山巅”，别人抢不走，风雪无法埋没，即使你不告诉任何人，也不妨碍你暗度陈仓，一步步靠近。

我第一次到青藏高原的时候，看到一座座高耸入云的山峰，很震撼，但总是有人不断地告诉我，更高的山峰还在前面。于是，一路上我总是仰视着前方，希望看到又一座更高的山峰，充满了期待。我想，如果没有了这些高峰，高原能有什么让人激动的呢？对一个作家而言，最大的野心莫过于在高原之上竖立起一座自己的高峰。好比：托尔斯泰之于《战争与和平》，马尔克斯之于《百年孤独》，陈忠实之于《白鹿原》……近来读被称为21世纪最伟大的小说之一波拉尼奥的《2666》，发现这确实是一座高不可攀的让人绝望的文学“高峰”。波拉尼奥，这个浪荡了整个前半生的人，却在中年突然醒悟，安静下来，开始写小说。在越来越深重的肝病威胁之下，选择了不分白天和黑夜面壁疯狂写作，一心想在文学史上写下自己的大名。结果，他果然构建了一座耸入云天的“方形的山巅”。他在那部厚达一千页的杰作的后记里这样说道：“我做完了，我活够了，如果还有力气，我会哭一会儿。我与你们告别。”

我明白了，要构建自己梦境中的“方形的山巅”，必须用尽力气，甚至连哭的气力都必须用上。

我自认为自己的写作有了明确的目标，那就是朝着高处走，朝着高耸入云的群山走。只要努力，即使到达不了山巅，至少也能看到厚厚的积雪和雪发出的光芒。

2015年10月25日，载2015年10月29日《广西日报》

如何让小说变得简单

我愿意再一次愉快而自豪地回想起五年前的一个黄昏，也许是夜晚，因为街灯已经照亮了东方书店高高的牌匾。我生活的小县城的一家民营书店。那时正好是春节，大约是正月初三，大街上张灯结彩，连书店里的人也那么多。在这种美好的时刻，我和余华相遇了。这样的相遇几乎可以和二十前在我从没有离开过的小镇与川端康成相遇媲美。因为他给我送来了福贵和许三观，两个中国小说史上划时代的小说人物，他感动了我，启迪了我，小说原来能这样写，能写成这样。

二十年前，我在镇上读初中。有一天晚上，被镇上一个穷困潦倒的诗人拉着从一个狗洞钻进了电影院，看了一场《伊豆的舞女》的电影，深受震撼。诗人告诉我，电影改编自小说，小说的作者叫川端康成。至今我仍然记得，简陋的电影院里寥寥无几的观众，连放映员都中途离开，直到诗人肆无忌惮地嚷起来他才从外面回来换片子。在那个孤独且由于旷课而惴惴不安的夜晚，川端康成把《伊豆的舞女》送到了我的身边，让我从那一刻开始真正爱上了文学，并陪我度过了漫长而野心勃勃的青春期。我很快找到这个小说。我记得是在一个寒雨飘洒的夜晚，是星期天，同学们都到镇上去逛街了，我躲在教室一角静静地读《伊豆的舞女》。那个十四岁的巡游艺伎“薰子”，盘着高耸乌黑的发髻，扑闪着明亮的大眼睛，眼角和唇边点着一抹古色胭脂红，有着宛若鲜花般娇艳稚嫩的笑靥。它讲述了作者与歌女的一段刻骨铭心的爱情经历，整个故事简单而厚实，清新而淡雅，没有复杂而玄乎的描写，一切从容得像讲述一段平常的经历。但它告诉了我，这是一篇小说，而不是其他。几年后模仿着《伊豆的舞女》我写了自己的第一篇小说，但我把它写得很吃力，因为我不相信小说如此简单。我需要有更多的人告诉我，或者有更多的文体启迪我说，小说就应该如此简单。或许川端康成已经告诉过我，但那时候我真弄不明白。后来我知道，余华比我幸运得多，在他的牙医岁月里便和川端康成同床共枕深得其耳语的浸染，当然还有卡夫卡、福克纳、马尔克斯……他们把小说的一切秘密全告诉了余华。而我，很长的时间里浸润在赵树理以及比赵树理高明不了多少的小说家的作品里，幻想有一天自己也能写出《红旗谱》《林海雪原》。我写了一些小说，像箭一样射出去，然而它们又像箭一样弹了回来，像自己的一个个丑陋的女儿被婆家陆续遣返一样无地自容，在很长的一段时间里，几乎是青春期最黄金的时段，我绝望地抛弃了小说，像一个被儿女羞辱过无数次的父亲拒绝再生男育女。但那晚，我和余华相遇了。一本厚厚的《余华文集》来到我的手中，尽管此书错字比比皆是，甚至隔不了几页便是重页错页倒页，估计是一本盗版书，但我一口气读完了。那个短暂的假期由于余华变得异常漫长和辽阔，仿佛我几天便已经阅尽了波澜壮阔的一生，而我的另一个人生要重新开始了，浑身上下都是创作的欲望和激情。我想，这时候应该放下其他事情，要重新写小说了，写了第一个中篇《我的叔叔于力》，然后还是中篇，以及一些短篇，如《两个棺材匠》《山东马》。后来的事实证明，那是一个柳暗花明的起点，我已经摇摇摆摆地走在一条顺畅的道路上。而一路上能够陪伴我并给我撑灯夜行的人并不多，但余华肯定是其中一个。我宁愿诚实地坦白，尽管外国小说后来给我很大影响，然而当初却是一个当代中国中年作家把我从泥潭里拉了出来，让我在乱花迷眼的沼泽里找到了出口。直到现在，如果余华站在我的面前，我依然像虔诚的小学生竖起耳朵听他披露小说的奥秘。因为对我而言，他是一个比我还诚实的人，告诉我的全是他体会最深的。他没有向我隐藏更多的私货，关键是他不会欺骗人。

开始的时候，我像许多作者一样迷信大观园式的小说，故事宏大，人物众多，多条线索齐头并进，情节错综复杂，写得越枝繁叶茂越好，最好能让读者在波澜壮阔的海面上颠簸得晕头转向，否则不能体现作家的高深和小说的尊严。余华首先颠覆了我的观念。他把小说写简单了，把人复杂的一生写得像小人书描画的那样通浅易懂，而不是装神弄鬼，把简单的东西搞复杂。《活着》里的福贵，《许三观卖血记》里的许三观，他们的一生是那样的漫长而简约，但我们又觉得那么短暂和宽广。余华呈现给我们的不是绵延千里的长河，而是清澈见底的湖泊；他没有带领我们在大海深处经历毫无把握的冒险，而是绕过浩瀚，穿过狭窄的运河抵达对岸；他不是让我们去感受时间和痛苦的长度，而是告诉我们长度以外的宽和深。因此，他不必要把小说写得像森林一样茂密，他只是全力以赴地栽培一棵树。福贵在经历一次又一次的丧亲之痛中领悟到了活着的快乐，许三观在一次又一次卖血的悲壮中走到了岁月的尽头。余华没有炫耀他早就学会的西方现代小说技巧，面对要扛着行走的树木，他像一个大智若愚的农夫，从容地砍掉多余的树枝，尽量让它光滑以免扎伤自己的肩膀。对历史重大事件，余华很少纠缠和直接进行描述，即使正面切入，着墨也极少，采取的也是大跨度式的推进：国共内战、人民公社运动、“大跃进”、大炼钢、上山下乡、“文化大革命”……全都一笔带过，简洁得像一闪而过的影子，又像一条飞蛇掠过水面，而将历史影响具体体现在个体的生存之中，他的所有兴趣和着力点都放在个体最为基本的生存状态上，像匕首直插心脏，像于万军中取上将之首，直面而来，呼啸而去。时间在他的小说里像高速奔跑的列车，在福贵命运的跌宕起伏中，在许三观一家的相濡以沫中，中国的历史车轮正滚滚前行。故事的某些片断让我想起了美国片《阿甘正传》，一个人就是一个世界，个人的命运其实就是时代的命运、国家的命运。印象深刻的在《许三观卖血记》中的第四章、第六章，写许三观和许玉兰婚后的生活，整章就短短的三四十行，就一首诗，第四章写许玉兰生一乐的过程，写完后笔锋一转，“许玉兰在此后的五年的时间里生了三个儿子，许三观给他的三个儿子分别取名许一乐、许二乐、许三乐”。五年的时间被他浓缩成一句话，却写了很多内容，如果是其他作家写，估计要写很长的篇幅。即使在写个体，余华也像一个偏心的独裁者，不允许人物肆意妄为，比如，许玉兰、许一乐、许二乐、许三乐来到我的跟前，像一群街头演员，向我展示他们生机勃勃的表演欲的时候，余华严厉地挥舞着手中的指挥棒，不让他们过多的表演，一来生怕遮蔽了自己的眼睛，二来生怕败坏观众的胃口。他总是那样自觉地管束自己的“人”和文字，引领它们走向简单，似乎是在黑暗中朝着光明世界飞奔，越快抵达越好。因此，小说显得简约而不简单。法国《读书》杂志在评论《许三观卖血记》时说道：这是一部精妙绝伦的小说，是朴实简洁和内涵意蕴深远的完美结合。因此，我明白了，从简单入手是最有效的方法。只有急于证明自己的学徒才会把简单的东西变得复杂，而高明的大师千方百计地把复杂的东西变得简单。其实，小说并不可怕，可怕的是我们太把小说当作小说来经营，反而把小说写得不像小说。简单，不是逃避难度，相反，是对难度的超越。有时候，简单要比复杂更需要能力。用简单承载复杂，就像划一叶扁舟穿越大海，作家承担风险，读者感受浩瀚。

把小说写简单不仅需要简单的结构和节制的叙述，还需要语言。小说到了今天，靠故事、细节和情感都不足以把读者留下来，与这些相比，语言更重要。福楼拜说，准确的语言是最美的语言。但我读到了比准确还快慰的语言，那就是简单。与那些气势磅礴或婉约华丽的表达不同，余华向我们展示了汉语言简单的魅力。余华自己说过，他的小说里几乎看不到初中毕业生不认识的字，“我在中国能够成为一个作家，很大程度上得益于我在语言上的妥协”。他不仅向北方语言妥协，而且也向复杂和深奥妥协，“十五年的写作让我学会了在标准汉语里左右逢源，驾驭它们如同行走在坦途之上”。余华没有故意卖弄文字，却写出了最好的汉语。余华似乎是在告诉我，如果你不能把汉语写得更好，那你就尽量把它写得简单些，目的是少犯错误，减轻读者的负担。我记住了他说的话，在写作的时候绝不能轻易糟蹋一个文字,尽管文字如沧浪之水取之不尽且能增加稿费。余华到了《兄弟》，他肯定是喝了些酒，口齿不听使唤，或者说，胸有雄兵百万，他却无力约束它们，干脆把它们放出来了，汪洋恣肆，在我看来，那是一场“兵祸”。对这样的作品，我是警戒的。尽管如此，勤勉的余华写下的文字还是那么少，在我看来，他是中国少有的读者的阅读速度能跟得上他创作速度的作家。

从此以后，我思考得更多的问题是，如何让小说变得简单。

2011 年第 1 期《作品》

没有哪一扇门是虚掩着的

没有哪一扇门是虚掩着的。我是说，在连门还没找到之前，到处都是墙。二十年前，我在镇上读初中。有一天晚上，被一个穷困潦倒的诗人拖着从一个狗洞钻进了电影院，看《伊豆的舞女》，深受震撼。诗人告诉我，电影改编自小说，小说的作者叫川端康成。至今我仍然记得，简陋的电影院里只有寥寥的几个观众，连放映员都中途离开，直到诗人肆无忌惮地嚷起来他才从外面回来换片子。在那个孤独且由于旷课而惴惴不安的夜晚，川端康成把《伊豆的舞女》送到了我的身边，那个 14 岁的巡游艺伎“薰子”，盘着高耸乌黑的发髻，扑闪着明丽的大眼睛，眼角和唇边点着一抹古色胭脂红，有着宛若鲜花般娇艳稚嫩的笑靥，让我从那一刻开始爱上了文学，不自量力地做着作家梦，并写了一些自以为是的小说，投出的稿像箭一样射出去，然而它们又像箭一样弹了回来，像自己的一个个丑陋的女儿被婆家陆续遣返一样令我无地自容，在后来很长的一段时间里，几乎是青春期最黄金的时段，我绝望地抛弃了小说，像一个被儿女羞辱过无数次的父亲拒绝再生男育女。直到 2004 年岁末的一个晚上，我和余华相遇了。一本厚厚的《余华文集》来到我的手中，那个短暂的假期由于余华变得异常漫长和辽阔，仿佛才几天便已经阅尽了波澜壮阔的一生，阻挡在我面前的一些墙开始土崩瓦解，而我的另一个人生要重新开始了，浑身上下都是创造的欲望和激情。我想，这时候应该放下其他事情，要重新写小说了，于是事隔多年后我写了第一个中篇《我的叔叔于力》，后来和另一篇短篇同时发在《花城》上。这是我真正意义上的起点，从此我确信已经磕磕碰碰地走在一条通往小说的路上。

因此，我相信，走进文学的窄门是需要钥匙的。

当然，余华并不是唯一赐我钥匙的人。后来我遇到了马尔克斯、福克纳、卡夫卡、博尔赫斯、胡安·鲁尔福、奈保尔、卡佛……我用不同的钥匙打开不同的门，走进了一间又一间房子。现在，我开始笨拙地构建自己的房子了。五六年下来，写了那么多文字，有的能让我孤芳自赏，更多的让我羞愧难当。在我发表过的数十篇中短篇小说中，能拿得出手的并不多，但我发誓，我并不嫌弃它们。于是，我挑选了其中的一些凑成这本书。不久前我出版了第一本中短篇小说集《中国银行》，我把那本册子无法收入的部分篇目安放到这本册子里了，还有其他的篇目要放到其他的册子里去，就像把鸡蛋分别放在几个篮子里那样，我才放心很多。这本书里收录的几乎全是短篇小说，这并非故意。近来我发现自己的小说越写越短，我开始怀疑自己的能力，难道我无法将小说写得更长一点了吗？我甚至有一点慌乱，但当我发现了短篇小说的写作难度，自己每写一个短篇的是那么用力，那么认真，像挑战极限那样艰难，苛刻得对每一个文字都要产生怀疑，我的心才安静下来，并泰然自若了。每届奥运会上，100 米短跑受瞩目的程度总远超马拉松，短篇小说也应该有受到热爱的理由。但我也野心勃勃地窥视着长篇巨著，像仰望和向往那些结构复杂、气势恢宏的宫殿，我需要更多的钥匙，因为要打开更多的门。当所有的门都被打开了，我便走在了通往巨著的路上。但这个过程肯定比一千个马拉松更漫长更艰险更胜负难料。我想说的是，我所有的努力都是为了写出好的小说。好的小说肯定不是以文字的多寡、篇幅的长短来衡量的，甚至它无法用任何尺度来评判。对不好的小说我们总能说出很多不好的道理，但对好的小说我们往往无从评说。我不敢说自己已经完全弄明白了什么样的小说才算好小说，更不敢说我已经写出了好小说，因此，我今后所写的文字依然叫作探索。

我对中学英语课本上的那篇瞎子摸象的课文记忆犹新，它告诉我，生活乃至现实都是荒诞而不可相信的，只有自己内心的感受才是安全、踏实的。我无数次听过别人关于什么是好小说的论调，虽然都能给我带来启发，但总让我想到“瞎子摸象”。其实，每个人对生活、对世界的认知和解读都是瞎子摸象，这看似无奈，却给予了小说家施展才能的空间。小说家从来都不是老实巴交的人，他摸到大象的腿，他会怀疑，他会先听别人肤浅而急不可耐的描述，然后才告诉他们隐秘而复杂的真相。尽管，他所说的真相也只是猜测和想象，但那些不具备这种能力的瞎子会对此产生震惊。那些听信了他胡扯的人很想知道他是谁，但他往往不告诉别人他是谁，装出一副高深莫测、喜怒无形的样子，不让别人看到他的心虚，即使他也是一个瞎子，也只是摸到大象的一条腿而已，然而他清醒地知道自己是谁。这就是小说家。我们很难从高明的小说家的作品那里看到他们的身影和踪迹，更无法窥视到他们真实的想法。他们把自己扮成局外人隐藏得无影无踪，神秘而无所不能。像卡夫卡、博尔赫斯，即使他们只是摸到大象的一根汗毛，但别人确信他们已经看清了整个世界。

我不迷信现实。现实是窄小的、局限的、坚硬的，但虚构是无限的、浩瀚的和细软的，小说必须是从现实出发最终回到虚构本身。小说家最基本的职业素养便是虚构能力。虚构是需要想象力的。只有学会想象和虚构，才会区别于普通的“瞎子”，摸到的大象才是真正的大象。去挑战我们看不到、摸不着的世界吧，只有看不见、摸不着的世界才最迷人、最有吸引力。格林厄姆·斯威夫特鼓励年轻作者大胆写自己不熟悉的生活，创造远离自己生活的世界。陌生的甚至并不存在的东西虽然写起来有隔阂，碍手碍脚，但当你摸到了它的命门，感觉到了它的奥妙，便能披荆斩棘、兵不血刃地闯入一个荒芜浩瀚的世界，此时你不再是小心翼翼地触摸大象的大腿，而是骑在大象的背上纵横驰骋，那是庸俗的瞎子们永远也无法体会得到的快感。

每个时代都会出现“新生代”，那代表着新势力，他们的肌体和心智像过去所有的新生代那样具有令人惊艳的勃勃生机。他们有攻城略地的野心，有年轻前锋求胜心切的莽撞，但他们有无限可能。我热爱读五六十年代出生的作家的作品，他们沉稳了、成熟了，宠辱不惊了；但我喜欢看七八十年代出生的作家的表演，他们张扬、无畏，有个性，动作不规范，却富有创造力，常有惊鸿之瞥。我也经常读同代作家的作品。同代作家中我欣赏的比较多，他们当中有众多才华横溢、前程远大的人。纳博科夫说，一个有创意的作家必须研究竞争对手的作品，包括至高无上的上帝的作品。那些不要读活着作家的作品的劝告是荒谬的，就像劝告别人不要使用最新产品一样。鲁迅活着的时候，那些同时代的作家就曾从他的作品中受益。每个时代都有每个时代独特的思想和生活。同时代的作家写出好作品对我既是鼓励也是鞭策。与他们为伍使我感到温暖。我发现70后的作家中，女作家的表现常常更令人刮目相看，她们发挥出来的能量甚至超过了男作家，也许是，女人的爆发和成熟得要比男人更早。我并不觉得现在70后、80后作家对中国文学的贡献有多大。但我绝对不怀疑，这一代作家中会出现天才级的人物，令将来的文学史无法对他们的成就和贡献轻描淡写。拿70后的作家跟60后作家相比的话，我们这一代作家还缺少大气派的作品，不仅长篇，中短篇也如此。也许我们这一代没有他们用功、用心、沉静。我们生活在一个没有激情和理想的时代，而且接受的信息量是过去所无法比拟的，焦虑、迷茫、虚无常常如影随形，影响了我们的生活和写作。他们还是“新生代”的时候是处在文学的黄金时代，而我们被称为“新生代”的时候，什么都喧嚣，唯独文学寂静得如同死掉。当然，他们的时代也有他们的问题，没有一个时代是十全十美的。时代背景总不是最重要的。我们没必要抱怨，多在自身上找原因，是时代太无情，还是我们太无能？或许什么都不是，是我们还在努力中。我们不要去理会哪些吃饱了整天叫嚣“文学已死”的人，即使他们说的全是真理。有时候我们不必理睬真理，有的真理对我们并没有好处，让真理见鬼去吧。在地震和核爆炸还没有把整个人类毁灭之前，我们都不要离开椅子和键盘，我们和它们海誓山盟。写出好作品就是王道，即使地球消失了，好作品也会在另一个星球得到传诵。

2011 年 4 月 10 日

我所能表述的世界

一

一个作家能最大限度地表达自己所知道的和所感觉到的世界是一件异常幸福的事情。然而，我经常为自己不能充分表达而焦虑不堪。或许我想要表达的东西太多了。因此在写作的时候，我并非全是幸福，疼痛像记忆一样形影不离，固执地陪伴着我写下每一个字符。但之所以我无法放下写作，因为文学作为通往彼岸的桥梁，它能把我的内心与世界奇妙地连接起来，使我和现实艰难地建立了沟通的途径，甚至有时还能达成了一些妥协，帮助我拥有了瞬间的快乐。

二

20世纪70年代我出生在农村的贫困家庭。整个童年是在闭塞的乡村长大，但越是小的空间越能使我看清现实中的紧张关系。似乎世间所有的矛盾都能在这里找到，所有的苦难或欢乐都在这里集结，就像宇宙中的黑洞一样，凝聚了我所能知道的一切并把我吸附于其中。我的家乡在广西东南部，与广东省的高州（县级市）接壤，我与高州的亲近程度甚于我所在的县城。五六岁时就经常游走在高州的街头，而第一次走进自己的县城是在考上高中之后。我曾写过一首长诗《粤桂边城》，后来在《诗刊》发表，表达了我对生活环境的热爱："我的家乡与高州接壤 / 鸡犬之声相闻 / 许多时候能在路上遇上亲戚 / 我们的鸡越过粤界 / 下完蛋又回来。""人们一直以为 / 江南以南山水至桂林为止 / 我却在岭南一隅笑 / 现在许多画家都想以桂林出名 / 我和高州的朋友说 / '一群井蛙'。"但这里并非全是花朵和烟雨。"文革"以前，我们的乡村穷得一塌糊涂，"文革"以后，也并非像珠三角地区那样迅速富起来，乡亲们的生活每改善一点点都几乎是以更大的代价去换取的。他们的期待、波折、无奈和绝望时刻闪烁在各自的瞳孔里，让你看上去揪心并产生怜悯。困苦的童年给我留下了无数的回忆。这些回忆与高州贩子紧密相连。高州贩子的精明和狡猾以及对我们村的重要性给我留下了深刻的印象。我对高州贩子又爱又恨。我亲历了一次又一次农产品价贱伤农的悲剧，高州贩子无一例外地成为每一个悲剧的"罪魁祸首"，虽然他们是无辜的，但却是我与现实的关系处于紧张状态的根源。有一年秋天，我们成片成片的水田里的香蕉不断熟烂，说好来收购的高州贩子却不见踪影，我和我的叔叔各推了满满一自行车的香蕉去高州，一路上碰到了一些收购香蕉的贩子，但越往高州城价格就越低，最后一百多斤的香蕉得来的钱刚好够买一碗米粉。我没有理由不绝望，但叔叔平静地说，"回去把芭蕉树砍掉，改种灯笼椒吧"。我说："假如灯笼椒的命运跟香蕉一样该怎么办？"叔叔依然平静地说，"再把灯笼椒铲除改种其他"。在小说《我的叔叔于力》中就提到了一起使我的"叔叔"于力命运和生活发生变化的"香蕉事件"，在我的另一篇小说中对一起"灯笼椒事件"作了更深刻、更具体的描写，进一步呈现了农产品滞销给农民造成的毁灭性打击和对底层人物命运的嘲弄。农民脆弱的生命怎能够承受一而再、再而三的折磨？他们是生活在怎样的绝望之中？他们一直在忍耐，在一点一点地改变自己的处境。他们有自己活着的哲学和信念。因为快乐太少，以至在他们的身上发生了一件在我们看来微不足道的喜事，他们都会欣喜若狂，看到一丝萤火便以为是正午的太阳。我对农民的忍耐和顽强充满敬畏。由于中国农民身上具有的优秀品格使我一直试图相信，他们会有远大的前途。“关注底层，透视苦难”是我小说创作的理想。但底层太过庞大，苦难太过丰富，对我而言，知道的太多，而能表达的太少。

三

我们都生活在精神病患者的身边。我对精神病人题材特别迷恋。《我的叔叔于力》和《两个棺材匠》都涉及精神病人的问题。在我的眼里，这个世界上有太多“有病”的人，而这些人是需要怜悯的。《两个棺材匠》主要是表达一种情绪，写一个身体残疾的少年和一个精神残疾的少年之间的微妙关系，前者“战胜”了后者，笑到了最后，但谁才是真正的胜利者？《我的叔叔于力》写一个貌似正常的男人和一个女精神病人的故事，他们之间没有斗争，冲突是来自外部，是于力一个人和整个世界的战争，最后他一败涂地。于力是一个爱不得恨不能的边缘人物，自私、猥琐，又值得同情。作为边缘人，他对世界时刻保持警惕和怀疑，有时还表现出盲目的乐观，同时又在努力“反被边缘化”，对自己的命运作出了力不从心的抗争，但最后还是被现实打回原形。写这个人的时候，我把他当成了我的亲叔叔，写得有点心酸，特别是结尾，田芳恢复了正常，于力却差点变成了精神病人，但他仍然对现实抱有幻想，等待另一个田芳的出现。把女精神病人田芳说成一个来自中国最富裕最现代化的城市——上海的女人，这是叙事策略，目的是增强反讽效果。我当时想，让两个不同世界的边缘人物走到一起成为“夫妻”是何等壮观的场景！而另一个来自上海的男人（强势人物）江进步根本就不屑与于力碰面，虽然于力在太平房里设计并演练好了几套台词，为可能进行的会面作了充分准备。不同世界的人根本无法实现平等的对话，是悲剧产生的另一个根源。

2005 年 7 月

2005 年第 6 期《花城》发表时有删节

牛在吃草，我在读书

鲁迅文学院有两个院子。一个是新的，在芍药居；另一个是旧的，在十里堡。我去这两个地方，经常发现门卫的桌面上摆着文学书。有一次，我在旧院子门卫值班室桌面上看到摆放着一本《白鹿原》，是最初版。一个青年保安在读。为了向我证明他曾读过许多遍了，他翻开做过密密麻麻眉批的书页，是新旧不同的笔迹。他说他还读过福楼拜、海明威、陀思妥耶夫斯基的作品。我相信是真的。但真可惜，世界上有那么多喜欢读书的年轻人，而鲁迅文学院的门卫室只有两处。

我敬重读书认真的人。但我读书不总是那么认真。有时候，读到不喜欢的书，我会很马虎。但读到喜欢的书，我会像上面所说的那个保安那样，读得很细，一个字也不会放过，而且每年都会回头重读，像反复听一首难忘的歌曲。每次重读，都有新的收获，而且收获并不比读十几本新书少。有时候，喜欢上一个作品，会延伸至喜欢这个作家的几乎所有文字。虽然这种情况不常出现，因为大多数作家，你只需要读他最好的代表作就成了。于我而言，只有几个作家是个例外，比如胡安·鲁尔福、马尔克斯、卡夫卡、福克纳、卡佛……恨不得把他们放过的屁都找来闻闻。

我至今没有读完《红楼梦》，不要因此鄙视我。因为不读《红楼梦》也没有对我的写作产生毁灭性的影响。最主要的是原因是，我从小习惯把最好的果子留到最后才吃。我家里有五六个版本的《红楼梦》。

我心里对《红楼梦》有一百种想象。我想在状态最好的时候、最美妙的时刻阅读《红楼梦》。

我没有阅读的天赋，因为记忆力不好。读过的书，经常隔夜即忘。阅读的速度像蜗牛，还经常放下书本去干别的，哪怕是读到最精彩、最兴奋处，而且，办的事情也不十分重要，无非是到外边走走，或找个人聊上几句，甚至去菜市场瞎逛。所以好书要反复读，是为了记住，为了将来与朋友谈论到它们时别漏洞百出。

读书最好的时机也并非在夜深人静的床上。容易犯困，容易睡着。在飞机上，在高铁上，在会议中，在日落时分的阳台，都是容易读得入迷的时刻。而我最好的阅读时光是少年时代放牛的下午。必须是春天，最好是雨后，草肥、凉快、恬静。云在青天，牛在吃草，我在读书，互不干扰，心照不宣。书读完，牛吃饱，昏鸟归巢，饭香袭来，兴尽归去。

夜里，牛在反刍，我在消化。它咀嚼的是草香，我回味的是书香。

我不是阅读狂。我从不跟别人比阅读量，正如不跟别人比饭量。我觉得一顿吃这么多，就够了，离开饭桌，干点别的。当然，读书多是撑不死人的，只是我没有那么多的时间和精力阅读。因为空余的时间我几乎都用在创作上了。这很不好。我正努力改变自己，争取多读，少写。

2017 年 6 月 4 日，陕西，照金镇

文学比任何时候更需要读者的参与

这个时代肯定不是读者最多的时代。读者在流失，作者也在流失。千万人争读一本书和全民写作的时代早已经远去。文学越来越小众，读小说的，尤其是读严肃小说的更是不多。但剩下的都是这个时代的理想读者。他们，或者说你们，都是作家最信任的人。关于小说，不同的作家和不同的读者都会有不同的看法。比如面对一部作品经常会听到截然相反的判断。有时候自己会怀疑自己的判断力，也有时候会怀疑别人的判断力。我想这都很正常。我通常很少去思考小说到底是什么。但写多了，读多了，总有一些感受。有时候，跟读者谈论小说比跟作家谈论小说更有趣。作家骨子里还是希望读者回到自己的身边的，像朋友一样，像亲人一样，时刻都需要他们。

第一，写小说的人就是讲故事的人，而读者不仅仅是倾听故事的人。脱离了故事，小说的存在就变得可疑。作家要不要讲故事不是问题，讲什么样的故事和如何讲述故事才是问题。真正的大师都是会讲故事的人。好的小说肯定会有一个好的故事。但小说是虚构的，故事是无中生有的，如果读者不愿意相信，我们说得天花乱坠也没有用。卡夫卡讲述《变形记》的时候，如果读者不愿意相信人会变成甲壳虫，那么这个小说一开始就被嗤之以鼻。因此，作家需要花很多力气让读者愿意相信他们所虚构的是真实的。但这过程是有风险的，作家很多时候是表错了情。作家也知道，相信作家的话也是有风险的，阅读的风险（上当的风险，浪费时间的风险，影响心情的风险）。那么，讲故事和倾听的故事都有风险。理想的读者是愿意与作家一起承担风险的。这个读图时代，作家比任何时候更需要读者支持和参与。好的文学都是面向内心的。好的作品是心灵和时代的见证。当读者远离文学成为一种趋势的时候，作家更需要真正有耐心、有追求、有智慧的读者陪伴左右。作家只是叙述的一方，读者是创造的另一方。没有读者的参与，再好的叙述，再好的故事也无法抵达。理想的读者是故事的领悟者和创造者，作家的任何纰漏，他们都看在眼里，但不一定马上生气，跳出来轻蔑地指责。因为读者相信，没有一个作家高明到不出任何纰漏。只有足够宽容的读者才能成就伟大的作品。

第二，好的作家和好的读者从来都不是完全的现实主义者。好的作家和好的读者都满怀理想、富有浪漫主义的色彩，还有古典主义的情怀。但凡那些与现实贴得太近，老是想从现实题材中得到好处的势利的作家没有几个很成功的或者长久的成功，大多时候，越是近在眼前的东西越看不清。那些假装看清楚的人，往往很糊涂。他们的作品匍匐在地表之上，没有飞翔，没有超越，变成了对现实的奴才。那些跟贴着现实写，试图对现实发出振聋发聩的声音的作家，都以为自己是这个时代的思想家。但不幸的是，作家很难同时成为思想家。那些梦想给时代、给人类贡献伟大思想的作家是可笑的。但读者往往可以成为思想家。他们轻易从文学中得到时代的印证，他们的内心甚至比作家更广阔，思考更深。情况往往是这样，读者从作家身上得到思想，而作家除了作品常常一无所有。严肃的小说家永远只会围绕以下几个重大主题，如：人类的孤独、绝望和精神困境，死亡和灵魂、生命的意义及存在的价值，等等。但是，关于这些，作家难有新的发现。然而，缺少了这些东西，小说就没有深度和重量。很多东西不能重复，但文学可以反复地去触摸、呈现、感悟这些东西。思想不一定有创新，但表现形式肯定得有新意。创作的难度在于不断解开思想的“抵达之谜”。

2015 年 4 月

作家活在经典里

不想写出经典的作家不是一个好作家，尤其是在年轻的时候。那些伟大的作家几乎都是在年纪轻轻的时候就写出了经典作品。年轻，意味着野心勃勃，意味着反叛、莽撞、力量和无所畏惧。年轻作家的骨子里有创造经典的冲动和蛮横，尽管他们不说出口。作家说到底不是一种职业，而是一个梦想，经典是梦想中最激动人心的“冲锋号”。作家是活在经典里的，甚至一辈子都为经典而活着。大多数作家都是读了别人的经典而走上文学创作的道路，并梦想着自己也写出世代相传的经典。经典给了他们创造经典的力量，尽管经典并非人人可及。

我们这一代作家似乎不愿意谈论经典，好像经典离我们很远，很陌生了，甚至经典与我们无关了，经典意识逐渐淡薄已经成为我们这一代作家的一个危险信号。当下，我们读到了太多的肤浅、庸俗和浮躁，我们都以被改编影视为荣，都以版税、发行量作为衡量作品的尺度，作家活在市场和金钱里，一味迎合着潮流，在媚俗的高速公路道路上撒腿狂奔。因此，我们在杂志上、书架上、网络上读到太多千篇一律、千人一面的小说，这些没有特点、没有重量、没有写作难度的作品被粗劣地复制着。一些才华出众的作家为了经济利益在生产流水线上不断重复自己，像影视明星一样在过气之前拼命捞一把。文学被抛弃，不必埋怨时代和读者，根本的原因是作家本身。不幸的是，我们处于一个缺乏批判的时代，我们需要警醒的时候没有谁愿意站出来给我们当头棒喝。我们是被评论家轻饶和宠坏了的一代。当然，这不能责怪评论家，是我们不愿意倾听批评的声音，我们被这个奇怪的时代搞糊涂了、弄迷失了。因此，我们经常感觉到时间和激情都在迅速流失，像血液离开了身体，感觉到很虚无，很惶惑。实际上，我们丢失了作为作家的骨子里的一些东西。诸如理想。经典就是一种理想。我们能不能安静而庄严地谈论经典？我们能不能大声而无所顾忌地说出“我要写出属于我的经典”？我们害羞什么呢？是的，是重新唤醒经典意识的时候了。

经典是后人授予前人的名誉，是经过时间的洗礼后留下来的东西，但经典肯定是由每一个时代的人创造的，甚至是由当代人创造。托尔斯泰、马尔克斯、福克纳、博尔赫斯……他们活着的时候就已经成为经典作家了，他们从来就是为经典而写作的人。一个作家最致命的不是缺乏才华，而是缺少野心和意识。陈忠实毕生的努力就是希望死后有一部作品能够问心无愧地放进自己的棺材里作为长眠的枕头。他做到了，《白鹿原》使他永远活在经典里。我们 70 后这一代作家似乎生来就底气不足，“夹缝感”特强，特内敛，也容易泄气，羞于谈野心，高山仰止，望而却步，甚至我们溃不成军。拿 70 后的作家跟 60 后作家相比的话，我们这一代作家还缺少大气派的作品。也许我们没有他们用功、用心，但更重要的是，我们缺少他们的先锋意识和经典意识，他们比我们更有理想和激情。当然，我们这一代作家中，肯定有为经典而写作的人，他们不随波逐流，不争名夺利，默默无言，淡泊明志，目光远大，现在，他们或许还不为人所关注，但他们的清醒、孤傲和坚韧使人充满敬意和期待，他们离经典的距离肯定要比那些名声很大而作品平庸的作家近得多。

那些为经典而写作的人永远活在经典里。我一直小心翼翼地努力成为他们中的一员。

2011年9月

《民治.城市文学》2012年第3期

挤时间写小说

时光总是跑得比人快。这种感觉到了年底更加强烈。

我永远跟不上时间的速度。小时候跟大人赛跑时，中途总是气喘吁吁地央求大人："我只要追上你的一半距离就算我赢了。"大人故意放慢脚步，还答应我的所有请求，目的是让我坚持跑下去。

现在还是这样，一年过去了，仿佛我只跑了一半。

时间对我而言，一直是捉襟见肘。小时候总盼望着天下雨，甚至是狂风暴雨，因为只有下雨天我才不用干农活，能一整天地躺在床上看书，只有那时候时间才是缓慢而舒坦的。后来做秘书也这样，希望能偷得浮生半日闲写我的小说，但一年到头很难等到这样的机会，年复一年。

2013 年我调到了文联，仍觉得时间不够用。旁人安慰我："这说明你有理想，有追求。"但是，2014 年，我的理想追求却没有得到饱满地实现。12 月，回头一看，一年下来没写几篇小说，赶紧写了两个短篇。这两个短篇也是见缝插针写完的，总算让我一年的成绩单没那么难看。

2014 年上半年，我的主要精力用在修改已经发表过的长篇小说《懦夫传》上。增删之后，比原稿增加了近三万字，7 月出版。这不是我的第一部长篇，但却是我写得比较像样的长篇。我对长篇充满敬畏，像对时间一样。这个长篇出版后，我得"辞旧迎新"了，像期待一年比一年过得好一样，我觉得下一部总会比上一部写得好。

2014 年，我的心里漂浮着宏大的想法，但总是无法让它落地，像风一阵阵刮过，然后又恢复平静。内心的波澜既让我充满激情，又使我孤独焦虑，滑向虚无。内心的搏斗没有声响，有时候雄心勃勃，有时候惘然若失；有时候阳光明媚，有时候雾霾密布。心境对创作的影响甚于时间。幸好，时间对作家是宽容的，不会以生死相逼。但有时候越是宽容，越是无所适从。压力主要来自精神，来自内部。

新一年的到来，对我而言，仅仅是时间的更替而已。其实，对新年的到来，我心里还是有些忐忑不安的，有小喜悦，也有小忧伤。我只是故作轻松和低调。好在我是有“理想”的人。现实过于喧嚣纷扰，稍不小心就会让人遗忘梦想。迎接新的一年，我会以旧的方式，一贯的方式。我想和家人庸常地过完新年第一天，然后开始计划中的阅读和创作。我会给自己一定的压力，对自己不能太宽容。

2015 年，我心里有一个令人兴奋的梦想，它像一只小兽早已在我心里生长、撕咬着我。这一年，我基本上知道我要做什么事情了。因此，辞旧迎新，我一点也不慌张。

2014 年 12 月 31 日《广西日报》

在南方写作

我生长在南方以南，很长的一段时间里，不知道北方在哪里。在我的想象里，北方意味着雄浑、辽阔、古老、强悍和摧枯拉朽。我一直仰望着北方。小时候，我们村里人都认为，但凡不说粤语的地方都是北方。他们对说普通话的人充满了轻视和排斥，像原始部落对待外来文明。后来从事写作才发现，我的思维方式全是粤语的说话逻辑，每写一句话都得把它“转换”成普通话，得用“北方”的词汇替换更为准确生动的方言。此时我才理解村里人排斥普通话是有理由的，而且理由远不止于此。因此，我觉得像我这种狭隘的南方人的文学创作是以放弃语言的差异性为代价的。当然，哪一个作家不是这样？只是后来我发现自己不仅如此。北方犹如深邃的夜空，仰视过久了，自己竟被吸食、吞噬，让我自觉不自觉地放弃了更多的“差异性”，希望变得跟“北方”一样。这让我警醒。

文学应该永不厌倦地寻找“差异性”。

如果我未曾见识过北方，就不知道南方有多好。第一次去北方是冬天，我透过火车窗口看到了辽阔的原野，被苍凉、旷远和寂寥的大地吓蒙了。所有的草和树木都是枯死的，成群结队的乌鸦、苍鹰在空中寻找腐肉……我的心很阴晦，对北方人产生了同情和怜悯。从北方回来，一下飞机，眼前一片绿色，生机勃勃，阳光和空气都好得无可挑剔，好像看得见那些草木正在生长，听得见鸟兽飞翔和奔跑喘息的声音，连泥土和石头都在迅速地发育繁殖，几乎看不到枯枝败叶，看不到更替、颓废和衰亡。我的心情一下子便明亮起来：这才是文学生长发育的地方，离开此地，连最顽强的文字都会枯亡。但随着我对北方更多的深入了解，发现真实的北方虽然与我想象中的北方不一样，但它的雄浑、辽阔、古老、强悍和摧枯拉朽是真的。我也喜欢上了北方，羡慕北方作家，有时候也希望到北方生活，将北方融化在我的身体里，用北方的腔调写作，把自己变成面目模糊的“全国性”作家。但我清醒地知道，这是徒劳的。有些东西是流淌在血液里的，隐藏在基因里的，无论怎么努力，我也变不成一个地道的北方人。我也没有必要将自己折腾成“全国性”作家。我争取把普通话说得更好一些,语言“转换”中尽量保留更多纯粹的“南方表达方式”，以此向北方致敬。

是的，此时我想到了一个词：坚守。随着交汇融合加深，南北差异越来越小。南方正在消失。但“南方”是不会彻底消失的。在文学的版图里，南方将依然是南方。南方的经验，南方的腔调，南方的气息，构成了南方的独特性和丰富性，在文学里这些东西生命力无比强大。无论我身在何处，我都坚持“在南方写作”。我将乐此不疲地把残存在血液里的南方基因植入我的作品里，让它们繁殖、扩散、裂变，让每一个文字都变成一棵树、一根草、一滴水、一只鸟、一头小兽，映入你的眼帘，撞击你的心扉，让你情不自禁地脱口而出：“哦，这是南方！”

2018年6月19日，北京，八里庄

载《文艺报》2018年6月

第二辑

写作的秘密

向着经典写

——小说集《把世界分成两半》后记

淡定是一种心态，也是一种本事。我很早以前就喜欢上了“淡定”这个词。纯文学这一行当连“夕阳产业”也算不上，早就不能当饭碗去经营了，早就不被人待见了，早就没几个人愿意侍候了。那我还焦什么急呀？跟谁急呀？放下包袱，朝着经典走，不焦急，慢慢磨。

二十年前，我在镇上读初中。有一天晚上，被一个穷困潦倒的诗人拖着从一个狗洞钻进了电影院，看《伊豆的舞女》，深受震撼。诗人告诉我，电影改编自小说，小说的作者叫川端康成。至今我仍然记得，简陋的电影院里只有寥寥的几个观众，连放映员都中途离开，直到诗人肆无忌惮地嚷起来他才从外面回来换片子。在那个孤独且由于旷课而惴惴不安的夜晚，川端康成把巡游艺伎“薰子”送到了我的身边。几天后，诗人把小说《伊豆的舞女》送到了我的手里。这是我接触到的第一部经典，我的目光一下被拉长，使我忽然有了一个激动人心的梦想。

经典作品是被种在作家内心里的种子。它会激励你，也会折磨你。我就被《伊豆的舞女》反复折磨多年。它呼唤着我，但离我又那么远。我想在它的身边立起另一座丰碑，但那么艰难那么遥不可及。然而，我的心一直在蠢蠢欲动，像一只蟾蜍要跃跳到月亮上去。父亲发现了我这个可怕的念头，坚决反对我窥伺他一无所知的文学。他对我的要求非常简单：读书，当官，光宗耀祖。他担心我因文学影响学习，在我读书的时候，几乎每隔一段时间便收到他的信，信上写的都是围绕上述主题的豪言大义，字里行间充满了武断和无知，但又低声下气地恳求我不要沾文学。每次收到这样的信我都很沮丧，但都极力按照父亲的期待去做。参加工作后，我到了政府机关上班，我的目标是尽快当上一名副乡长，以满足父亲平生之渴。为了这个目标，我付出了十年之功却没能实现。有一天，我对自己说，到此为止吧。于是我撇开了父亲，开始了写小说的旅程。这是十年前。

那时候，我对文坛几乎一无所知，但我知道像《伊豆的舞女》那样的小说才是好小说。后来，我又读到了马尔克斯、福克纳、博尔赫斯、卡夫卡、奈保尔和余华、苏童他们，知道站在川端康成身前身后的经典作家还有很多，还有很多像《伊豆的舞女》那样好的小说。我的标杆就立在那里了。我开始朝着他们走。但是，开始的时候，我有点急，希望一蹴而就，用不了几个回合就能站到川端康成们的身边与他们并肩而立，而稍一迟缓，他们身边便站满了人再也没有我的位置。于是，我度过了一段奇妙的时光：冲动，蛮横，狂傲，怀疑，困惑，自卑，胆小如鼠又浑身是胆，分不清楚白昼和黑夜，用不尽才华和力气，新的灵感每隔几分钟便来光临一次，像新开张的店铺顾客盈门、川流不息，无论我怎么忙碌也应接不暇。我的小说一篇一篇地大功告成，一个又一个被我虚构出来的人物行走在虚拟的世界里，令我惊喜交集，又忐忑不安：他们和经典小说里的经典人物有多大的差距？如果我的小说成不了经典，它注定就只是垃圾，非此即彼。我掉进小说的黑洞里去了，暗无天日，不是在写小说，就是为写小说而准备。像在一条没有尽头的隧道里疯狂奔跑，以为世界上只有我自己发现了这条抵达光明的唯一通道，而别人都被挡在门外，因而莫名地激动、亢奋和全力以赴，身体里有一百个川端康成鞭打着我，仿佛我能敌得过一百个川端康成，因而迫不及待，觉得生来就是为文学舍生取义、粉身碎骨的……

十年后，这些可怕的愚蠢和多余的激情纷纷向我挥手告别。我终于知道了作为一个作家，从来就不可能获得尘世中的光明。每一个作家都在属于自己的隧道里奔跑，没有尽头，好奇，孤独，狂乱，惊慌，迷失，绝望，一个人的战斗，光明永远只存在自己的心中。川端康成走完了他的那条隧道，他不跟别人赛跑，因而他没有焦急，走得那么从容，宠辱不惊，一步三回头。那是一个饱经风霜、历尽坎坷的人走过的路，没有痛哭，没有抱怨，甚至没有一声叹息，他以死的眼睛看到了光明。我庆幸及时地察觉到了自己的愚蠢和不自量力。不是顿悟，是自知之明。如果存在一个刻度的话，我隐隐约约地知道自己能到达哪里。我为自己当年的年少无知而羞愧。于是，我突然变得不急，变得只有理想而没有野心。我终于能独自摆平内心里此起彼伏的冲突和纷争。我非常认真地对待每一篇小说，每一个人物，每一个文字。向着经典，一步一步跋涉。我肯定成不了大师，但会努力成为一个一丝不苟的匠人。我像制造和摆弄自己的家具一样，刻意将它们打磨得像骨头那样光滑、有棱有角，看起来像一件有灵气的家具，而不是一堆废物。有同行说我的小说像小说——写给小说家看的小说。我窃喜。是的，过去我希望得到普通读者的喝彩，越多越好，现在我更期待得到小说家的一声赞美，哪怕只是轻微得不易被察觉地点点头。小说家心里都有明亮的标杆和尺度，因而他们的判断更可靠。说得更直接一点，我在努力接近经典，小说家们对小说的敏感肯定胜于普通读者。况且，普通小说读者越来越少了，大可不必想着征服全世界，有三五个真正懂你赞你的同行就不算白活，就像当年的川端康成遇到了我。

经典即理想。我变得越来越倔，不再为其他东西所动。我的世界也变得越来越小，就只剩下那么一丁点理想了。我闲散、悠然地守着这一丁点的东西，不会有人跟我争抢，如果不小心丢失了，那是因为我自己放弃。然而，我每次都以为离理想中的小说距离越来越短，越来越短，仿佛只有半步之遥。走完这半步就是成功，走不完这半步就什么也不是。但我明白得很，那半步是天堑，像生和死隔得那么远！既然如此，还焦什么急呀？淡定，再淡定，这半步就够我舒舒服服地走完这辈子了，那么，我用剩下的时光和耐性跟那半步较劲，跟自己理想中的小说较劲，看走完最后那半步到底有多难。于是，这些年，我写下了《鸟失踪》《陪夜的女人》《跟范宏大告别》《捕鳝记》《回头客》《爸爸，我们去哪里》《骑手的最后一战》《灵魂课》《懦夫传》……这些小说是我的桃花源，是向《伊豆的舞女》致敬之礼。如果N年之后，我不再提起上述这些小说，那说明，我已经朝着那剩下的半步又前进了一点点，或者，我已经跟自己，跟理想，跟那该死的半步达成了和解，从此内心已死，天下太平。

2014年2月

2016年第2期《新文学评论》

我的精神，病了

——长篇小说《马强壮精神自传》自序

有的作家写完一个小说之后，往往有一种莫名的兴奋感。似乎是，整个世界都在等待这个小说的横空出世。他的许多话在小说里没有讲完，或者无法言说，需要以创作谈的方式再唠叨一会儿。也有的作家，小说完成之后，炽热的火堆也随之熄灭，多说一个字也不愿意，像一个母亲分娩之疼消退后，对生育之事变得羞于启齿。我近似后一种。如果作为一个母亲，我的心态是不正常的，至少可以被诊断为“产后精神病”。

在精神病理上，有自我诊断的参考数值。我曾经做过类似的精神疾病自我诊断的“游戏”。结果令人哑然失笑：“我的精神，是不是病了？”

裸体站于镜前，仔细打量自己。肉体还算壮实，五官端正，道貌岸然。回顾日常言行，中规中矩，无过多出格之举止。但依照自我诊断报告，我的精神分明不甚正常，虽然不千疮百孔，却也危机四伏。夜深人静之时，低下傲慢的头，心平气和地审视内心，依稀看到了自己灵魂深处若隐若现的丑恶，像藏在鲜花里的毒针，像航道中的暗礁，像暮色里的陷坑。

“寡人有疾”而不自知，自知而不治之，治之而无法愈之，岂不危乎？

早几年前的一个无聊的黄昏，在等待晚饭之际，无意中阅读K城晚报，一则“有图有真相”社会新闻吸引了我。一个神经明显错乱了的青年在报纸上张牙舞爪，面目狰狞而痛苦。细看报道，事情是这样：这个青年和另一个青年吵嘴，激怒了后者，被掴了一记耳光。打耳光的青年在挥手瞬间恢复了部分理智，控制了力度，耳光打得并不坚决，也不十分响亮。但被掴耳光的青年精神顷刻崩溃了，陷入了万劫不复之境。从此以后，脑子里像困住了一窝马蜂，乱哄哄的，彻夜不停。他徒有强壮的身躯，再也无法正常工作生活，他被排挤出正常人之列，成为人人警惕和歧视的“癫佬”。寻医问药，无济于事，苦不堪言，一生被毁，奈何？遂将打耳光者告上法庭。被告律师经过调查，发现原告一直挣扎在社会底层，屡屡受挫，生存艰难。泰山压顶，长期不堪重负，离精神崩溃只有半步之遥，而那一记耳光只是“临门一脚”而已。官司胜负尚未可知。然而，我们被警示：不要轻易把耳光甩给那些站在悬崖边上的人。不要说一记耳光，就是一句辱骂甚至一个轻蔑的表情，都会给他们致命一击。此后很久，我反复咀嚼着这句忠告，报纸上那副迷茫、狂躁的面孔一直在我眼前晃动着。这便成了小说的起源。

小说的主人公叫马强壮，经常被警察列为疑犯。整个小说就是马强壮在公安局里自言自语、唠唠叨叨的“供词”。你听或不听，他都在滔滔不绝地诉说。

马强壮还没有成为精神病人之前，是一个农村“知识分子”，很纯朴正直，能把《新华成语词典》背到第138页。高考落榜后在村里跟屠户学杀猪，却喜欢上了屠户的老婆，被屠户追打，便逃到K城。刚出火车站被偷了钱包，丢了身份证，被当作盲流收押在收容所，妹妹马茜把他“赎”了出来。马强壮怀揣梦想，饱受艰辛，历经挫折，依旧在生存的底层挣扎。后来经朋友的介绍来到建筑工地干活，千辛万苦却拿不到工钱，在一次偶然的机会邂逅在中国大酒店当服务员的姑娘凤凰。为了凤凰，为了有尊严地生活，他花钱办了个假高级厨师证，去中国大酒店应聘时被人识破，被一位名叫王手足的保安撵出来，推扯时甩了他一记耳光，从此精神错乱，发誓要杀了冤家王手足，四处寻仇未果。被妹妹马茜送进精神病院，竟然在那里遇到了隐匿在精神病院当保安的王手足。在胖子医生的治疗下，发生了一系列荒唐的事情。幻觉中，他亲手杀了王手足，精神病貌似被治愈，出院后发现仇人王手足竟然和凤凰在一起。他无法接受现实的荒诞，对世界发出了刨根问底的追问……精神的创伤永远无法愈合，残酷的处境永远无法改变。但马强壮似乎发现了世界的真相，最终原谅了挣扎在生死边缘的王手足，并对他给予了同情与怜悯。最后，马强壮已经习惯和享受着精神病人的身份，在 K 城街头自由地游走……我想，马强壮为我们揭开了绝望者内心深处的真实境遇，敞开了我们时代的精神病灶。但是，无人倾听，无方可开，孤立无援。我们把他当成了一个笑话。

我对“精神”了解不多，认识浅陋，也无意深入探究人类的精神困境。在大多数人的眼里，精神病也许就只是一个笑话。敬请你们把这个小说当一个笑话来读，或许能轻易获得阅读的快感。

因为这个小说，我会思索熙熙攘攘的人流中到底裹挟着多少个马强壮。沮丧和绝望不应该是世界的底色。我乐观地认为，尽管如此，马强壮们的梦想劫后仍有余生。如果梦想只是一丁点暗淡的火苗，我们应该让它不至于在冰凉的黑夜里熄灭。只要耳光还没有被最后抽打，就请继续。

世事繁杂，重压在肩。精神患疾，犹如身体染恙，我们都在劫难逃。在嘲笑或怜悯别人时，要给自己留下一点同情心。

我对精神病人有强烈的好奇。大街上经常有蓬头垢面或衣冠楚楚的精神病人在行走。他们自言自语，嬉笑怒骂，有时欢天喜地，有时金刚怒目，仿佛在跟谁笑谈或争吵。我驻足洗耳或跟随观察，听他们究竟说些什么。但他们大多胡言乱语，逻辑混乱，我听不懂他们。不知道他们怀里抱的是鲜花还是炸药。但我知道他们的脑子里并不太平，“兵荒马乱”。这个世界已经与他们无关，但对“另一个世界”他们有很多话要表达，有很多事理要争辩。在小说里，马强壮有一个看似应该却不可能实现的理想：希望允许成立一个全部由精神病人组成的独立的国家。在那样的国家里，没有精神病，人人都很正常。

我不止一次以精神病人作为小说的书写对象。但写得并不过瘾，不足以表达我对他们的体恤和想象。这一次，我让自己写了个够。我有一个私心：将来如有可能访问马强壮的理想王国，我不至于是一个陌生人，希望得到朋友般的礼遇。因为我相信，在他的国度里，马强壮依然会喋喋不休，有说不完的话，需要像我这样有足够耐心的听众。

这个小说最初以《我的精神，病了》为题目发表在 2011 年第 2 期《江南》杂志，后经过反复多次修改，出版单行本时改用书名为《马强壮精神自传》。

下面，他说，我们听。

2018 年 1 月 19 日《文艺报》

烟波浩渺的湖泊

——关于小说集《十三个父亲》

我常常被一些“大词”拦住去路，像遇阻于烟波浩渺的湖泊。那些似乎人人都懂的“大词”，唯独我懵懵懂懂乃至浑然不知，像身上缺斤短两的遮丑布永远不够用，捉襟见肘，一不小心又露出我的“土”来。这些年，为了理解那些“大词”，我不少花费功夫，甚至去读拗口、晦涩、玄乎的哲学书。说实在的，累且收获不大。但多少也让我心里有底。

比如先锋。开始阅读先锋小说时，我根本不知道它们在说什么。但那是公认的名篇。问题出在我这里。后来借助于搜阅别人的读后感和评论文章，我才基本完成对先锋小说的阅读训练，理出一些头绪来。但有一个后遗症，就是老是怀疑自己的小说是不是像赵树理们一样“土里土气”，叙述、语言和气息是不是太老套，离先进的“先锋小说”相去十万八千里？不是一般的怀疑，是极度的不自信。虽然在农村长大，脚指甲缝里的泥土还没有彻底清除，但我也想衣着光鲜、气宇轩昂地混迹于上流社会，让别人辨不清我的出身，闻不到我的泥土味。而在我开始写小说的时候，仿佛一直有人在旁边嘲笑和警醒我说，你写得太老土了，枉你读过那么多先锋小说。这让我既沮丧，又不服气。但有一天，有人批评我说：“你怎么还在写先锋小说？”这让我哭笑不得，又沾沾自喜。原来，我不仅不老土，还被称为先锋。只是“先锋”也被视为过气。

虽然我还没有完全理解先锋的内涵，但我已经意识到，在昏暗的灯光掩映下，我终于可以西装革履坦然地混迹于灯红酒绿之中。我越过了一个湖泊，不再被“是不是太老土”所困扰。然而，有人告诉我，你的小说要更多地考虑一下“现代性”。

什么是现代性？又是一个烟波浩渺的湖泊。我的小说都“先锋”了，怎么还没“现代性”？

为了了解什么是现代性，我查阅了一些资料，发现先锋与现代性是两个有亲戚关系的概念。马泰·卡林内斯库在他的《现代性的五副面孔》中，从美学角度分析了现代性的五个基本概念：现代主义、先锋派、颓废、媚俗艺术和后现代主义。有各式各样的词被用来描述现代性，它们包括有：官僚体制、理性化、世俗化、异化、商品化、去脉络化、个人主义、主观主义、线性进程、客观主义、普世主义、混沌、大众社会、工业社会、同质化、单一化、多样化、民主化、中心化、阶级组织、机械化、极权……现代性内涵宏大，五光十色，纵横交错，波涛汹涌，深不可测。现代性之论争复杂混乱，众说纷纭，云遮雾罩，但我貌似弄明白了一些东西，隐隐约约，似是而非，可意会不可言传。有一点是无比清晰的，那就是现代性是一面大旗，文学与它必须拉扯在一起。

令我窃喜和振奋的是，我发现自己与“现代性”是一伙的，就像别人称我“先锋”一样，我一直追随，也可能是叶公好龙，但至少没有与它背道而驰。

然而，大多时候，那些“大词”对文学是无效的。当一个字一个字地抠，为使每一个人物、细节没有瑕疵而焦头烂额、进退维谷时，你会无暇顾及所有的“大词”。但有时候，我们真的需要借助玄乎其玄、模棱两可的“大词”带我们走出泥潭，重拾信心。

我总希望自己面对一片烟波浩渺的湖泊时能施展凌波微步，安然度过。

我确信找到了一个比“先锋”更大的词作为引领。

下面我得说到父亲。

我曾经有一个父亲，他还活着的时候，日常生活的点点滴滴和童年时代的细微往事，都能成为我的小说灵感和素材。有那么一阵子，让父亲作为小说的狠角色确实使我的叙述得心应手，竟然不知不觉之间写下了十几篇以父亲为主角的小说。我从来没有想过，也无意把父亲写成系列。纯粹是下意识的，是意外的。直到有一天有评论家跟我说，你写了那么多父亲，会不会让人腻烦？会不会重复自己？这让我警醒。但我回头看了看，情况并不十分严重。众多的父亲性格不一，形象各异，有些还十分有趣。这让我放心。

在我看来，父亲也是一个“大词”，也是一座烟波浩渺的湖泊。有无数的文学作品以父亲为主角，卡夫卡、舒尔茨、罗萨等，我曾经接受他们的影响。但我一直试图虚构出“面目模糊”又“形象逼真”的父亲。他们的背后，有深刻的背景和丰富的内涵，事关历史和时代，触摸到疼痛和哀伤，能让你欲哭无泪，慨然长叹。如果他们是一座座湖泊，必然清澈，但又波光粼粼，深不见底。

这本集子里收录了十四篇与父亲有关的小说，算是一个回顾和了结吧。《十三个父亲》中，父亲既是一个概念，也是一群鲜活的具象。你知道，这些基本上都是虚构的。这个父亲跟那个父亲没有半毛钱的关系，跟我真正的父亲也扯不上关系。可以肯定的是，大部分“父亲”因为平庸而将迅速沉入湖底，湮没于浩渺的烟波之中。但我固执地奢望其中一个能成为经典形象，跟“现代性”扯上关系，不枉我对“大词”热衷那么多年。

2016 年 12 月 20 日

如何把全镇的诗集买光

——小说集《十三个父亲》自序

后来，我越来越相信当初爱上文学是因为受到了父亲的影响。父亲当过几年兵，能拉二胡、吹口琴、吹箫，象棋也下得鲜有对手，也有军人的硬气，但身上毫无文学的痕迹。也许他一辈子也没写过一篇文章，也不知道文学是何物，更没背过一首唐诗宋词。但他经常在月光下给我们兄弟、邻居们讲故事，三国演义、杨家将、薛刚反唐、狄青征西……以及他的偶像林彪和四野往事。他用口舌把故事演绎得引人入胜，精彩异常，让我常常一整晚辗转反侧，欲罢不能，人物在脑子里进进出出，兵荒马乱，川流不息，栩栩如生，编写、演绎和讲述故事的冲动像夜色一样蓬勃。我对自己说，将来我要当作家，以虚构为业，靠稿费为生，周游世界，俯视万物。但父亲对此浑然不知，他点燃了火种，又要亲手浇灭。

我爱上文学的最初时光，是在一个小镇上。首先喜欢上的是诗歌。邮政所旁边有一个私人经营的书摊，经常能看到诸如《辽宁青年》之类的与文学有关的杂志。只要刊登有现代诗歌，我都千方百计买下来。有时候，与其说是买一本杂志，倒不如说是买一首诗。但这些杂志无法填满我日益膨胀的胃口。好在还有一家有教室那么宽大的新华书店，那些文学书籍像美食一样闪闪发亮。我常常利用短暂的课间休息时间，跨过从镇中心穿过的车水马龙的省道，越过一条狭窄的有野芭蕉树和黄色竹子的小巷，拐过烟雾缭绕的国营面包店，到达骑楼街上的新华书店。如果不是遇到月底关门盘点，我会直奔左边的文学书架，从最底层到最高层，有七排，看有没有新的诗集。虽然很少有惊喜，但我还是乐此不疲，满怀期待。那时候，我根本不知道什么是好诗，也不知道谁才是最有名的诗人。只要是诗集，我就咬咬牙买下来，揣在怀里，欢天喜地地跑回教室，度过好多天激动人心的阅读时光。但整个书店，一年之中也难得看到几本新诗集。因此，我买到不少后来才知道根本不值一提的诗人的著作，甚至还有诸如《袁水拍儿童诗》之类的昂贵诗集。明知道这些诗歌已经过时，不再成为模仿借鉴的对象，但我仍然愿意把它们买下来。而我囊中极度羞涩，买一本诗集花掉了我半个月的伙食费。我为吃饭发愁，夜里常常饿着肚皮摸黑到学校食堂看有没有意外收获——开了饭而又临时改变主意回家吃饭的同学留下的晚餐。结果，跟新华书店一样，鲜有意外的收获。

我还常常光顾新华书店对面的文化站阅览室。偶尔，在乱七八糟的旧书籍中也夹杂有诸如艾青的《归来的歌》，贺敬之的《回延安》之类的诗集。我翻阅了无数遍，千万次想趁人不备偷走，永久性地占为己有。但负责管理图书的那个小老头从我走进来的那一刻开始，目光就咬着我不放，好像我是曾经闯进他家行窃并从他眼皮底下逃脱的小偷。有一次，我说我想买下这里所有的诗集。担心小老头不答应，我迅速开出了“以双倍的价钱”为条件。但小老头还是鄙夷地拒绝了我。

“你以为整个镇就你一个人喜欢读诗歌？”他阴阳怪气地瞅着我说。

确实不只有我一个人喜欢诗。因为我曾经在新华书店看中一本新到的诗集，爱不释手。但等到我积攒够了钱，诗集已经被人买走。镇上有同类，这让我感到不孤单，但更多的是让我不爽和警惕。我想成为镇上唯一的诗人，只有我读诗、写诗、出名，光环和荣耀只属于我一个人。我早已经开始写诗。利用一切时间，疯狂地写，压过镇上的所有“诗人”，让他们知难而退，成全我。我更希望有一天也能像“全国十大校园诗人”那样，被视为大熊猫，一路保送免试进入大学。在这过程中，我希望镇上没有竞争者。所以，当发现隔离班有一个愣头青手里捧着一本我错过的《朦胧诗选》，心里惊喜而紧张，好在，此呆读不懂朦胧诗，我用三倍的价钱把它买了过来。其实，我也读不懂，但我早早记住了那些诗人闪亮的名字，相信在不久的将来，我会成为他们中的一员衣锦还乡。

有一次，在人民理发店，我看到了一个头发蓬乱的青年坐在椅子上，一边等待理发，一边翻看一本文字分行的书。我弯下身去想看清楚是什么书名，但被他警惕地拒绝了，吝啬地用胳膊遮挡住我的目光。我只看到他又脏又臭的脚板交叉相互搓着，地上很快便有了一堆崭新的污垢。趁他低头掩饰双脚分心的时候，我看清了书的封面：席慕蓉《七里香》。简直是暴殄天物。

为了不让诗歌落到这种人手里，我决心不惜代价把镇上所有的诗集买光。

但我几乎是镇上最穷的学生。我的学杂费得靠父亲从遥远的茶场上气不接下气地送过来。他那点微薄的工资供养着四个正在读书的儿子，用捉襟见肘远不足以形容他的窘迫。因此他反常严厉要求我们必须把每一分钱用到刀刃上。回想起当年我要买光镇上的诗集的奢望，与今天的一个连房租也交不起的文青梦想买下一座城市差不多。而我，还是背着父亲把有限的伙食费和买牙刷、肥皂的钱挥霍在购买诗集上。我相信，只要省吃俭用，一定能把全镇的诗集都据为己有。一支牙刷我用了三年，到毕业时还剩下七根残毛。父亲把我面黄肌瘦的原因归咎于学校的伙食太差而我的功课压力太大。终于有一天，新华书店书架上的诗集被我买光了。可是，第二天，同样的诗集重新出现在书架同样的位置上……还有一个秋季，我把一个学期的学费 36 元全部寄往四川《星星》诗刊编辑部，参加了诗歌写作函授班。函授老师告诉我，他会尽力帮助我进步、发表作品，把函授的学费赚回来。我信心满满地以为，学校的学费暂且拖欠着，到了期末，我的诗歌稿费足够一次性交清。我还以为，此事可以瞒天过海，父亲也会浑然不知，因为拖欠学费的远不止我一个人。但他从学校门墙上的期中考试成绩排行榜上发现了我的反常。我的学习成绩一落千丈，无可辩驳。在严厉的逼供面前，我向他坦白，出卖了诗歌。父亲暴怒，恨不得把诗歌这只恶魔立即从我身上驱赶出去。但我告诉他，不必太担心，我会争取保送上高中、大学。我拿出“全国十大校园诗人”作为有力的例子。

“人家发表过那么多的作品，你的作品发表在哪里？”父亲的疑虑很专业。

我指了指张贴成绩排行榜的对面的一堵墙。父亲从花花绿绿的墙报角落里看到了我的一首十七行的长诗，除了摇摇头，再也没说什么，掉头离开学校，往他遥远的茶场去了。

然而，直到学期结束，我也没有在报刊发表过一首诗，投出去的稿全部音讯全无，自然没拿到一分钱稿费，还搭上不少邮费。这是一次巨大的投资失误。我破产了。是我妈，卖掉了一头猪，将我的学费补交了。而新华书店的书架上，赫然摆放着新旧诗集。诗集像野草一样，割了又长出来，根本无法斩草除根。

尽管如此，我仍然想把整个镇的诗集买光。

暑假，我做起了贩卖冰棍的生意。一是为了购买诗集，二是为了参加市里举行的收费的笔会。但我向家人撒谎说是为了自筹学费。因此，暑假，农忙时节，父母、兄弟特赦了我下田收割、插禾的责任。我整日奔波于粤桂边界的乡村，避开同行的竞争和熟人可能发出的嘲笑，到最偏僻的地方，兜售冰棍。虽然因为祖父的突然去世中止了我的生意，但我已经积攒了能买光新华书店诗集的钱。

父亲察觉了我的动机，开始干预我购买诗集和写诗行为。他看不出我会“保送”上高中、大学的前景。因为我直到初三才在县刊发表一首短诗，离全国出名的距离比镇到茶场的距离要遥远得多。父亲比我清醒，断然将我床头、抽屉的诗集和诗稿全部收走，让我专心读书。但为时已晚，我中考落了县重点高中的榜。单凭一首发在县刊的诗何来谈保送？我面临着两个命运：一是当农民，二是当农民工。父亲一辈子最鄙视最无颜以对的职业就是农民和农民工，虽然他一辈子的身份就是一个农民。如果我们四兄弟都逃不脱这两种命运的话，对他来说真是生无可恋——我又何尝不是如此？

在万念俱灰的日子里，我仍然到新华书店去，看书架上有没有诗集。售货员早已经认出了我，对我说：“诗集早被人买光了。”

虽然我并不准备购买诗集，但这真让人沮丧，又让人惊喜。我把中考落榜和不得保送的原因归咎于镇上隐形的“诗人”。是他们耽误了我的前途。我竟想把他们揪出来，看看他们穷酸和猥琐的嘴脸。

从镇看榜回家的路依然是熟悉的通往广东的省道，这一天显得异常崎岖漫长，树影婆娑，阳光斑驳，自行车碾过厚厚的黄沙，摇摇晃晃，举步维艰，一种绝世的孤独感和无助感从天而降。我才明白，父亲所有说过的话都是正确的，把一个镇的诗集买光的想法多么荒谬可笑！我突然号啕大哭，将自己藏匿于汽车扬起的尘土里。回到家，当着父亲的面，我一把火烧光了所有的诗集和诗稿，并且承诺从此与诗歌分道扬镳、势不两立。父亲愿意再给我一次机会，从九户亲戚那里筹借了一千元赞助费，让我就读县重点高中。

在整个高中阶段，我再也没有买过一本诗集。因为我和父亲有过契约。甚至对语文课本上的诗歌也充满了警惕，仿佛一沾上它们便坠落万劫不复的深渊，从此路断天涯，不再有将来。

然而，高中三年，我的文学梦依然在燃烧，像冰山下的火焰。我心里有猛虎在细嗅蔷薇。那么压抑，那么心有不甘，夜深人静，梦想便从哪个角落里窜出来，像一只饥饿的老鼠，骚扰我，撕扯我。实在无法忍受，打开手电筒，在笔记本上写下几行，又匆匆撕毁。这是对契约的违背，对父亲的背叛。纠结、矛盾，自我谴责。对此父亲浑然不知。

直到我参加工作，父亲仍然反对我当一名作家。他不知道什么是作家，当一个作家，远不如兢兢业业当一名副乡长更能光宗耀祖。为了报答他，我在政府办公室待了十八年，就为了当一名副乡长、副县长。有一天，我离开了政府办公室，到文联去，当作家去。他心如刀割，唉声叹气，羞于见人，最后从祖坟风水学中找到了答案，理解了宿命，才稍稍释怀。此时，我的创作生涯进入了喷发期，没有什么可以阻拦。而正是此时，父亲的影子在我脑海里剧烈晃动，在我提笔写作时，他总是最先不邀而至，跃然纸上。于是，我回想起了他生平的点点滴滴。我小说的故事起源跟他脱离不了干系。比如《捕鳝记》，便是起源于当年夏夜父亲领着我持火把捕鳝的经历。父亲小时候受尽饥饿折磨，《牛骨汤》中重现了饥饿时期父亲随祖父寻找食物的场景。《鸟失踪》《旅途》《把世界分成两半》等篇什中也有与父亲有关的一些真实细节。

在我看来，父亲是一个"大词"，是一座烟波浩渺的湖泊。世界上有很多的父亲。有无数的文学作品以父亲为主角，卡夫卡、舒尔茨、罗萨等，我曾经接受他们的影响，他们唤醒了我，启发了我，指引着我。父亲的形象是如此清晰，又如此陌生，像湖底的水草，像湖面的波纹。我一直试图描摹出"面目模糊"又"形象逼真"的父亲。他们的背后，有深刻的背景和丰富的内涵，事关历史、时代和人生，触摸到爱、疼痛和哀伤，能让人欲哭无泪，慨然长叹。即使他们是一座座形状不同的湖泊，也必然清澈透明，波光粼粼，又深不见底。

有那么一阵子，让父亲作为小说的狠角色确实使我的叙述得心应手，竟然不知不觉之间写下了十几篇以父亲为主角或配角的小说。我从来没有想过，也无意把父亲写成系列。纯粹是下意识的，是意外。直到有一天有人跟我说，你写了那么多父亲，会不会让人腻烦？会不会重复自己？这让我警醒。但我回头看了看，情况并不那么糟糕。众多的父亲性格不一，形象各异，有些还十分有趣，像父亲的模样。这让我放心。

这本集子里收录了十三篇与父亲有关的小说，算是一个回顾和了结吧。《十三个父亲》中，父亲既是一个概念，也是一群鲜活的具象。猥琐的、颓废的、窘迫的、粗暴的、伟岸的、深沉的、慈爱的、坚毅的、果敢的、愤世嫉俗的、异想天开的、刚愎自用的……父亲，恨不能把所有的父亲都描述一遍。严格来说，这些“父亲”都是虚构的，子虚乌有，胡说八道。这个父亲跟那个父亲没有半毛钱的关系，跟我现实的父亲也未必有可信的勾连。然而，可以肯定的是，我笔下这些“父亲”大部分因为过于平庸而将迅速沉入湖底，湮没于浩渺的烟波之中。但我依然固执地奢望其中的一个能成为经典，这正是我孜孜以求的动力。

父亲很少读我的小说，可能是因为读不懂。我也从不跟他谈论文学以及因为文学跟他“较量”的那些日子。甚至不肯在他面前承认我热爱写作是因为受过他的“口头文学”的影响。父亲去世三年多了，如果他不再反对，我愿以此书献给他。

顺便告诉你们，我也曾经回到镇上去。镇子变化很大，省道早已经改道，那些小巷也已经踪迹难觅，文化站也已经搬迁别处，新的街道和房子让我感到陌生。但新华书店仍在，书架还是那些书架，只是琳琅满目的书籍中再也找不到一本诗集了。我相信，并非诗集被无端蔑视，而是有人替我将它们全部买光了。

2017年1月6日，于南丹歌娅思谷

原载《广州文艺》2017年第5期

写作的秘密

——短篇小说集《灵魂课》后记

十年前，我发现了一个“秘密”：对写小说而言，想象力和虚构能力比生活经验更重要。于是，我不再迷信繁杂紊乱的现实生活，而是回到想象中去虚构我的小说世界。那时候，我刚刚学会在电脑上打字，同时也开始懂得小说应该怎么写了。于是，我笨拙地在电脑前弄小说。开始之初，我对文坛几乎一无所知，对西方文学也鲜有接触，不知道什么样的小说才是好小说。我调动了遥远而混沌的记忆，在想象的空间中开疆辟土，虚构出一个个光怪陆离陌生得连自己都懵懂的世界，冲动、蛮横、狂傲、怀疑、困惑、自卑、胆小如鼠又浑身是胆，分不清楚白昼和黑夜，用不尽才华和力气，新的灵感每隔几分钟便来光临一次，像新开张的店铺顾客盈门、川流不息，无论我怎么忙碌也应接不暇。我的小说一篇一篇地走下流水线，在各大文学期刊上登堂入室，惊喜交集，又忐忑不安。这种状况持续了五年左右。直到现在我还在忌妒那时候的自己。然而，回头再去读那时候的小说，才发现很多漏洞、稚嫩和做作，但我依然把那段时期作为成长的开端，我提着这一口气跑了很长的路。现在，这口气早已经泄了，我换了一种方式去面对写作，每写一篇都要事先花许多的时间来积攒力气，但中途的泄漏往往更多。因此，我每次都务必争取在力气泄漏完之前把小说完成。

于是，十年之后，我发现了另一个“秘密”：对写小说而言，力气比才华更重要。发现这个“秘密”的时候一般都是人到了中年。年轻的时候好像从没缺少过力气，连歇一歇的念头和时间都没有。现在我发现力气的重要了。小时候大人告诉我，力气是从饭量中来，饭量越大力气越足；许三观说，力气藏在血液里，血卖光了人也就没有力气了。作家积攒力气的方式要矫情和隐蔽得多。阅读、思考、观察、争论、情怀，与虚无的抗争，对世俗的质疑，精神病一样对一切存在的东西进行永无休止的探究和追问，在这过程中，作家像蚂蚁储备过冬的食物一样积攒自己的能量。我不害怕自己从少年变成了中年，又从中年步入老年，而是害怕我无法积攒足够多的力气去完成下一篇小说。

说到这里，我又发现了一个新的“秘密”：文字量的多寡跟一个作家的高度没有半毛钱的关系。然而，我觉得自己已经写得够多了。虽然我不知道一个作家到底需要写多少才算多。我非常认真地写下了一篇又一篇的小说，每次都以为离理想中的小说距离越来越短，越来越短，仿佛只有一步之遥。但谁都明白，即使就只差一步，要走完谈何容易！因此，我现在的写作不跟名利较劲，也不跟同行较劲，而跟自己较劲，跟自己理想中的小说较劲，看走完最后那一步到底有多难。对我而言，写作已经变成了一个人的拉力赛。这一路上，还有很多别人早已经知道了的“秘密”需要我去发现和验证。

现在，我有机会回头梳理一下那些曾经让我激动万分或让我的失望纯净到没掺杂任何希望的小说，这看似意义非凡，实际上往往使人陷入更深的虚无。我不善于谈论自己的小说，对吆喝之事更是难以启齿。好小说和坏小说之间只有一毫米之差，高明的读者往往比固执的作者更善于察觉。因而我更愿意相信读者。这个短篇小说集几乎汇集了我自以为得意的篇什。我深知短篇小说集在市场多么不受待见，因此我尽量把最好的往篮子里装，目的是想让出版方能够多卖出几本，除此之外，我再也想不出其他报答太白文艺出版社的方式了。

2013 年 11 月 20 日，南宁

魂的授业

——关于短篇小说《灵魂课》

2006年，我到省政府办公厅跟班学习，被安排在省人民医院侧门对面的一间公寓住宿。公寓与医院只隔着一条狭长的街道。在公寓里，我只需抬眼，便能从窗口看到医院侧门的人进进出出。医院侧门两边的临街铺面，有快餐店，有面包店，有小超市，有单车修理店，有网吧，也有寿衣店和殡葬一条龙服务店。我对城市充满了好奇。将在这个大城市里工作生活四个月的时间，我觉得应该做点什么打发寂寞的时光。因此，每天晚饭后，我都骑着单车穿梭于大街小巷，探究这个城市的驳杂和隐秘。很快便对这个城市有了宏观的印象。每次出门，我都要经过一间寿衣店，它里面摆满了花花绿绿的寿衣和法事用品。开始，我对它很忌讳，一个多月过去了，我都不敢靠近它，怕沾上了晦气。然而，每次经过它门前，都忍不住往里面看一眼，然后匆匆离开。

有一天，店里来了一个年轻的姑娘，娇小玲珑，长得很秀气。我对她产生了好奇，经常从公寓的窗口看她。她给顾客推介寿衣时脸上总是挂着恰到好处的谦卑、怜悯和让人好感的哀恸。而客人一离开，她马上换了一副轻松、明媚和生气勃勃的表情，转换之快和自然堪比训练有素的演员。

又有一天，傍晚，我从公寓出来，惘然四顾，不知道应该往哪里去。犹豫片刻，越过街道，径直走进了这间寿衣店，跟那个年轻姑娘说上了话。一开始，我对货架的东西东瞧瞧西瞧瞧，她以为我是顾客，后来她终于发现我不是，并觉得我面熟，幡然想起常常看见我骑着单车从对面的公寓出入。她就把我当成了街坊或邻居。此后，我还到过几次寿衣店，每次到里面转悠一下，不作久留，跟那个姑娘唠上几句就离开。因此，我知道她是一个毕业了三四年的大学生，农村来的，这是她的第七份工作。之前她在超市、广告公司、写字楼、牛奶店、美容院都干过。她觉得干哪个行业都不要紧，关键是自己喜欢。她喜欢这份工作。薪水高，工作强度不大，上班时间可以手机上网玩游戏，关键是，老板娘还提供食宿，不用自己租房子。晚上，她就住在寿衣店的二楼。二楼是仓库，堆放着寿衣、骨灰盒等物什。她不害怕。"人总是要死的，你越是怕，死得越早。"她郑重其事地说。她还说到，"现在不少年轻人已经不认同落叶归根、魂归故里之类的狗屁观念了，进了城，就不愿回头，也无法回头，就是一条不归路，生是城市的人，死是城市的鬼。人一死，灰飞烟灭了，但灵魂仍在的，不信，到了半夜三更，你瞧瞧空荡荡的街道，那些路灯，多像鬼魂的眼睛"。那个姑娘说完便哈哈大笑，笑得惬意、坦荡、真实和全力以赴。

待了三个多月后，我快要离开这个城市回到原来的单位上班了。有一天，我从一份早报上看到一则不显眼的新闻，说是昨天一场暴雨过后，洪水把殡仪馆存放骨灰盒的房子给淹了，许多的骨灰盒漂流到了马路上，一只挨着一只，拥堵在一起……

于是，我坚定地想到了灵魂。这个城市里肯定有无数的灵魂在飘荡，像尘埃，像雾霾，像滞留在火车站广场上黑压压的人群。它们看得见万物，而我们对它们浑然不知。它们有多少梦想就有多少抱憾，有多少情爱就有多少哀怨，有多少雄心就有多少不甘，有多少眷恋就有多少乡愁。灵魂要比活着的生命体更包罗万象，更宽阔无边。它们的存在，一下子就有了无穷的意义。

小说从2008年就开始写了，写了无数次开头，脑子里有许多种想法，但一直无法让自己满意，也就放下了。直到2011年春天，我突然想起了寿衣店的二楼，这时候才豁然开朗，才果断地把小说进行下去。

小说在2012年第1期《收获》发表后，有读者向我提出一个问题：一个农村老人如何懂得谈论灵魂？这真是不了解我们乡下人，在我们乡下，人们经常会谈到鬼魂（跟灵魂一个概念），而且很迷信，他们有无数的理由和事例说服你相信鬼魂的存在。在我们那里，这是一种常识，也是一种基本的信仰。还有读者追问：老人的儿子阙小安究竟死了没有？我不能给出肯定的回答，因为小说是允许多种可能性存在的。关于小说的题目，我拟了两个供编辑选择，另一个是《灵魂客栈》。钟红明老师选择了《灵魂课》。我也觉得这个好。最近，日本一本杂志译载了这个小说，把题目译作《魂的授业》，深得我心。

我说的就是这个意思。

2014年1月5日，南宁

2014年11月5日《收获》微信专稿

为什么把小说写得那么狠毒

——关于短篇小说《两个棺材匠》

从1996年到2003年这段时间我在县政府办公室，一心从事公文写作，很少去考虑文学上的事情，期间偶尔写些诗和撰写地方人物传记，离文坛很远。2004年，我突然觉得应该写写小说了，于是事隔多年后我写了第一篇真正意义上的中篇小说《我的叔叔于力》。开始时我怀疑它是不是小说，小说能不能这样写，这些简单的问题当时也百般折磨着我。又经历了几次退稿后，我把它投给著名的《花城》杂志。大概两个多月后，编辑林宋瑜电话告诉我，这篇小说写得好，还问我有没有其他小说。我又给了她两三篇新写的短篇，其中有一篇短篇就是《两个棺材匠》，写于2004年，是我写完中篇处女作《我的叔叔于力》之后写的，写得异常顺畅。但同样地，我也不知道这是不是小说，当下还有没有人写这类型的小说？结果，2005年，《花城》在其重要栏目“花城出发”隆重推出上述两篇小说、一篇长篇访谈和创作谈，这对我的鼓励和帮助相当大，怎么形容也不过分。我把这个“大事件”作为我小说生涯的起点，我通常说，我真正意义上的小说创作是从2004年开始、从2005年出发的，从此以后就在写小说这个行当里死心塌地地混下去了。当年写《两个棺材匠》时，有一股狠劲，也有游戏的成分，反正不知道小说应该怎么写，就按照自己的逻辑胡乱地写，往稀奇古怪里写。但我知道小说必须有人物，于是我就在虚构人物上下功夫，让人物本身具有荒诞性，让他们无法把握自己的命运，让他们苦苦挣扎、欲哭无泪。开始的时候，我边写边等着看小说里人物的笑话，鄙视他们、嘲讽他们、痛恨他们，后来逐渐感觉到了人物已经不知不觉中钻到了我的心里，让人挥之不去，于是我不得不重视他们，替他们考虑出路，让他们不再折磨我。写小说就是自找苦吃，常常得像妥善安置自己的亲人那样安置好自己虚构出来的人物。《两个棺材匠》一气呵成，多年以后，我还觉得它的语言在精致中带着狠劲，如写到“我”失去一条腿后，做棺材匠的“父亲”用上等棺木的边角料为我做了一副精致的拐杖：“左右两根拐都雕刻有一行楷书，左边是‘身残志坚’，右边也是‘身残志坚’。我喜欢这副拐杖，它取代了沈阳的位置成了我最好的朋友，我们相互信任、彼此依赖，像连体兄弟一样亲密无间、形影不离。”我不知道当时为什么把小说写得那么狠毒，但如果现在让我重新写它，我依然会那样写。

2013 年 12 月 22 日

《青年文学》2014 年第 6 期总第 500 期

祖父弥留之际

——谈小说《陪夜的女人》的创作

昨天接到写创作谈的任务，今天刚要动手的时候，突然意识到身在清明节，心里有一种特别的感受。此文献给我的祖父吧，因为小说《陪夜的女人》的确与他老人家有关。

二十年前，我正在家乡的镇中学读初中，那时候正热烈地爱上了文学，却从没到过镇以外的地方，梦想有一天能见识传说中的“文坛”。夏至未至的一天，还没有中考，镇上的一个姓谢的诗人从县城兴冲冲地跑回来告诉我一个重大的消息：他可以带我参加玉林《金田》杂志举办的笔会！但需要五十元钱。我被这个天大的喜讯和巨额的费用折磨得寝食难安，几乎连中考也忘记了参加。有经商天才的谢诗人给我指明了通往笔会的道路，他让我暑假贩卖冰棍。中考一结束，连成绩的好坏也懒得去想，马上从父亲的手里抢过自行车，从谢诗人那里借了二十块钱，开始了雄心勃勃的赚钱之旅。每天早上从镇冰室批发一箱冰棍，骑车往高州方向一路叫卖。那时候，我忘记了田里的稻谷需要我帮忙收割，甚至忘记了病床上的祖父。有一天夜里，梦中我突然听到祖父大声呼喊我的乳名，听起来不是普通的呼唤，而是紧急的呼救。我听得出来，那是祖父的声音，仿佛从遥远的地方传来的，深沉、急促又满是哀求。我一骨碌爬起来，甚至忘记了穿鞋，夺门而出。到达祖父住的老房子要爬上高高的长满杂草和青苔的石阶，要穿过狭窄而瓦砾扎脚的天井和漆黑的堆放着柴草的侧门。摸着那些被风蚀得不成样子的泥砖，踏着凹凸不平、潮湿得有些冰凉的地板，我走近了祖父。在微弱的星光里我能看到一张漆黑的明清式木床，祖父的头就搁在一个高高的木枕头上，那瘦削而蜡黄的脸孔像一个没有表情的绝望的面具，一动不动地朝着窗户的方向。身上盖着的薄薄的棉被，成了臭味的主要来源。我点亮了灯火。光亮不仅不能消除我的不安，还引起我巨大的恐惧。孤寂的深夜，连一声多余的咳嗽声也听不到。我生怕一阵风把灯火突然熄灭。祖父说话了。

“你是阿宝？”阿宝是我的乳名。

我说：“是。”

“你都去了哪里？”

“我卖冰棍去了……”

“我快死了……”

祖父才 86 岁，我不相信他那么快死。因为他摔了一跤后就瘫躺在床上，已经一年多了，但每天还能吃下一大碗的饭，除了不能动弹外没有什么病，没有谁能估算得到他什么时候会死。还没摔瘫之前，他还能扛起一百多斤的稻谷。

“有什么事吗？”祖父沉默了很久，我便问。我又困又累。

祖父默不作声，只是安静地看着我。最后眼睛从我身上移开，陷入了漫长的沉默。我等不到他的回答。或许他突然忘记了要告诉我什么事情，也许压根就没有什么事情。我熄灯转身离开。身后又是巨大的黑暗。

可是，我刚要睡着的时候，又听到了祖父呼喊的声音。我旋即又跑到他的房间，问他有什么事吗？他却什么也不说。如此反复，到第五次的时候我终于挺不住了，也很不耐烦了。因为这样下去明天我的冰棍生意就无法进行了。我有点来气，便睁着眼睛躺在床上跟他较劲。祖父见不到我，便转而呼喊我父亲、母亲、叔叔、哥哥等亲人的名字，声嘶力竭的。夜深人静，整个村庄都会听得到，大家应该都被吵醒了。但是，他们都无动于衷，或许因为太累都睡沉了。我只好又一次跑到祖父的跟前，让他安静下来。第二天，我才知道的，祖父白天睡觉，到了晚上便彻夜不眠，大声地呼喊着亲人的名字。开始，大家还有呼必应，但坚持不了多久，便被他折磨得精疲力竭，苦不堪言，加上沉重的农活，到了最后，他们都无力回应祖父的呼喊。此后的每个夜晚，我都被祖父的呼喊困扰着，尽管父母亲都劝我少费劲，留点气力做正当事情。但上半夜我还能坚持往他的房子里跑三五次，下半夜就困得不成了，便睡“死”过去。即使在祖父的房子里，我也不敢多待一会儿，因为那里弥漫着的黑暗和恐惧让我逃之夭夭。我还知道，整个村庄都怨声载道，但也无可奈何。因此，对村庄里的每一个人，我都觉得内疚，也不知道这种情形要多久才能结束。暑假快结束的时候，有一天黄昏，我回到村里，母亲低沉地告诉我，祖父去世了，已经躺在堂屋里，父亲和叔叔已经放下农活，准备着祖父的后事。那时候，我的冰棍箱里还有一些来不及卖完的冰棍，我本想让祖父也尝尝。但在那个夜晚，它们将自己融化成空荡荡的水……

我的祖母去世得早，以至我从没见过她的容貌。听母亲描述说，她人长得高大，也很勤快……与《陪夜的女人》中所述的不同的是，印象中我从没听祖父提起过祖母，仅仅有一次，他跟我父亲提起过，死后他要和祖母合葬在一起，那还是他身体很棒的时候说的。我至今也不知道祖母的名字，只知道她姓庞。我曾经跟着祖父去过她的娘家，一个叫黄坡的村子，虽然同一个镇的，但因为是走路的缘故，总是觉得很遥远。

祖父的去世，使整个村庄恢复了宁静。一切都似乎如释重负。

而我，从第二天开始便停止了冰棍生意，那个笔会，也暂且忘掉了。若干天后，到镇上还钱给谢诗人的时候，他遗憾地告诉我说："我一直想告诉你，笔会因故取消了。"一切都戛然而止，直到一个月后，我离开家乡到县城读高中，一切才重新开始。

很多事情我都已经淡忘，只是，祖父弥留之际的情形我时常会想起。后来，我才真正弄明白祖父对死的恐惧和对生的留恋。但那时候，因为无知和麻木，我肯定错过了些什么。现在，剩下的仅仅是记忆和愧疚。毫无疑问，这些东西对《陪夜的女人》的创作起到了很大作用。但小说里面表达的远不止这些。它涉及了生与死、爱与悔、恐惧与留恋、责任与承担，我试图用火把去照亮某些幽暗的角落，于是让你们看到了安静、从容、惊悚和诡异，乃至那只倏忽的"鬼船"……

2009年4月4日，清明节，北流

2010年第2期《广西文学》

无论她长得多丑，我都会爱她

——关于《败坏母亲声誉的人》

与那些年少成名的作家相比，我出道比较晚。2004年才开始真正意义上的小说创作，之前主要写诗。那时候老是怀疑自己，到了三十岁“高龄”才开始写小说是不是太迟了？因此，我不想再随便写写浪费时间和精力，耗不起了。我的小说写得并不一定好，但写得很努力，一点也不敢怠慢。数年过去了，小说也发表了一大堆，数量上有点可观了。有些关心我、对我有所期待的朋友经常提醒我说，你到了该写出代表作的时候了。每听到这句话我都诚惶诚恐，好像我漏做了什么，以前都是白活了，下一步要做一件惊天动地的大事似的，使命感特别强烈。后来我才知道，很多热爱文字的同人们都或多或少地存在“代表作情结”。如果不努力写出自己的代表作，好像我便不属于作家一样，因此我对小说格外小心翼翼，害怕一不小心便错过了诞生“代表作”的机会。其实，一开始我便把每篇小说都当作代表作来写，写得格外认真，有时甚至到了苛刻的地步，特别是文字。因为写诗的缘故，对文字尤其刻薄，认为能删节的文字绝不能让它寄生在我的小说里。因此，常常发生的是，刊物都要上机印刷了，我还厚着脸皮从编辑部那里“召回”我的小说，修改一下再发过去。麻烦了编辑心里特别歉疚，但只能如此。长此以往，我似乎落下了文字洁癖，写小说的时候不容忍自己文字有半点拖沓，结果本来要写成中篇的小说最后只是一个短篇就完了。最对不起同行的是，当看到叙述啰唆、对话影视化、通俗文学写法的小说我就看不下去，半页也不成。此时我常常提醒自己，小说有一万种写法，别人这样写也能出经典。小说不就是一篇文章吗？读后就扔了，甚至根本就没几个人看，为什么要对自己那么苛刻？其他都可以说服自己，就这一点不能。孔夫子说得好，己所不欲，勿施于人。我不能败坏了读者的胃口。尽管我也不一定能免得了。

《败坏母亲声誉的人》写于2007年，写好后老是怀疑，然后是反复修改，把怀疑的地方修改到连自己也相信为止。修改后，开始对它期待很高，但随着时间的推移，对它越来越没有信心，以至下不了决心投稿，生怕令编辑一再失望，之后一看到是我的稿子连正文都不瞧一眼就往垃圾桶里扔。后来老是琢磨它，改来改去，连自己都觉得它烦了，最后才咬牙切齿地把它扔出去。好在一年后它发出来了。感谢《钟山》把它安排在头条，即使这样也并不说明它有多好。同时感谢北京文学《中篇小说月报》转载了它。我发誓，无论它长得多丑，我都会爱它。因为它是我的孩子，它折磨我的时间是那么长。

2010年2月5日

《北京文学中篇小说月报》2010年第3期

到底谁败坏了母亲的声誉

——中篇小说《败坏母亲声誉的人》创作谈

那时候，我刚参加工作，和那些普通的机关干部住在市政府大院的一座破落的四合院里，简陋、嘈杂、脏乱，即使是白天我们也常常得被迫和老鼠作战。我很快结识了一个与我年龄相仿的邻居，并且在并肩作战中我们成了最好的朋友。由于穷困，我们到菜市场买最便宜的菜回来合灶做饭。吃完晚饭后，我们到政府大楼五楼的一间废弃的会议室打乒乓球，一个晚上要打上十七局，输的一方负责第二天买菜。因此，我们都打得异常卖力，每球必争。但不论谁胜谁负，第二天中午我们都会一起去菜市场，他总是驾驶那辆废弃的警用三轮车（他的工作用车），我坐在右边的车厢里，穿行于狭窄拥挤的街道，呼啸着招摇过市。那时候，我们多么开心。安静的时候，我们经常聊起女人和生活中的苦恼。他说得最多的是自己的身世，七岁时还来不及抹平丧父之痛，母亲便改嫁他乡，他只好跟叔叔一起生活，受尽了生活的艰辛和精神上的煎熬。他回想起少年时代不幸的同时，也经常自豪地说起他远在梧州当校长的父亲。在他心目中，父亲的形象是完美的，以此映衬出母亲的缺陷和对她的埋怨。我格外同情他，特别是不理解他的母亲，改嫁的时候为什么不带他在身边而忍心让他早早成了孤儿？天下怎么会有这样狠心肠的母亲？我常常觉得我们之间纯真的友谊以及快乐无比的单身生活能治愈他的创伤和忧郁，因此努力把这种状态一直延续下去。

然而，我们一起买菜、一起做饭、一起玩乐的快乐时光很快结束了。因为他的母亲突然从边远偏僻的乡下来到了他的身边。事先没有什么先兆，也没听他说起过。她应该是说来就来的，像一封来自远方的陌生的信件。

我见到了他的母亲，身材矮小，衣着简朴，头发苍白，满面沧桑，轻易看得出来她受过很多的苦。与我想象中的不同，她是一个非常善良又客气的人，怯懦、谦恭、温柔敦厚，小心翼翼，生怕说错什么话。她知道我和她儿子的关系，对我充满感激，一见到我常常说，多谢你关照XXX，他有什么不对的地方你要多多谅解，他有你这样的朋友我就放心了……从此以后，她除了偶尔回乡下几天，便跟儿子生活在一起了，就住在儿子住的那间窄小的房子里，而她的儿子搬到了女朋友那里提前过上了同居生活。她开始过上了机关大院的生活，试着讨好那些邻居，尤其是那些机关干部的母亲，与她们融洽在一起努力变成她们中的一员，慢慢地，她洗去了脸上的谦卑和土气，也有了机关干部的母亲才有的自豪感、优越感和舒适感。那些大院妇女经常称赞说，她是大院里性格、待人最好、干活最勤奋的老人。她还经常捡拾一些破烂补贴家用，后来我的朋友阻止了她才放弃。我的朋友告诉我，他母亲改嫁后生活过得并不好，日子艰难，受尽欺凌，没有尊严，老无所依，因此，快二十年后终于投靠他来了。我看得出来，他们母子感情很生疏，隔膜，微妙，他心里显得矛盾、别扭，有芥蒂，五味杂陈，对母亲有很大的成见和怨气。幸好，后来他结婚了，生育孩子了，他母亲帮了他很大的忙，他们的日子也过得越来越好。但我不知道他们母子的感情是不是越来越好。我早就搬离政府大院了，很少再见到她，然而，她的形象一直存放在我心里。说实在的，虽然她人很好，但一直没能彻底改变我对她的偏见。实际上是，我无法替我的朋友原谅她二十年前对儿子的抛弃，尽管也许她有很多的苦衷，尽管也许她的儿子早已经原谅了她。我的内心是多么的顽固，可是正因为这一点“芥蒂”，才有了《败坏母亲声誉的人》的起源。但显然小说写的并不是她。

以上的讲述试图告诉你们：败坏母亲声誉的人其实并不是别人。

我还想说的是，对所有的母亲我都不忍心贬损，即使她们多么渺小、卑微或狠心，毕竟是我们的母亲。我们能做的，便是有选择地歌唱，或者干脆保持沉默。

感谢母亲们为我们做的一切并原谅她们无法为我们做到的。

同时感谢《中篇小说选刊》让我说出了作为一个作者的想法。

2010 年 1 月 21 日

《中篇小说选刊》2010 年第 2 期

我想要什么样的小说

——谈短篇小说《爸爸，我们去哪里》《邻居》

其实这个问题我自己也一直没有想明白。刚开始的时候，想把小说写得惨烈一些，因为血淋淋的东西总会触目惊心，能让人记得住。写小说，不就是想让人记住么。现在想起来，有时候觉得当初是有点投机取巧的嫌疑了，但仔细一想，我的想法未必就错，小说不“投机取巧”成吗？苏童说，小说除了写得奇特别无出路。既然如此，我现在想的不是要不要“投机取巧”的问题，而是怎样才能做到“投机取巧”。也就是说，我的所有努力都是为了写出奇特的小说。然而，要把小说写得奇特绝非易事。如果你有一个奇特的故事，当然能写出一篇奇特的小说。但奇特的故事可遇不可求，尤其是当今的作家生活背景趋同、信息共享的时代，捕捉和虚构一个奇特的故事更是难上加难。更何况，故事并不可靠，无论你如何努力把它描述得曲折离奇，也会在新闻追踪、电视纪录片、社会纪实面前显得黔驴技穷。因此，叙述就显得格外重要，它足以将故事的重要性从第一位排挤出去。我同意一些小说家把自己比作厨师的说法，菜都是那些菜，关键是怎么弄。小说家写小说犹如庖丁解牛，玩的是技术活，短篇小说尤其如此，你的叙述必须与众不同，比别人高出一筹，这就要求角度、语言、节奏、气味等都是你所独有的。当然，还得有思想，在一篇故事和叙述都平庸的小说里如果蕴藏着独特的思想，这个小说也会是奇特的。如果上面所说的奇特性我们都不拥有，那么也许还有一种迷人的东西，那就是气质。一个女人，也许她的面貌不是很好看，身段也不很理想，但她却令人倾倒，因为她身上散发出来的气质比漂亮的女人独特。小说大抵也是如此，小说的气质往往比其他因素更让人着迷，诸如沈从文、汪曾祺的小说。奇特的气质是小说的更高境界，像烟雨江南里穿旗袍弹琵琶的女人。我不自量力地试图同时拥有上述的所有的奇特元素。《爸爸，我们去哪里》讲述一个年代久远了的故事，在这个故事里，一个女人对丈夫的爱超越了时代背景，以至在那样狭窄的空间里无法得到安放，我们不仅感受到了她内心的柔软，还清晰地闻到从她身上散发出来的弥漫在秋风中的气味，父子二人对她充满了惋惜，却又无能为力，爱和被爱近在咫尺却相隔千里，这种沉重足以将一江水压低。因此，这个小说获得了比小说本身还要宽阔的边界。如果它是奇特的，那么它的奇特之处大概就在于此吧。而《邻居》是另一种小说，它很庸常，几乎看不到故事，支撑它的是叙述，是缜密，是细节，是不经意的波折，它的机锋藏在安静之下，说出了一个信任并不可靠的例子，让人感到困惑甚至绝望。写小说像穿衣服，什么款式我都必须试试，期待并不出众的身材能奇迹地穿出适合自己的独特气质来。有时候，我自信地认为，我写出了"奇特"的小说，但更多的时候，我沮丧地觉得"奇特"离我越来越远。比如在写小说时，总是在怀疑自己是不是很俗套，总是在怀疑这个故事、这种叙述、表达的这个思想是不是早已经被别人写过了N遍。比如《爸爸，我们去哪里》叙述的并非我的生活经验，它的时代背景是我没有经历过的，隔阂感导致了不自信，在我的经验里，它可能非常"奇特"，但在别人的眼里是否具有同样的效果？这种未写先泄的现象常常让我怯于下笔。好在现在我想明白了一个道理，世界上没有绝对“奇特”的小说，“奇特”只是一种感觉，只要自己觉得它“奇特”就可以了。好的东西都似曾相识，“奇特”也一样，谁也拿它没办法。

2011年8月28日

《民治·新城市文学》2012年第4期

浪漫与丑态

——中篇小说《驴打滚》创作谈

“驴打滚”本来是一种美味，在这里，我拿它来形容一些知识分子的可爱或不可爱。知识分子本来是“士”，但现在很少有人达到“士”的境界了，大多数不过是市井中的凡人，除了学识渊博，跟“布衣”没有什么区别。《秦王使人谓安陵君》有道：“天子之怒，伏尸百万，流血漂橹。”“布衣之怒，亦免冠徒跣，以头抢地尔。”地面跟现实一样坚硬冰冷，头颅不能承受“抢地”之痛，因此，“驴打滚”是一种理想的替代方式，虽然在形态和道义上并不能与“以头抢地”相提并论，但它同样需要勇气。在这个小说里，虽然我有点尖酸刻薄，但绝非有意揶揄知识分子，他们的浪漫情怀和理想主义依然让我肃然起敬，我向你们保证，我从没有像现在那么亲近过他们，也从没有像现在那么热爱他们。无论是鹿小茸还是马朵朵，甚至是闵良知，都是我喜爱的对象，他们的所谓“丑态”都跟“浪漫”“理想”并肩而立，可爱得让我爱不释手。不过，开始的时候我担心鹿小茸，一个“下半身诗派”诗人在这个世界里如何生存，如何爱，如何抵达内心，如何和现实和平共处，但好在我是那么努力、那么千方百计地为他找到了可能的出路，然而，在这个过程中我更像一个“驴打滚”的表演者，彻底暴露了我在这些方面的无能和拙劣。

2012 年 5 月 4 日，原载《江南》2012 年第 4 期

爱情最美好却最不可靠

——谈短篇小说《口罩》创作

在参加这次北师大的考试前，还是十年前在南京大学文学院考试场里写过命题作文。虽然干我这一行的，对作文不应该害怕，甚至别人认为这对我是小菜一碟。虽然从小就经历过无数次现场作文写作，但我对现场作文依然一如既往地紧张。因为担心遇到自己不懂的题目。初试的时候也要写作文，翻开试卷一看，有两个题目，一个为《蝾螈》。当时我有点蒙，因为我根本不知道蝾螈是何物。幸好还有另一题目《凤凰》。我把凤凰拆分为两个人的名字，两个相爱的少年。女孩的名字叫凤，男孩的名字叫凰。

当复试我看到作文的题目为《口罩》时，估计很多考友跟我一样首先想到的是雾霾。于是便虚构一个与雾霾有关的小说。

雾霾早已经成为一个话题。深奥的“霾”字从生僻字变成了常见字。有雾霾便会有口罩。口罩成为了城市的风景，不亮丽，不时尚，它只是抵御雾霾入侵的武器，充满了无奈和烦恼。当每个人都戴上了口罩，世界和人心都会发生变化。口罩变成了面具，充满了隐蔽和伪装，使人与人之间产生了不信任感和距离感，本来熟悉的世界变得陌生和可疑。当雾霾退去，人们摘下口罩，似乎世界才重新变得可靠和真实。

因而，当为文学或作文，口罩有了多种可能性。

口罩能将我们的表情和内心秘密局部隐藏起来。当时我想，口罩最好与爱情有关。因为爱情最美好却最不可靠，像捉摸不定的天气，最容易发生杯中风暴。于是我把它写成了一个精神出轨的小说。

一对年轻的小夫妻，恩爱无比，彼此信任，生活在北京，工作地点也在同一条街上，彼此可以相望，上下班可以一起早出晚归。他们的感情无可挑剔，令人羡慕，让人相信爱情。但爱情真的能经得起审美疲劳和平淡庸常的考验吗？有一天，一个有着异域气质的新疆小伙出现在女孩的生活中，一见生情。女孩心里产生了激烈的感情波动。新疆小伙来到了北京，在旅馆等她。雾霾笼罩京城，她买了一对橙黄色的口罩，最新款的最安全的口罩，自己和丈夫各戴一个。第二天她的丈夫出差，她也撒谎说出差，送走丈夫，她往旅馆走去。大街上人流汹涌，人人戴着口罩，但只有她戴着最新款的橙黄色口罩，独特而醒目。有了雾霾和口罩的掩护，真的可以神鬼不知地越过雷池？女孩走着走着，人流中出现另一个橙黄色口罩，戴在一个男人的脸上。那男人像极她的丈夫。但他对她毫无反应，坚决否认。她无法确认他是否是自己的丈夫。她内心慌乱，犹豫了。橙黄色的口罩像是悬在十字路口的黄灯。黄灯亮了：你可以选择前进，也可以选择停止。进退全在一念之间。最后，她作出了艰难的选择。

整理此小说时，我作了一些细节上的补充、修饰，使它变得更有逻辑性和完整性。我没有浪费这次现场作文，因为当时我便觉得它可能会成为一篇有点模样的小说。

2017 年 7 月

载《作家杂志》2017 年第 9 期

我的南方，我的暴风雨

——谈《风暴预警期》

谈《风暴预警期》，我想从地域和天气说起。因为这部小说确实是与南方和暴风雨有关。

首先，我说一下“南方”。我们好像很久不谈论南方了。因为南北的差异正迅速消失，或者这点差异性不值得拿来说事。而文学应该永不厌倦地寻找“差异性”。开始的时候，我并不知道南方有多好，因为我那时候从没有见识过北方。我以为哪里都像南方一样，雨水充沛，植被茂盛，溪河成群，阳光和空气都好得无可挑剔，几乎看不到枯枝败叶，看不到更替、颓废和衰亡。第一次去北方是冬天，我透过火车窗口看到了辽阔的原野，被苍凉、旷远和寂寥的大地吓蒙了。所有的草和树木都是枯死的，成群结队的乌鸦、苍鹰在空中寻找腐肉……我的心很阴晦，对北方人产生了同情和怜悯。从北方回来，一下飞机，眼前一片绿色，生机勃勃，好像看得见那些草木正在生长，听得见鸟兽飞翔和奔跑喘息的声音，连泥土和石头都在迅速地发育繁殖。我的心情一下子便明亮起来。我的南方呀，熟悉、亲切、土生土长的南方，须臾不能离开。

南方不够开阔，开门见山，开门见水，开门见木，但山山水水显得错落有致，恰到好处，仿佛一切都是早被精心设置好了的。我喜欢南方多雨的天气，云朵和空气都是潮湿的，每一张面孔都是湿漉漉的，特别饱满、温润、朝气，富有生命力。我喜欢山水画里的南方、甜蜜民歌里的南方，书卷气十足的南方。我喜欢开放、开明、务实、纯朴的南方。我喜欢南方的一切，包括难以忍受的炎热、超强的紫外线和密密麻麻的山。我喜欢南方的文字。美国有南方作家流派，是指美国南北战争后出现在南方的一种严肃而带有悲剧性的文学，比较熟悉的代表作家有威廉·福克纳、卡森·麦卡勒斯、弗兰纳丽·奥康纳、凯瑟琳·安·波特、杜鲁门·卡波特等。他们的作品具有浓郁的南方气息和个性。我国也有“南方写作”，但通常是指江南才子们。我也喜欢江南的作家，比如汪曾祺、余华、苏童等，精致、飘逸、阴郁、有灵气，字里行间能感受得到他们才华逼人。当然，南方不只是江南，南方以南还有更广阔的地域和空间。南方以南，甚至更有一股野蛮生长和热气腾腾的狠劲，蛮烟瘴雨，雾气缭绕，飞禽走兽，有独特的气息和粗犷的个性。广西是南方的典型区域，是个地理风貌和人文环境都很特别的地方。少数民族地区，沿边沿海，与广东、东南亚等有天然的紧密联系，有过百越文明、太平天国、桂系军阀，有独特气息，蕴藏着巨大的信息量，能给北方和江南一种陌生感、神秘感，著名70后作家弋舟说，广西有点像拉美。广西像是中国的拉丁美洲。可能只是一种想象吧。但环境和气质上确实有点像。这为文学提供了无限可能。广西作家陆地、东西、鬼子、林白等都是典型的南方写作。我可从没有忘记自己南方作家的身份，我一直在提醒自己：南方！南方！南方作家跟北方作家有很大的区别，北方作家坐享丰富的历史人文资源，作品可以写得大气磅礴，千里冰封，万里雪飘，朝代更替，战事频仍，千年演化史，百年家族史，文学资源比煤炭还要丰富。南方作家要发挥、张扬南方的优势，要写出南方的独特性和丰富性。其实，我的小说基本上是以南方为背景，南方的经验，南方的腔调，散发着南方尤其是广西的气息。这只能是南方的小说，只能是南方作家写的小说。

我再说一下“风暴”。显然是指台风。美国每年都有飓风，也即龙卷风。飓风的破坏力很大。美国有不少飓风爱好者追拍飓风，有的还因此丢了性命。但我蛮佩服美国人的激情和冒险精神。台风差不多是我童年最深刻的记忆了。小时候，道路、桥梁并没有那么坚固，房屋都是岌岌可危，台风来了，摧枯拉朽，暴雨成灾，山洪暴发，洪水泛滥，山体滑坡，稻田、原野、桥梁都被淹没，庄稼和草木一片狼藉，屋顶上的瓦片所剩无几，将熟未熟的瓜果满地都是……还有那些狡猾的鸟兽无家可归，可怜巴巴地四处乱窜。伤痕累累，满目疮痍。台风一直在我脑海里盘缠、呼啸。很多年过去了，我依然记得风暴将要来时的兴奋和惶恐。那是我记忆中的风暴，是我的风暴，它已经融化到我的血液中去了。现在物质条件改善了，一切都变得很坚固，抵御自然灾害的能力比过去强了不知多少，我们对台风没有那么害怕了，当然，也没有了期待。但我开始想念台风和洪水，想念我在小镇上读书的少年时光。那些应该复活、重现、说话的人从旧时蛋镇的大街小巷一一涌现，纷纷来到我的面前。那些旧时风物、被尘封的往事一一被唤醒，回到原来的位置和时间节点之上。台风激活了我。我的想象被打开，我的构造开始了。

然后，我说说《风暴预警期》。故事发生在一个南方小镇——蛋镇。“蛋镇”是一个虚构的地方，以我家乡六靖镇为原型。每一条街道的名字都具有浓郁的南方气质。临近大海，有江河，与南洋有着千丝万缕的关系。为了把蛋镇写得扎实，我反复画了几幅地图，把每一条街道（巷子）、每一间店铺、每一幢建筑物（房子）、每一座桥梁（道路）等都画得清清楚楚。这里有南洋大街、芒果大街、骑楼街，还有状元坊、观音巷，这些都是很花心思给每一个街道、每一个房子去命的名，起的街名都很独特。我还查阅了不少地方志资料，听一些人讲述当年的事，找到事实的观照和虚构的基础。小说是以一个少女的视角来叙述的。“我”是一个十四岁上下的少女，生活在一个六口之家，养父荣耀是一个曾身经百战的国民党老兵，身份卑微，性格怪异、暴烈、懦弱，却有悲悯和好管闲事之心，对台风充满期待，是蛋镇报告台风的人。“我”和四个兄长都是来自街头的弃婴，被荣耀收养，含辛茹苦养大，一家人受尽屈辱。“我们”兄妹对荣耀感情复杂，甚至心怀敌意。兄长们性格各异，亲情淡薄，关系冷漠，各有理想和盘算。这一年，又到台风预警期，长兄荣春天正在试制世界上最好的汽水，梦想以此发财；二兄荣夏天正筹办一场悬而未决的婚礼；不问世事的三兄荣秋天沉迷于给中央军委写信请求参战，建功立业；四兄荣冬天为了赚更多的钱正在夜以继日地剥青蛙皮。而“我”正准备一声不响地逃离蛋镇……养父荣耀意外被一个肥胖的女人压死了，打乱了我们的计划，也勾起了我们纷繁细腻的回忆。世事纷扰，悲欢交集。风暴唤醒了良知，洪水洗刷着人心。在暴风骤雨中，亲情毅然回归，“我们”决定齐心协力为荣耀办一场像样的葬礼。

《风暴预警期》中“病态”的人物带有很强的理想主义色彩，他们都有自己的生命诉求并不断为之所努力，他们的内心里都有“风暴”。“我”坚持要逃离“蛋镇”去寻找并不存在的妈妈，一次又一次出逃，却没有一次成功。荣春天在越南战场上失去一条腿后，立志要做出世界上最好喝的汽水；只会拉《莫斯科郊外的晚上》的手风琴艺术家、“半边脸”李旦坚持在小镇传播“艺术”，段诗人撰写了无数的与台风有关的诗歌却孤独地自杀。怪女人郭梅悄悄地离开蛋镇，一路向北，声称到达了“寒风的故乡”西伯利亚，结果被一个自称“苏联”的北方男人强奸了，生下了一个姓“苏”的孩子，她的一生都将在等待孩子父亲的降临中度过。他们的理想也是病态的。在一个狂风暴雨的世界里，每一个人都会萌生各种想法和追求，也是一种抗争。看似人人与众不同，但实际上都逃不脱宿命的牢笼。这些人物荒唐可笑，却又让我的心隐隐生疼。这些人物的共通之处在于孤独。小说中的人物做出种种努力试图反抗这种现状，但他们的反抗都失败了，而失败又让他们更加孤独。然而孤独、绝望、恐惧、死亡正是文学永恒的主题，也是人类的精神困境。从《风暴预警期》之中，读者很容易便能从文字中感受到他们的挣扎和无奈。有时候，为了对抗孤独、绝望、恐惧、死亡，他们会做出很多匪夷所思、荒诞无稽的事情来，有些是故意的，有些是下意识的、本能的，但在强大的现实面前，所有的反抗都是徒劳，使人陷入虚无和消极。风暴来临，内心躁动；风暴远去，躁动平息，如死灰般沉寂。周而复始，是无法制止的轮回。然而，这恰恰也是他们的日常生活。我想我写出了隐喻。世界是一个巨大的隐喻。台风本身也是一个隐喻。《风暴预警期》中，隐喻无处不在。正是因为这些隐喻，使得这个小说有了些许价值。

《风暴预警期》中写到了蛋镇百年以上的历史，写到了抗战、内战、越战，还有反右、饥荒以及“文革”、严打等，揭示时代“风暴”对普通老百姓生活和命运的影响，写到了命运的残酷和现实的冰凉。有读者喜欢，也有读者说读后心情沉重、压抑，建议我今后写得阳光些、温暖些，读起来轻松愉快。我也喜欢阳光、温暖。但是，文学并不一定都是阳光明媚，鲜花盛开，写到满目疮痍、悲愤填膺处我不能粉饰太平，故作轻松。人间既有温暖的力量，也有苦难的重量，还有悲凉的震撼。文学不只是负责讲好人、好事、好天气。作家必须有揭示世界真相、戳穿残酷现实的担当，读者也应该有直面沉重和苦难的勇气。

这就是我的南方，我的暴风雨，我的《风暴预警期》。

2017 年 2 月 25 日，广西图书馆悦心，读书会上

载《作家通讯》2017 年第 3 期

正在消失的南方

作为一个南方作家，我差不多快要忘记“南方”了。当然，是指我童年记忆中的南方。那时候，台风来了，摧枯拉朽，一切挺立的东西都心怀恐惧，绝望的哀号响彻云霄；山洪暴发，山体滑坡，洪水泛滥，河水逃离河床，稻田、原野、桥梁和房屋都被淹没，找不到路，原先熟悉的地方变得陌生……这些，还有那些狂野的禽兽、生机勃勃的植物和热气腾腾的内心，都是南方独有的。现在，很多年了，再也难得一见这些景象。尤其是，我再也没见过洪水，也没有了风暴预警期的兴奋和惶恐。越来越多的北方人来到我们的身边，改变了我们古老的生活方式、秩序和生态，方言和习俗日益式微。好像，南方消失了，变得跟北方一样，跟所有的地方一样。我开始怀念台风和洪水，怀念“遥远而陌生”的“南方”。于是便有了《风暴预警期》。

离海既远又近的蛋镇，每年都经历台风和洪水的袭击。面对即将到来的台风，蛋镇的人心态各异，惊慌、兴奋、疯狂、暴躁、焦虑、压抑、绝望、恐惧……“我”生活在一个六口之家，养父荣耀是一个曾身经百战的国民党老兵，“我”和四个哥哥都是来自街头的弃婴，被荣耀收养。我们对荣耀感情复杂，对他心怀敌意，甚至恨之入骨。兄弟们性格各异，亲情淡薄，关系冷漠。这一年，又到台风预警期，荣耀意外被一个肥胖的女人压死了。此时，长兄荣春天正在试验制造汽水，二兄荣夏天正筹办一场还不确定的婚礼，不问世事的三兄荣秋天只沉迷于给军委写信，四兄荣冬天为了赚更多的钱正在夜以继日地剥青蛙皮，而“我”正准备一声不响地逃离蛋镇……风暴唤醒了良知，洪水洗刷着人心。在街坊的压力下，在暴风骤雨中，我们决定齐心协力为荣耀办一场像样的葬礼。

小说呈现了20世纪80年代初期的时代变迁和鲜明特点。一群普通人，孤独、苦闷、冷漠、狂热、挣扎、探寻，追求理想，渴望爱和被爱，寻求理解和尊重，对外面世界有强烈向往和美好想象。无法遮蔽的伤痛，风暴将至的隐喻，在时空交错中抵达纵深和宽阔，使我获得了叙述的快感。我希望努力做到的是，修复我对“南方”的最初记忆，使“南方”消失的步伐更缓慢一些。

2016年4月1日

载《江南》2016年第3期

第三辑

粤桂边城

二十年前的一次窃书

那时候，我十四岁，在镇上读初中一年级，拮据得身上没有一分多余的钱……除了在学校，镇上的新华书店是我经常光顾的地方。如果那里新摆上那些我从没见过的文学书籍，我会像回家一样高兴。因为口袋里没有钱，我总是小心翼翼地、有些胆怯地指着那本书对售货员说，请拿这本给我看看。开始的时候，售货员很干脆，但后来她们都觉得我不会买书，请她们拿书的时候脸色有些不好看了。好在不久来了一个面目慈祥、态度温和的中年妇人，我总是在轮到她值班的时候，站在玻璃柜台外面叫她拿书给我看，无论我翻看多长的时间，她总不会催促我或问我买不买书。在没有图书馆的镇上，我把新华书店当成了图书馆，我愿意倚着玻璃柜台站上整个下午。但我很快辜负了她的善良。原因是我无限地喜欢上了一本《新编唐诗三百首》。我对它垂涎欲滴，不知道多少次要把它据为己有，然后把那些诗背得滚瓜烂熟，然后做一个跟李白们一样才华横溢的诗人。此书定价 2.7 元（相当于我一周的伙食费），对不名一钱的我来说是一道天堑鸿沟。如果用我身上的一块肉可以换走此书，我会毫不迟疑地拿起刀子。本来我打算每天都站到柜台前，拿着那本书，把那三百首唐诗都背熟，但我没有这个耐心，而且我喜欢捧着书反复吟诵，关键是，我觉得我和它有缘，我爱它胜过自己，它应该和我朝夕相处。在那个春光明媚的午后，在那个书店门可罗雀的午后，在那个我快要能背下《春江花月夜》

的午后，趁她转身背对我的时候，我迅速把书插进了裤裆。其实这一切我已经密谋已久，并且有无数次机会，只是头脑里兵荒马乱的，战斗惨死，这一次终于下手了。我确信她没有发现后，装作若无其事地走出去，然后往旧街道疯跑，辗转几条巷子逃之夭夭……那天我一口气跑了十公里的路程，一直跑到了河边，在一片茂盛的芭蕉地里躲藏起来，喜悦和害怕纠缠不清，汗水把《新编唐诗三百首》浸湿了。那天下午，我对着远山和飞鸟大声朗读《春江花月夜》，我的世界突然变得异常博大深邃。

此后，我把书带回了学校，却不敢给同学们看到，因为书末没盖上新华书店的印章，等于告诉别人书是偷的。我的心里也一直忐忑不安，虽然孔乙己说窃书不能算偷，但我不想学孔乙己，越读唐诗，越体悟古人的高风亮节，我内心的羞耻感就越强烈，好几次想把书送回去，但没有勇气跨进新华书店的门槛，害怕那个售货员把我揪住扭送到学校使我身败名裂、前途毁于一旦。有时候我怀疑，那天售货员也许从玻璃里能看到我的影子，我的窃书过程被她看得一清二楚，只是她没有理会我成全了我。有时候，我想进去试探一下，看她是否认出我，是否发现并追究我的丑行。有时候，我盘算着，我是吃亏了的，因为窃了一本书，而失去了一座图书馆，得不偿失。直到快初中毕业了，我才鼓起勇气，带着已经翻成旧书的《新编唐诗三百首》走进镇新华书店，想把它亲手交还给那个像我母亲一样善良的售货员，并对她说，三年前，我偷了这本书，现在还给你。可是，她已经不在了。一连几天，我都没有看到她。后来我才知道，她已经调走了。

那本书，我一直珍藏着，书里既蕴含着诗情画意，也藏匿着遗憾和懊悔，因而我觉得它越来越珍贵，意味着，我欠新华书店的将越来越多。

2009 年 11 月 30 日

一个地方诗社的兴衰

——漆诗社纪事

二十多年前，民间诗社像野草一样在大地蔓延，星罗棋布，争奇斗艳。出刊物，办网站，设论坛，办诗会，搞朗诵，空气中无处不弥漫着诗歌的气味。我所在的广西北流市（县级市），一个粤桂边城，偏僻封闭，素无诗歌传统，彼时竟也听到有人在兜售“口语诗”和“下半身写作”，信报箱里不仅被塞进广告单，还有诗歌报。诗歌像粉尘一样飘浮在县城上空，仿佛还被分了行。我忽然觉得，如果诗歌是一个女人，她又一次来月经了。

读中学时，我热衷写诗，在邑内小有名气。可是，“学成文武艺，售与帝王家”，参加工作后我远离了诗歌。那时候，我正在市（县）政府办公室里为刀笔吏，咬牙切齿地要成为“县衙第一笔”，盼他日“觅得万户侯，还家着锦衣”。诗人们早已经跟我割袍断义，我也躲避他们，闭门写公文，不问江湖之事，对诗坛“不知有秦，无论魏晋”。但是，有一阵子，不断从门隙窗缝传来声音，说邑内有人在全国诗坛扬名了，你怎么还按兵不动？似乎是，诗坛诸侯，逐鹿中原，胜负就在三五天，机会稍纵即逝。千百年来，在本土，除了远走北京的林白在小说领域风生水起，尚无人在诗坛成名。北流往省城方向，需经一个真实存在《辞海》认可的关隘——鬼门关。两千多年来，有几个北流文人走出了鬼门关？即使走出了鬼门关，又能走过冷水滩？多年前，谢夷珊在《星星》、廖毅在《诗歌报》等发过诗算是奇迹。但不断有人告诉我，近来邑内有一个诗社，风生水起，甚是了得，他们走向全国了，成为南天一诸侯。我半信半疑，略带惊喜，忙问："谁，谁呀？"

答曰："虫儿，又叫吉小吉，本名吉广海。"

又问："莫非是世无英雄，遂使竖子成名？"

答曰："也许是，又也许不是，我也说不清，现在诗坛太乱。"

1999年秋，天气转凉了。一天，我的办公室来了两个人。一胖一瘦，胖的矮，瘦的高；胖的胖得可爱，瘦的瘦得可笑。他们兴致勃勃地摇晃着一本黑乎乎的小册子，告诉我，他们创办了漆诗社，也叫"漆"诗歌沙龙，像当年法国的左岸，是在圭江一艘轮船上半夜宣布成立的，这是他们出版的民刊《漆》。那期《漆》，薄得像十八岁姑娘的脸皮，封面是一个长相与本·拉登难分高低的本地诗人像。他们说，《漆》，已经名扬全国，在国际上亦有声响，连美国《新大陆》都转载了我们的诗。

这两个人，胖的那个是据说在中国诗坛有了名声的吉广海。瘦的那个便是笑得暧昧和说话不知所云的谢夷珊。虽不是什么陌生人，平时却也少有往来。道不同，不相为谋，对诗人我刻意保持了疏远感，生怕他们挤兑了我的仕途。

我对他们给予了几句客气的、官腔的、简单的奉承后，礼送他们出了办公室门口，然后啪一声关上了门。四五个月后，他们又给我送来了还散发着劣质油墨气味的《漆》。这一次，他们坐在堆满资料和旧报纸的长椅上，向我报告上一期《漆》在中国诗坛的影响，哪些诗歌被什么刊物选用了，被谁谁在诗歌论坛上竭力夸奖，说《漆》是中国诗坛的"黑皮书"。我依然希望他们早点离开办公室，因为这里是强悍的八股文的世界，随手翻一下垃圾堆里的文章，署名的都是副市长以上。这里并不欢迎诗歌。何况，我的科长、副科长在办公室的另一角落里正襟危坐，苦思冥想，为市长明天的讲话稿搜索枯肠，脸上早已经挂着不耐烦之色。然而，一胖一瘦依然口吐莲花，纵横天下，对中国诗坛的八卦消息信手拈来。谢夷珊对吉广海褒奖有加，坦言他可以进入中国诗人“500强”。也许觉得被低估了，吉广海并不认可，却又不好纠正。更让我着急的是，他们竟然鼓励我写诗，像鼓励大龄青年娶个老婆尝尝人生滋味一样。那时候，我正奔跑在一眼望不到尽头的仕途上，而他们却明目张胆地到县政府办公室来公开“策反”我改弦易辙！为了向科长、副科长表明态度，我不客气地驱逐了一胖一瘦。我让他们出去时，门没有完全打开，胖的出去时，门开大一点，瘦的出去时，门开小一点。

已经是2000年年末了。有一天，谢夷珊像北流市的新闻发言人一样，左手拖着吉广海，右手举着《人民文学》，到市政府理直气壮地推开门，向那些懂文学和不懂文学的人宣布吉广海的诗作在《人民文学》发表了！然后未等人家反应过来便口沫横飞地向他们解释：有很多人奋斗一辈子在《人民文学》也发表不了一个标点……人家不懂《人民文学》，他就深入浅出地给人家启蒙：《人民文学》就相当于政论界的《红旗》《求是》，新闻界的《人民日报》，电视界的中央电视台……人家恍然大悟，他也就咧开牙齿参差不齐的嘴，笑得满面皱纹。他所推开的门中，有科长们的门，当然，也有副市长的门。我开始对《漆》刮目相看。又过了一阵子，吉广海和谢夷珊又夹着油漆未干的《漆》和我见面了。这一次，他们除了照例兴致勃勃地说到了《漆》在中国文坛引起的“巨大反响”，还恨铁不成钢地批评我自甘堕落为一只井底之蛙，一介可怜的刀笔吏。

“不如跟我们一起玩诗吧。”他们怂恿道。

我心动了，问，“怎么玩法？”

"你想怎么玩就怎么玩。"他们说。

于是，连夜写了一组诗给他，是几首意气、发泄之作，一点也不美，甚至像口水话，他竟赞叹这就是好诗，就差没用"惊世之作"来奉承了，并决定在下期《漆》隆重推出。得此赞赏并受到厚待，令我大为感慨：天哪！天上一日，人间已千年，诗歌已经变成了这样子！

就这样，我被拖上了《漆》。加入了漆诗社。这时候我才知道，"漆"诗歌沙龙是一辆公共汽车，远未满座，谁都可以上，不会写诗也无所谓，先加入再学，先上车后补票。而这些诗人，大都是在党政机关里上班，个个能量非凡，因此漆诗社搞了不少活动。这些活动本来属于民间性质，但他们总能让市长拨款，让市政府招待所腾出房间接待来自远方的诗人。一时间，漆诗社的活动从民办变成了官办，浩浩荡荡，电视台、报社的记者长枪短炮跟着，甚至警车开路，所到之处，酒肉相待，热闹非凡。此时，这个世界上只有两种人，一种是诗人，另一种不是诗人。

我不再顾忌仕途，开始深度介入诗歌，成为漆诗社的核心成员，像破釜沉舟那样参与北流史上声势最浩大的"诗歌革命"。我们的群体成员越来越多，本县的、周边的、更远的县的诗人们纷纷涌过来，不分昼夜。市政府礼堂是一个有民国范的旧建筑，门前有一片空地，我们随时在市政府礼堂前口的大排档摆下流水席迎候他们，与他们通宵达旦讨论诗歌，激扬文字，粪土当年万户侯。我们三四张桌子合起来，叫"漆航母"。大家坐下来便互相挑剔对方的诗作，争论中往往阵营分明，唇枪舌剑，声震四周，外人以为醉酒闹事，但好久不见拳脚交加大为扫兴。喝多了，尿急，便走三两步，侧身于一条小巷的断墙处撒尿，哗啦啦的尿液从我们的茶桌后绕道而行，散发着诗味，往大海奔腾。途中有领导电话催促加班，竟常常被他们顶回去，大有"天子呼来上不船"之不羁。在非洲大草原上，如果全是雄性狮子在细嗅蔷薇，那实在无聊。一个诗社倘若没有女诗人，注定存活不了多久。女诗人总是得到更多的关爱，因为此类物种实在稀缺。女诗人琬琦像一头母性狮子，常常是做完家务后从容县连夜赶过来参加聚会和争论。她甚少发言，老是笑眯眯的，好像是一个智者，俯视着我们的千姿百态。但她的在场，能使我们少安毋躁，粗言滥语少了不少。她也从对诗歌一窍不通迅速成长为诗坛新秀，很快便获得《诗刊》周庄杯诗歌大赛头名，万元奖金让我们惊呆了。我们不仅争论自己的诗歌，还争论全国各地诗人的作品。争辩过后，激情燃尽，口干舌燥，精疲力竭，又夜深人静，醉意阑珊，各自归去。曾经在一个月黑风高的夜晚，为张执浩的一首小诗《高原上的野花》拍案叫好，反复吟诵，意犹未尽，雨下来了，冷冷的雨打在头上，浑身打着哆嗦，我们还舍不得离开。

我们经常搞诗歌朗诵会，品牌叫“诗意岭南”，口号是：“有诗的地方更适合生活。”但凡诗会，我们总要搞诗歌诵读。每一次搞朗诵会，我们最不放心的便是谢夷珊。他的与普通话有关的故事早已经成为漆诗社的经典。但他每次都自告奋勇地要上台表演一番。勇气来自激情。我们当然会满足他的表演欲。但结果让听众捧腹大笑，诗没念好，但把人笑歪了。我们最尴尬的一次朗诵会是2005年在国文诗吧举行的中秋诗会，刚要开始诵读诗歌时，李京东突然临时“加塞”环节，强烈要求先举行“纪念抗日胜利六十周年死难者”默哀仪式，主持人宣布默哀，但不到几秒钟，在庄严肃穆的气氛中竟有人发出了笑喷鼻涕的声音，引起连锁反应，笑场了。

我们创办了一个网上诗歌阵地：漆诗歌论坛。是全国最早的诗歌论坛之一。诗歌论坛吸引了全国无数诗人前来贴作品、跟帖，在论坛上争鸣、争吵。鱼龙混杂，不分尊卑，一言不合，破口大骂。有时候粗话、脏话满天飞，骂得难听。但凡在诗歌论坛混过的人，谁没骂过人，谁没被人骂过？我们轮流当斑竹，半夜起来发帖，跟帖。遇到专门来找碴儿的，斑竹就电话叫醒同人们，群起而攻之。我们也经常去扬子鳄、现代、唐、诗江湖、左岸、第三条道路等诗歌论坛贴作品，结交朋友，也跟人结梁子。我们的朋友遍天下。也曾经有一个外省人到漆诗歌论坛找碴儿，被我们骂得不痛快，口出狂言，叫嚣要连夜杀到北流跟我们决斗，提着某某的头颅离开。我们严阵以待，但始终不见此人来寻仇，后来也就相忘于江湖。为了赶印刊物，我们常常通宵达旦地赶稿、排版、校对，“鞭打”印刷工。有时候，大家一夜之间可以写出几十首上乘的诗作和上万字一篇的精彩评论，效率和质量之高连自己也不相信。现在回头看看，我们的“代表作”和“成名作”都是那时候半夜急就的。印刷费不够，大家翻箱倒柜，骗过老婆把钱凑起来。刊物印出来了，大家弹冠相庆，赶紧往邮政局跑，恨不得让它一下子到达全国最偏远的角落。

那时候，与全国那些热气腾腾的省相比，广西诗坛还显得异常沉寂，作为一个离首府三百多公里的地方诗社，漆诗社这些“疯子”坐不住了。2002 年春雨绵绵的一个夜晚，我们在市检察院门口的茶摊饮茶，有人突发奇想：搞一次广西诗会吧，把广西诗歌气氛活跃起来。大家说好。当即电话与刘春、非亚等广西诗坛的“大佬”们交换意见，获一致支持。当时夜已深，我们激动得像服了五石散，兴奋如公牛，一直讨论到下半夜，散去后各自回家。我刚要睡下还接到了吉小吉和陈琦的电话，聆听他们对诗会激动人心的新灵感、新设想，越说越兴奋。三天后，我们敲定了“第一届广西青年诗会”的方案。一个月后，第一届广西青年诗会在北流举办，这是多年来广西最大的一次诗人集结。此后几年间，漆诗社主办了第二、第三届广西青年诗会，对广西诗歌发展影响深远。

我们不满足举办广西诗会。2005 年 3 月，由漆诗社主办的“中国华南青年诗歌研讨会”在北流大容山国家森林公园举行。这是新时期以来召开的专门针对华南诗歌的最大规模的诗歌研讨会，来自华南地区和贵州、安徽等地的七十多名知名诗人云集大容山。白天研讨会结束后举办了篝火晚会，大容山的姑娘们盛装而出，火光映红了诗人的脸，每一双眼睛都熠熠闪亮。我们还曾经筹划过国际诗会，但不认识一个外国诗人，李京东提议，请几个越南、老挝、缅甸的诗人，或从广州雇几个非洲穷黑人冒充国际诗人，貌似可行，但最终被我们否决了。

有一次周末早上，吉广海在市政府值班室值班，我们四五个骨干聚集在政府值班室，群情激昂地商量诗会的事宜。不知道什么时候，我们争论到诗上来了，陈琦、谢夷珊、陈前总竞相诵读起漆诗人的诗歌，那慷慨激昂程度足以震动政府大楼。吉广海三番五次警告说，这里是市政府，隔壁就是市长们的办公室，也许他们正在加班！但我们根本就不管，照样放声诵读，旁若无人。好一会儿，市长从办公室里走出来，我们目瞪口呆，以为他会骂我们。但他压低声音说：“你们请继续！”

1999 年到 2009 年，是漆诗社的黄金十年。差不多也是中国民间诗歌最活跃的十年吧。漆诗社成为地方社会文化建设的一块品牌，也孕育了一批作家，梁晓阳、谢夷珊、琬琦、马路、安乔子等也从漆诗社走向了全国文坛。北流成为“广西文学五强县”，全国诗词之乡。

然而，好景不长。疲惫、虚无感抑制了我们。我们突然厌倦张罗活动，甚至厌倦了诗歌。跟全国的活跃诗歌论坛一样，持续了几年的漆诗歌论坛也很快变得门前冷落鞍马稀，只有三两个“慢热”的访客在上面喃喃自语。兄弟论坛上那些叱咤风云、言辞犀利的诗人突然销声匿迹，不再冒泡。我们试图力挽危局，苟延残喘，互相催促、鼓励着，却也懒得在论坛上多说一句，变得百无聊赖，半个月没有更新。有时候被病毒或怀恨者攻击，论坛崩盘，几经恢复，仍不理想。最后，我们的诗歌论坛也悄悄关门谢客。我们收到的民刊也越来越少。我们要出版诗刊，却发现无法凑够稿件，即使以断交相威胁也无法让彼此再连夜赶写，即使硬写出来，连自已都不满意。想谈论诗歌，却不知道从何说起，聚在一起，也就喝口酒而已，而酒里面缺少了诗味。我们终于发现，这一届诗歌狂热分子已经老去，像老顽童厌倦了玩弄泥沙，像玩摇滚的人再也没有激情和力气扭动肥大的屁股。现在，漆诗社很久不聚会，很久不出版刊物，很久不谈论诗歌，很久不仰望星空……无可奈何花落去，仿佛我们重新适应了没有诗歌的生活，之前我们说过的“没有诗歌，生活连狗屎都不如”“不追逐权势，只专注于给生活上漆”“没有诗，宁愿死”统统作废。我们之中的核心成员也已经各奔东西，除了微信偶联，很少往来。

陈琦，原来是北流市委办副主任，曾为市委书记秘书，荷尔蒙分泌指数与年龄不符，他的爱情诗为少女们所热爱，长期霸占诗歌朗诵会榜单。现为玉林市文联副主席，几乎十年不写诗。

吉小吉（吉广海），在北流政府办公室工作十五年之久。近年被我们批评“越写越差，泯然众人矣”，像一个退役运动员，心宽体胖，无力回天，竞技场离他越来越远。

陈前总，80后白衣少年。原为北流市农村信用社办公室主任，后任北部湾银行某支行副行长，调省城久矣，除了对诗歌拳打脚踢，再也不寻求“有所建树”。

方为，原为北流市委办秘书，现为玉林市委办秘书。一个经常以鹰为书写对象的80后诗人，早已经羞于“诗人”的称谓，对漆诗社敬而远之。

伍迁，一向不温不火，不冷不热，与诗歌若即若离。现居南宁，人民网的中层。

梁践，长相酷似本·拉登，北流电视台记者，曾骑摩托走新疆西藏，不问“漆”事好久了。

李京东，这个常常突发奇想的策划者，已经远走广州，创办“京东智库”。除了偶尔看到他在漆诗社微信群发红包“说明还没死”，基本处于失联状态。

琬琦，原供职容县检察院，是漆诗社从头坚持到最后的唯一女诗人，也是目前广西最好的诗人之一。

谢夷珊，北流市对外宣传办公室主任，漆诗社诗歌创作成果最丰硕的成员。目前他仍在不断地写诗，“老树”努力发新芽，并创办“漆诗歌奖”，“引诱”和“启蒙”本土中青年妇女写诗，英雄迟暮，廉颇老矣。

我调省作协多年了，主要写小说。

琬琦、马路、安乔子、李一鱼、梁晓阳、吉小吉等仍在下气不接上气地写诗，产量极低，质量也难以突破瓶颈，但依然保留着微弱的诗歌火种，不至于让漆诗社那么早便寿终正寝。然而，与当年的狂热和活跃相比，现在只能用“沉寂”来形容了。但话说回来，当年风光一时的民间诗歌团体，还有几个不烟消云散、名存实亡？只是我希望兄弟们经常聚聚，哪怕把酒不论诗，谈谈风月总可以吧？

2017年8月8日，南宁

《南方文学》2017年第5期

一座城池，三个人

六清镇在两省三县四镇交会处，南来北往，车水马龙，熙熙攘攘，五六条街道数十条小巷参差数百楼房，那时候我还没出过远门，它在我的心目中是一座很大的城池。但在六清镇，我举目无亲，它不属于我的。虽然那些街道、店铺甚至那些藏污纳垢的小巷我也并不陌生，但六清镇还是离我那么远。我只是到这里寄宿的学生，三年后如果考不上高中，我还是要回到更偏僻的乡下去种地。第一次离开父母在镇上居住，心里空荡荡的，半个学期过去了，听到学校广播的音乐依然想家，想跑回家去，那种情绪很强烈。我想告诉母亲，我宁愿住在自家的牛栏里也不想待在一个不属于自己的地方。那时候还不懂，这个世界上绝大多数地方并不属于自己，也没有几个人能一辈子生活在属于自己的地方。我无法排泄我的感情，我开始写诗了，我被自己的举动吓了一跳，因为我感觉到我正伸手摸向“诗人”的桂冠。我一口气写了很多自以为诗的诗，急需寻找一个识货的人来鉴定、品评、正名。因此，我首先认识了我的第一个文学老师：李景诚。

当通过语文老师得知李老师是一个诗人，我便感觉到他一直在俯视着我，等待着我的登门拜访。一天中午还来不及吃饭，我便揣着一摞诗稿爬了学校的一幢木结构的阁楼，推开了李老师的门。李老师对我的来访感到突兀，他慌忙站起来。矮瘦的、胡子拉碴，头发蓬乱，正像一个诗人。他的房间里堆满了杂乱物品，后来才知道他的夫人就在学校门口练摊，狭窄的房间便成了她的仓库，李老师就在仓库里写诗，就像我躲在被窝里写诗一样。碰巧的是，他正在书本堆积如山的桌前写诗，刚刚写完一首，墨迹未干。我们就交换着诗看。李老师的诗充满了想象力，还有令人大开眼界的比喻，与之相比使我自惭形秽，想撤已经来不及了。但李老师高度评价了我的诗，使我大喜过望，当我离去时，他借给我一堆《诗刊》《星星诗刊》《诗选刊》，我如获至宝，又如饥似渴。此后，我每有新作，都顾不上吃饭，匆匆地爬上小阁楼，而李老师总是放下手头的活，先帮我看完诗稿，我总是听完他的点评后才姗姗离去。从此，李老师成了谷镇的一座灯塔，而且通过这座灯塔，我很快认识了另一座灯塔。

有一天傍晚，我在李老师房间品诗的时候，突然来了一个高高瘦瘦的青年，穿着宽大的与他身材不搭配的喇叭裤，裤口被地面磨损得破破烂烂的，沾满了泥土。他的头发长而乱，鼻子长在他瘦削得只有皮没有肉的脸上显得格外高耸。他站在门外，嬉皮笑脸又毕恭毕敬地叫了一声李老师，然后走进来，从衣袋里掏出一摞皱巴巴的、样式各异的包装纸，上面却写着密密麻麻的娟秀的文字，而且分行，直觉告诉我，那些也是诗句，站在我面前的又是一个诗人。他就是谢南山。李老师说他是整个六清镇最有才华的诗人。我不相信六清镇还有比李老师更有才华的诗人，但听李老师赏析他的诗歌后，我对这个比我更瘦的人刮目相看。从此，我们成了诗友，他将我带向了疯狂的诗歌。从此以后六清镇不再属于其他人，就属于我们三人。

每当夜自修的时候，我经常只需稍稍抬头，便能看见谢南山吃力地爬上学校围墙，先是大口地喘气，仿佛爬了九十九级台阶似的，然后苍茫四顾，贼头贼脑的，确认没有谁察觉到他，便向我招手。全班的同学都能看见他。他瘦削得滑稽的脸和滑稽得夸张的表情往往引起一阵窃笑。我躲开值日老师，跑出教室，在谢南山的帮助下，翻越墙头，消失在夜色深处。

通常是，他带着我沿着坎坷不平的石子路，穿过一条老鼠成堆、散发着恶心便臭的巷子，弓着腰钻进文化馆和旧人民食堂后边的胡同，黑暗中我们摸着狭小的楼梯爬上一幢破败不堪的小阁楼，穿过长廊的时候冷不防会从哪间房子里冲出一个只穿着内裤和文胸的老妇女猛跑到我们的前头去。长廊的尽头是厕所。在厕所的旁边，是一间没有窗户的小房子。谢南山似乎不用钥匙便能打开它，然后他要花很长的时间才能把灯弄亮。灯像路灯一样微弱，墙角周围稠密的蛛网像灯丝一样闪闪发光。房子的尽头是一张简易架床，没有蚊帐，只有三只床脚，几块叠起来的砖头是第四只脚。连坐的凳子也没有。谢南山迫不及待地从床头乱七八糟的书堆中翻出一本最新的《诗刊》，告诉我，这一期的《诗刊》有几首诗还算不错。

“那是垃圾中的精品，在三年前我就能写出这种水平的诗了。”谢南山说，“我的诗迟早会登在上面——他们迟早会邀请我参加青春诗会。”

从那时候开始，我知道，作为一个诗人功成名就的标志就是在至高无上的《诗刊》发表作品，参加万众瞩目的青年诗会。

“青春诗会是诗人的黄埔军校！”谢南山常常扳着指头告诉我那些参加过青春诗会的我所不知道的诗人的名字，这使我充满了憧憬。

接下来的事情，通常是，谢南山用他自己的节奏踌躇满志地朗读他的新诗作，直到上身只戴着文胸的老女人气急败坏地来干预他才悻悻地停止。

“如果在北京，绝对不会出现这种没有教养的事情。”谢南山习惯性地提了提松松垮垮的裤头说，“在北京，诗人比国家领导人还受到尊重，这是为什么很多诗人逃离家乡奔赴北京的原因。总有一天，我会在北京写诗。我诵读诗歌的时候，窗户外面挤满了狂热的听众，她们甚至激动得连文胸也掉到地上。”

此时，我的内心惊涛拍岸。

“你近来写诗了吗？”谢南山问我。我摇了摇头。谢南山很失望，一副恨铁不成钢的样子。其实我写了，而且写了一大堆，连数学考试的时候都在写诗。但我不敢轻易拿给谢南山看，我害怕他不屑地扔掉它们，并斥之为垃圾。

我如饥似渴地翻阅着他床头的各类诗歌杂志，感动疲惫时往往已经夜深了。我就睡在那张床上，和谢南山盖同一张发着难闻味道的被子。谢南山压低着声音和我谈诗。我很少搭讪，不知不觉中进入梦乡，一觉醒来仍听到他在谈论他最喜欢的诗人顾城。很早，旧人民食堂便传来嘈杂的声音，那是工人们开始蒸面包、洗碗筷的声音。那意味着，新的一天开始了。

谢南山除了是一个诗人，还是一个学生，平时在声名狼藉的镇高中混文凭，似乎不用上课，但他更是一介布贩，圩日要卖布挣钱养家糊口。这个数学糟糕得一塌糊涂的布贩子有用不完的布匹，但世界上似乎没有一个裁缝高明到能为他纤细的黄蜂腰做一条合适的裤子，因此他只能借助皮带阻止裤子随时随地从他身上掉下来，因此，众人面前我总是为他担忧。每到圩日，我经常抽空窜到朝阳街和清宁街交会处的路口看他混迹于闹市卖布，和他一起的全是巧舌如簧、唾沫横飞的女布贩。而他的唾沫也不比她们少，只是声音没有她们响亮。“平时，布行的人都称我为谢诗人。”但除了仅有一次他住的小阁楼里那个只戴着文胸在夜里出入长廊的老妇人骂过他一次谢诗人，没听其他人提起过谢诗人三个字。

“我们要组建一个诗社了，我想让你在诗社里担任一个重要的职位。”有一天谢南山踌躇满志地对我说，却又久久拿捏不准该给我什么职位，“但你的资格不够，至少你应该在《勾漏》上发表一首诗才能服众。”

《勾漏》是县文联的刊物。薄薄的像一本作业本。谢南山先后在上面发表了三次作品，在他自己看来也非常了不起。

“《勾漏》的编辑，我个个都熟。他们每次见我都给我编辑部专用稿纸。”谢南山说得好像是真的。

因此，那段日子里我最重要的不是功课，而是在《勾漏》发表一首诗，哪怕像顾城的《一代人》那样只有两行也成。

谢南山从我浩瀚的诗歌稿中选了一首，亲自带到了县城三个月后，我果然收到了《勾漏》样刊，上面发表了我的第一首诗，不是两行，是十六行。这是一个盛大的节日。我火速拿给李老师看。李老师像自己获得了诺贝尔奖那样惊喜交集。

劳苦功高的谢南山带着我穿街过巷，讲述市井趣闻和诗坛风云。那是一个风起云涌、声势浩大的时代，谢南山的内心装着一个浩大的江湖，他引导着我涉向江湖深处。很快，谢南山果然张罗了一个“青绿石”诗社，成员除了农民、店员、文化站长还有女布贩。但那时是假期，我回到乡下去了，诗社成立的时候我不在，那些成员我也没见过，后来才知道是他拉拢人家加进去的，有些人根本就不懂诗。谢南山向我描绘诗社的远大前景和他的雄鹰之志以把我的激情推向更高。那些日子，我连梦话都是诗句。李老师提醒我说，“你要好好读书，不要过多参与文学活动，写诗是一辈子的事情，但考上大学才是唯一的出路”。他的提醒是对的，因为我的学习成绩已经下滑到让我不敢回家面对父母的地步。悬崖勒马，此后很长的时间，我有意无意地躲避谢南山。我的冷淡被他发觉，他似乎很失望，终于没有在诗社给我安排一个位置。后来才知道是李老师跟他谈过了，劝他不要拉我下水，让我安心读书。此后他就不再来找我。听说他也不怎么写诗了，高中毕业证书已经到手，依然在卖布，还贩卖起鳖肉，在我和李老师的眼里，他处境落寞，前途渺茫。

因为与谢南山的“热恋”使我一度忽略了李老师。他的生活过得并不如意。他不是上课，就是给摆摊的夫人帮忙。谢南山曾经告诉我，李老师原来的夫人不是这个，跟这个夫人感情并不好。真正让李老师揪心的是他年龄与我相仿的儿子，逃学、斗殴、盗窃、离家出走，让李老师顾此失彼，疲于奔命。很快，李老师的耿直和迂腐使他与学校领导关系闹僵了，被下放到遥远的乡村支教。他不会骑车，往返村镇间只能徒步，我多次看见他从乡下回来疲惫不堪的样子。生活的困境消磨了李老师的才华，他告诉我他已经不写诗了。我这才发觉李老师的性格除了耿直和迂腐，还很忧郁、悲观，与世界格格不入，像一条鱼在挣扎。我临近毕业的时候，未老先衰的李老师已经变得疲惫憔悴，背有点驼了，走路一晃一晃的，胡子一根一根的像刺猬，头发稀疏得令人担心。我的中考并不理想，没考上县高中，只能去读谢南山刚刚离开的垃圾学校，我一下子掉进了绝望的深渊，甚至没脸面跟李老师告别。离开六清镇的时候，我才发现，其实六清镇并非我们三人的，如果没有了诗歌，我们是镇上最孤独的人。

后来，我还是通过其他途径去了县城读书。不久，谢南山混入了武警部队。关于他入伍体检如何蒙骗过关的版本很多，每个版本都能让人喷饭。但这一切都不重要，重要的是，又过了几年，我们参加工作了，都在县城的机关里上班，体面、惬意，我们又经常混在了一起，还重操旧业，写诗，办诗社，张罗各类诗歌活动，后来都在诗坛混出了一丁点名堂，谢南山成了著名诗人谢夷珊或天鸟。遗憾的是，我们都没有参加过“青春诗会”。我们常有壮志未酬之叹，也经常提起仍在六清镇的李老师。我曾给李老师写过两三次信，但李老师没有回，也许他没收到，也许压根就不打算回。我得知，他退休了，过得比原来更糟糕，仿佛全世界都在跟他过不去。他早就远离诗歌了，改为钻研佛教。他成了虔诚的佛教徒，整天沉湎于释迦牟尼，不问世事，郁郁寡欢，不与陌生人说话，也不与故人来往，成了一座孤岛。因此我数次搁置了去看看他的念头。后来，我终于下决心要回六清镇看他，但谢南山告诉我，李老师已经与世长辞。他是从梯子上摔下来摔坏了，没撑多久佛祖便将他带走。

说起往事中的六清镇，我想得起来的差不多就我们三个人。

2011 年 1 月 6 日

徘徊在粤桂边城

我曾经很羡慕生活在庞大城市里的诗人们，因为他们能看到很多很多的人和形式多样的事，一出门就是宽敞的马路和开着零星花朵的公园，还有不用费劲就能到达杂志社的编辑部，和女编辑们套近乎。但从北京回来后，我的想法改变了，因为我看到在北京的很多诗人朋友生活得如此狼狈，以致在生存和成名的双重压力下几乎成了卡夫卡笔下的甲壳虫。人都不容易，何况诗人乎？我只想自由自在地、悠闲地写诗或小说，每天悠哉悠哉地徘徊在天高地迥的乡村，在偏离中心的两座小城市中间来来往往。

我生活在与广东毗邻的广西一个叫北流的县城，却在离此 20 多公里的玉林市上班。两城之间有一个千古名关，叫鬼门关，奇峰对峙，烟雾缭绕，阴森险恶，我几乎每天都骑着摩托车经过鬼门关穿梭在二者中间。两城都有一帮爱诗、写诗的朋友，经常在一起论诗、喝酒、谈天下事，越过省界，也有一帮写诗的广东朋友，我们常常隔山击掌、以诗呼应。因而我真的很好。北京的朋友常常很眼红我的小国寡民情怀和生活在故乡的幸福。我的诗通常是在来往于两城间的一级公路上完成构思，在黄昏的朦胧里，我得意时就旁若无人地大声吟读，音绕山峦几日不绝，但过鬼门关时我往往保持高度的沉默和敬畏，集中所有的精力开好车。到了家里，便将在路上构思好的诗在电脑里记下来，就像从菜市场买回的好东西迫不急待地放进冰箱里。因此我的诗常常保持一种地域的鲜活和生活的质感。我在《诗刊》第一次发诗就是长诗《粤桂边城》，我对我的生活环境充满了热爱："我的家乡与高州接壤 / 鸡之声相闻 / 许多时候能在路上遇上亲戚 / 我们的鸡越过粤界 / 下完蛋又回来。""人们一直以为 / 江南以南山水至桂林为止 / 我却在岭南一隅笑 / 现在许多画家都想以桂林出名 / 我和高州的朋友说 / '一群井蛙'。"

我喜欢把诗写得平淡而精致或激昂而张扬，能把自己的情感随心所欲地溢放出来，把日常所见所思恰如其分地写明白，如果要求高一点的话，写得有个性一点，有种欲罢不能的美感，那就是很高的境界了。我对自己的要求不高，但我对别人的要求很苛刻，我拒绝把诗玩得不怎么样又不知羞耻的人称为诗人，如果我看到很粗陋甚至很下流的诗我会生气，看到言之无物、面目可憎的诗我会吐口水，我宁愿几个月不读诗，宁愿越过粤界，眺望远隔千重山外的南海。

我写不出诗的时候，通常一个人独自徘徊在两座小城之间，青山绿水，悠然自得，没有什么不可以。我留恋和热爱这里的两座小城，我的父母、兄弟都生活在这里。与北京的朋友说话时，我通常把这两座小城称为粤桂边城。

2004 年 6 月 29 日，玉林

载 2005 年《诗刊》下半月刊第 1 期"结识一个诗人"栏目

台风的故乡

有一年夏天，我随大陆作家访问团到台湾去做文学交流活动。有一次我发言时对台湾的朋友说，小时候，我一直以为台风是从台湾吹过来的风，台湾就是台风的故乡。从小我对祖国的台湾充满了好奇和想象，幻想有一天到台湾去，亲眼看看台风是如何积蓄起来，腾空而起，呼啸而去。访台的最后两天刚好遇上了台风，有一整天都待在台北的宾馆里，我透过窗台看到了真正的原汁原味“台风”，特别亲切，特别兴奋，跟同行的朋友说起童年时对台风的体验，他们经我一说，好像对台湾的“台风”有了另一种况味。在电视直播节目里看到台风对台湾造成的影响，我冒险走出宾馆，跑到外头，迎风而立，切身体会真正的“台风”，尽管这次台风不是产自台湾，而是来自太平洋深处。

我从小对暴风雨特别感兴趣，尤其是台风，自东南方向来，往西北方向去，不知为何而来，也不知为何而去。小时候，从乡村广播里听到台风预警，心里便充满了期盼，好像在等待一位远方的客人。但与热情款待客人不同的是，我们得把值钱的东西藏起来，不让台风卷走。台风有时候到了半路，突然掉头离去，或改变路线与我们擦肩而过。我会很失落，会责怪人们怠慢了台风，咒骂了台风，从而得罪了台风。台风是大自然的神灵，我们心里想什么，它们都知道。一个连台风都不愿意抵达的地方，是没有希望的。我的家乡正是穷乡僻壤，乏善可陈，我觉得自己是被世界遗弃了的孩子。说好了要来的台风又一次变卦，加剧了我的自卑感，愈加觉得自己与世界太遥远太隔绝，一年到头也见不到几个陌生人，除了村子里的乡亲再也没有谁知道我的存在。我找不到通往世界的方式，也无法告诉世界我很孤独很想离开此地，只好寄希望于台风。台风有时候白天来，有时候半夜到。不管什么时候，我都欢迎，都热情相拥。我知道，它们从台湾来，经过大海，翻山越岭，见多识广，让身处封闭状态中的我仿佛看到了全世界，听到了大海。我与世界的距离一下子缩短为零。我相信，台风是为我而来，带来神秘的信息，至少它们来告诉我，世界没有将我遗忘，而是等待我慢慢成长，总有一天是要带我离开的。我认为我读懂了台风。一年之中，它们会来三两次。我躲在摇摇欲坠的房子里，透过千疮百孔的窗户看台风，与它们对话。听它们劈头盖脸的说教，也告诉它们我心中的秘密，比如，我喜欢邓丽君，喜欢巨大的轮船，喜欢永远看不到尽头的大海。我还告诉它们今年村霸又做了哪些坏事，是该把他带走扔到海里喂鱼了。一个人，与台风窃窃私语。没有人知道我与台风如此亲密，彼此了解，建立了深厚感情。如果硬是要从村里揪出一个“台湾特务”的话，我愿意主动坦白，对我多年来与台风的私通行为供认不讳。

然而，台风带来的并非童话般的天真烂漫，而是可怕的末日景象。天地昏暗，杀气腾腾。风暴所至，摧枯拉朽，一切挺立的东西都心怀恐惧，绝望的哀号响彻云霄。村民们手忙脚乱，惊慌失措，在台风中抢收农作物，加固房子，给果木安装支架，给猪圈牛栏临时加筑防风墙……那时候台风的破坏力是很强的，因为房子不坚固，经不起台风的折腾，五六级的台风都已经很厉害了，如果是七八级的台风，屋顶的瓦片会一片不剩，甚至房子被摧垮。随之而来的洪水。山洪暴发，山体滑坡，河水逃离河床，稻田、原野、桥梁和房屋都被淹没，都变成茫茫一片汪洋大海，桥梁和道路被冲垮，原先熟悉的地方变得陌生，一片狼藉，满目疮痍……灾后重建艰难而伤心，面对倒塌的房舍、夭折的庄稼和果子，人们痛心疾首，唉声叹气，接下来还要挨饿受冻。我家也是台风的受害户，房子几度崩塌，家里种芭蕉树，种果树，眼看果就要成熟了，一阵台风过来全部倒下。我家几次因风灾返贫，债台高筑，我几乎因为交不起学费而辍学。但我没有因此憎恨过台风。只是希望它们不要来得太频繁，因为我需要时间思考，在我还没有想清楚要跟它们说什么之前，请它们不要来。即便是我已经准备就绪，也最好等庄稼收获后再来。还有，最好不要推倒我家的房子，不要将我家屋顶上瓦片全部卷走……

这是小时候的台风和小时候的我。我几乎对每一次台风都记得清清楚楚，时至今日，每次听到台风预警时，我都会自然想起小时候的台风。我至今仍然相信台风是有魔力有灵性的，蕴藏着神秘的信息，只要你用心倾听，总能从中读懂些什么。你告诉台风什么，它们会将你的话带到遥远的世界尽头。

现在我们居住在城市里，铜墙铁壁，一切固若金汤，台风再也伤害不到我们。我还是那么喜欢台风。台风来了，仿佛是一群发疯了的饿虎为我而来。我躲在高高的房子里观察着它们，既战战兢兢，又莫名亢奋。有时候，故意打开窗户，让风进来一会儿，让它们也知道我的存在。它们鱼贯而入，张牙舞爪，把我房间内的东西横扫一气，打翻桌子上的茶杯、花瓶和孩子们的玩具，同时也唤醒了沉睡多时了的物品，使得满屋子都充满了惊慌和混乱，理所当然般的安逸和娴静瞬间荡然无存。当台风要反客为主鸠占鹊巢时，我及时而艰难地关上窗户，切断了它们的来路，它们便变成了普通的空气留在房间里。我闻着它们的味道，分辨它们，跟小时候的气息依然相似，异常熟悉、亲切。我愿意相信，这些台风中蕴藏着过去世界的全部秘密，它们将一直保存下去。因而，我小时候说过的话，也被台风储存着。坐在窗台前，在风暴对窗玻璃的猛烈撞击中悠然自得地读几页书，这种享受，与风和日丽的境况截然不同。当我老去，我还愿意与台风为伍，因为台风中还有许多的秘密等待我去破译，去体味。

有一次，我和一个台湾朋友在北部湾遇到了台风，我兴奋地告诉他，这是来自你故乡的风。他使劲地闻，使劲地点头："是的，我闻出来了，来自嘉义。"我还告诉他，"我闻到了阿里山的鸟兽声，有林鸲、朱雀、鹪鹩、松鼠、山羌、山猪……"他惊讶地问："你去过台湾？"

我摇摇头，但我对祖国的台湾太熟悉。

2018 年 1 月 18 日，南宁

夏至，最后的申辩

我为狗辈，本藏身于山野，寄命于村夫，逢盛世而不求闻达者，因知时势险恶，险象环生，非我等之能为也，不如碌碌度日，安逸而终。然，鸡鸣狗盗之徒乘虚而入，哄之以甜言，诱之以肥肉，吾虽犹豫再三，却不敌人之狡诈，一时疏忽，身陷铁笼，辗转至郁城狗肉店。

店中肉味充鼻，宾客盈门，吆喝狗吠之声鼎沸。窃徒数钱走，菜狗笼中留。我拼死以逃，力尽无果，悲鸣求助于同类。而其皆视我如异类，幸灾乐祸，屡屡攻击，欲置我死地而后快。我暗自笑，尔等亦为待宰之物，先后而已，相煎何为？细心观察，方知其竟有帮派，肤色不同，派别必异。我皮毛黑白相间，不见容于黑白派，亦见弃于灰黄派。将赴黄泉，形影相吊，悲凉至极。不反抗，谦卑忍让，礼让之。越数日，攻击却止，各派视我为兄弟，日日相偎，夜夜私语，忆家世，聊不平之事。争分夺秒，欲言不休。概因夏至矣。

此地风俗，夏至之时，烹狗喝酒食荔，以毒攻毒。坊间呼朋喝友，食客云集，街头巷尾，桌摆三千，绵延数十里。名曰：狗肉节。每逢此节，天下犬类，水陆交通，浩浩荡荡，押运至此，成全盛事。兔死狐悲，芝焚蕙叹。人为刀俎，我等为狗肉，牢笼之内，抱头痛哭。悔恨未止，恐惧又临，知命不久矣，昼夜吁叹，求救于人间。

笼中犬有三十，五湖四海，黑白黄灰，长短肥瘦，各不相同，出身亦异，却多为穷乡僻壤之犬，鲜有来自富贵之家，未免哀叹。有一黑毛兄长，世代寄命于寒门，食不果腹，宿无净土。俗语：打狗看主人。主贫狗被欺，向来低声下气，委曲求全，不敢与邻家之犬抢食，贼临，却必先于他犬而吠，冒死相扑，轻则被棒打脚踢，重则狗头落地。王侯将相，宁有种乎？其父不甘，临终，令其兄弟三远走高飞，择富贵门户投之。至郁城，分头叩门，投豪门未果，退而求次。情急乱投主，阴差又阳错。长兄竟误入屠户之家，当日命丧于肉台；二兄见容于衙门一小吏，以为衣食无忧也。然家中已有一袖珍之犬，曰牧羊犬，女主尤宠之，美食、侍寝、出游、沐浴、嗲吻、无一或缺。二兄被绳索套颈，拴之阳台，粗茶淡饭，寸步难行。寄人篱下，犹如坐牢。一日，咬断绳索，跳窗而逃，摔死于楼下，三五酒徒分而食之。此兄弟也，无处可投，流浪数日，数次几死于车轮或城管。欲重返寒门旧主，甘心贫贱，乞求宽恕，却无颜见主，半途而废。将饿死之时，跪求屠狗之夫，若得饱食好饭一顿，愿引颈就刈。屠夫假应，将之困于铁笼，数日未见好饭，却见刀光狗血，喂之以狗骨头。又一黄毛兄弟，出身村野，穷主卖之，得入富贵之家。主人乃县长，每日宾客盈门，礼品钞票，汗牛充栋。黄毛住高楼，食狗粮，每日女仆替其洗澡，出入者皆爱抚之。夜深人静时，常为乡下兄弟叹息，盼他日聚首县长府第，锦衣美食，苟富贵，长相依。一日，县长忽成阶下之囚，抄家封户，富贵灰飞烟灭。黄毛亦被充公，卖与屠户。荣辱贵贱，瞬息之间，不胜唏嘘。

狗言犬语，不足为奇。一日深夜，忽闻人语于笼中。众狗皆惊。一白毛老狗蜷缩于笼隅，其病久矣，奄奄一息。此老犬也，已至古稀，儿孙满堂，骨头落地，没敢与它抢食者，原以为能老死家中，入土肥草。殊不知，落入盗犬者之手，将客死他乡。平日说犬语，此日以人语，似有言告于人者。自言自语曰：我前世本非犬类，乃地主之后。祖父为地主，家有良田千亩，牲口百头，妻妾有五，子女十三，锦衣玉食。

本为昌隆之家，却风云突变，黑白颠倒，地主头颅落地，遂投胎转世为狗，食屎为生，忠心耿耿，竟享了十七代太平。至其辈，早厌倦食屎看门之事，欲重新为人，乞求屠夫宰杀其于夏至之前，趁路上狗魂稀少，早觅贵主投胎转世云云。

若论前世，我亦非凡夫。祖父熟记族谱，云我族始于晋朝谢安家犬。战淝水，始祖陪谢安左右，昼夜不舍，后跟随广陵避祸，相濡以沫。安死，始祖绝食而终，后代遂以谢姓。我族有转世牛马虎狼者，有投胎为人者，均以姓谢为荣。我虽平庸，我族却才俊辈出，安邦定国，功勋卓著。历代帝王将相卧榻之侧，有我族忠义之士陪伴，以死相护，舍身救主者甚众。宋时曾立法禁食狗肉，概因我族祖先积德使然。若非三辈困于穷乡僻壤，出身低微，我亦有所作为，但知时运未至，徒劳无益。此生本愿安分守己，看家护院，无争于世，待来生再拾河山，光宗耀祖，史册留名。

然夏至将至，嗜狗肉者胃口张开。座间有达官贵人，有文人骚客，有贩户走卒者。锅中汤滚，肉香扑鼻，兼有姜葱蒜，谈笑之间，满地骨头，食客酒足肉饱，相扶捧腹而去，我等哀号方止。其间，有爱狗者奔走呼号，然势单力薄，人微言轻，招冷嘲热讽，扫地出门。我等寄望于文人雅士。城中有一诗社，名曰：“漆。”有数十之众，谈诗论道，说文解字。鸿儒新秀，名士风流，有魏晋余韵。但嗜狗肉，隔三差五饱食一顿。文人自古爱狗，竹林七贤，李杜韩苏，与狗同枕，待之如书童，逢病侍奉，情同手足。尔等慷慨激昂，悲天悯人，引一方风骚，图倚文传世，以德流芳，真乃高雅之士也。如此，焉能食狗？席间一人姓谢，常以谢安之后自许，尤为得意。我曾告知其前世乃狗也，与我同为骨肉，不应相食。然语言不通，其以为我骂之，欲先杀而后快。屠夫应允，夏至日，先杀我，专供“漆”众骚客品食。呜呼哀哉，仗义每多屠狗辈，负心多为读书人。信也。

人为刀俎，我为狗肉。命然。诸君食我肉，啃我骨，不必愧疚。他日，我转世为人，你等为犬，当允我如是。

临终所言，为己辩，亦为诸君争。

往生路迢迢，不屑赘言，就此别过。

2017年，夏至

2017年8月5日南方周末网刊

提前怀念一个院子

从杭州回来，大家便开始倒计时地过着在鲁院的日子了。这是漫长的开始，也是漫长的结束。昨晚在回北京的火车上，14号车厢，我们几个，老孟、陈漠、齐帆、海棠、晓云等，一边喝酒一边唱着少儿歌曲，以此庆祝“六一”儿童节。在别人看来，我们这伙中年男女聊发少年狂，既不愿睡去，更不愿老去。那一刻，我们似乎是在拒绝时间。也只有在那种时刻，那种环境，拒绝才是有效的。我忽然想到，这是最后的时刻，永远再也不会有。今天回到鲁院，我首先看了一眼那两棵桑树，它们还在，像分娩的女人还很旺盛，树下有三两个陌生人，或俯首，或仰望，我以此断定树上还有桑葚。但我觉得他们是外人，是闯入者，他们未经允许便趁我们外出之际践踏了我们的王国，偷摘我们的果实。我有些生气，直到回到房间后我才释然：桑树不是我们的，甚至连这个院子也不是我们的。属于鲁迅文学院的只有一幢小楼，出了门就是中国现代文学馆管理的范畴了。但我管不了那么多，我觉得这个院子就是我们的。

多年以后，鲁院还能给我留下深刻印象的大概首先是这个院子。鲁院门前有两棵树，一棵是桑树，另一棵也是桑树；院子的东门也有两棵树，一棵是海棠，另一棵也是海棠；院子的南门有许多树，一排是玉兰，另一排也是玉兰。那些开花的树，它们有资格在这个院子里大声说话，因为它们绚烂的时候美得让我们无话可说，也让其他不开花的树闭嘴，那些嚣张的杨树也只能在它们之后开花。我热爱那些花开得那么好看的树，但那些即使开花也不让我们注意的树更使我肃然起敬。你知道我说的是桑树。它们开花的时候，我根本就没有留意，因此我现在回想不起来它们的花是什么样子的，显然，我错过了它们最端庄、最贤惠、最妩媚的时刻，我怠慢了它们。后来每次从它们身上摘取桑葚的时候我都觉得好像亏欠过它们什么。桑葚似乎突然间就成熟了，伸手就可以摘下来放到嘴里。我曾经轻浮地摘下一个又一个，样子好看的就将它们吃掉，样子不好看的就将它们扔掉。吃进嘴里的，甜，汁多，牙齿和嘴唇变成黑色。扔到地上的，被踩踏，尸横遍野。树上的桑葚多得自己会掉下来，在树下仰颈张口，会有桑葚掉到嘴里。同学们用床单或塑料布铺在树下，然后爬到树上去抖动，桑葚如雨点落下来，每次都收获颇丰。有时候早上起床晚了，错过了早餐，我经常跑到桑树下摘一些桑葚充饥，也因此有"春夏之交，青黄不接，一树桑葚抵半个食堂"之感慨。我们还经常聚集在桑树下边聊天边捡桑葚，不洗，直接放进嘴里。树下有一张长凳，可坐，可躺，惠风和畅，月明星稀，我曾要在长凳上过夜。鲁十七是以写小说者居绝对多数，写诗者甚寥，但将近学业结束时，发现鲁十七简直成了"诗人班"。而造成此后果的，桑葚是"罪魁祸首"。不知道从何时起，关于桑葚的诗此起彼伏。我们决定举行第一届"桑葚诗会"，就在院子里，先是在桑树边的草坪上，后搬至池塘边。我们围在一起，用蜡烛和手机微弱的光照亮金色的诗句，大声朗读，院子里充满了诗意。那两棵桑树，像哺乳期的母亲，安静而慈爱地站在一旁，它们身上的果子在诗歌的传诵中连夜成熟。第二天晚上，举行了"鲁十七诗歌之夜"活动，将诗歌推向了高潮，一时间，鲁十七"新诗人"层出不穷，连从不曾写诗的同学也纷纷宣告拿出了自己的诗歌处女作。两天后，在赴安徽社会实践上的火车上，几乎人人在谈论诗歌，孟学祥一首仿郭沫若《武汉长江桥》体的《桑葚》在车厢里迅速流传，笑得人仰马翻，诗也一夜爆红。

院子里有一个池塘。很小，很浅，很人工。我来的时候，水面没有水，只有冰块。我看到鱼的时候，便替它们担心了，因为池塘里没有食物，寸草不生，更让人揪心的是在岸边埋伏伺机而动的猫，它们随时将毫无戒备的鱼叼走。百无聊赖的时候，我坐在石头上看鱼，黄色的、白色的、各种各样的鱼，给它们起名字。鱼也可怜地看着我，可我手里没有食物，我们对视着，你安好，我也安好，我想我们互不相欠。直到有一天，池塘突然被抽干了水，鱼被捞起安置到一条狭窄浅小的水沟里，那些肥胖的猫得意地行走在边上，从容悠闲地选择叼食的对象。此时我才为鱼觉得可怜，回到房间写下了一首诗：

池塘干涸了

池塘已经倾家荡产
那些鱼，被囚禁在小沟渠里
一群猫随口叼走它们的儿女
我可怜的，是无处分娩的孕妇
它们沉在水底，四顾迷茫
像多年前我的母亲
翻越一座山又一座山
直到天明也找不到可以躺下的床
她的肚子那么大，羊水顺着大腿流淌
眼看我的弟弟就要看到曙光
一场暴雨倾盆而降
那些鱼，有金色、白色、黑色

只能观赏，不能下锅
如果可以收养
我选择沉得最深那条
它的肚子那么大
羊水顺着大腿流淌
眼看它的儿女即将建立王国
阳光明媚，我手头宽裕
我给它们的家要远比池塘疆土辽阔

我想在院子种树。只种一棵。在我离开之前，天天给它浇水，在我离开的时候，它已经长出新的叶子，皮肤开始光亮，能听得懂我的声音，懂得跟我说再见。当多年后我再次回到这里，它已经成为院子里最引人注意的一员，茂盛，妩媚，看上去卓尔不群且才华横溢。从它身边走过，也许我会伸手轻轻抚摸一下它，拍拍它的肩头，说声“兄弟，好久不见了”，也许什么也不说，我们心照不宣，相视一笑，然后默默走开。但院子里没有留给我种树的地方，这表明了我只能是一个过客的身份。院子确实不是我的，但我有权怀念它，在我还有一个月才离开之前就开始肆无忌惮地怀念它。

2012 年 6 月 2 日《文艺报》

卖鸡记

这天一早，我带着对学校的眷恋扛起锄头，正要跟随父亲出发干活，母亲却叫住我。她站在堂屋高高的门槛上，手里倒抓着一只空米桶，声音有些沮丧。

“把家里的鸡担到镇上卖掉吧，总比白白死掉了好。”

家里有十二只鸡，个个都很肥壮，村里很多鸡都死掉了，它们还亭亭玉立，父亲的意见是等母亲生孩子的时候宰杀给她补身子。估计到腊月母亲便要生下第三个弟弟了。

在我们狐疑之际，母亲已经吹响口哨，把散落在院子里各角落的鸡召集到一起。

“得卖鸡换粮了。”母亲当机立断地说。

我家的粮仓已经空荡荡的，连老鼠都搬迁到别的地方去了。村里几乎家家户户都是这样。本来我们不应窘迫到这个地步，是因为春天的水稻得了重病，歉收了。接踵而至的便是饥饿，我感觉到肚子里什么也没有。然而，祸不单行的是，从镇上传来了米价不断上扬的消息，甚至一天之内变动多次。那些抓着不多的钞票让还在等待观望的人慢慢坐不住了，因为早上还能买一百斤米的钱到了下午只能买八十斤了。与此同时，一场台风过后，鸡瘟也暗暗逼近米庄，十几天前便有人开始往芭蕉地里埋死鸡了，我们甚至听不到清晨的鸡鸣。虽然我家的鸡安然无恙，但母亲已经敏锐地意识到，必须把鸡卖掉，即使便宜一点也要卖掉，一天也不能再等。

我很久没到镇上去了，我早就盼望去一趟镇上了，再不去一趟，谷镇便永远与我无关了。我十分珍惜这次机会，发奋地在院子里跑圈热身。母亲把鸡拢在一起，不惜血本地往糠里掺杂了一些米饭，把鸡强灌得饱饱的，然后把它们抓进两只四方的竹笼里。母亲郑重地把一根溜滑的扁担交给我，并反复强调，“到了镇上，一定要到肉行靠电影院的墙角前找到二舅父，让他帮你把鸡卖掉，然后，用一半钱买米，要最便宜的，另一半给你们兄弟补交学费”。二舅父是卖帽子的，每天都会出现在那里。

还不等母亲把话说完，我已经挑起两笼子鸡上路了。这担子鸡可把我的腰椎压垮了。日午过后，我才到达镇上。但此时赶集的人正在陆续散去，街头的摊点也正在收拾，街上的行人稀稀拉拉的，比闲日还冷清，只有那些仍在粥店或粉摊前盯着空酒杯的酒鬼还赖着不愿离开。我趺趺撞撞向电影院赶去。电影院大门紧闭，电影早已经散场，往墙角里看，却不见二舅父，他的摊位所在的位置上躺着一头老母猪，浑身是泥，两排乳房像枯萎的黄瓜落满了苍蝇。我放下担子，用扁担凶狠地轰走那头母猪，然后向旁边的一个阉鸡老头打听二舅父。

“你说的是那个卖草帽的老瘸子，他今天没来，可能快死了。”这个胡子像草一样的白发老头左手捏紧矿泉水瓶，用射出来的水洗掉右手上的血迹，说明他也要收拾东西要走了。

我说：“我二舅父好端端的，不会死的，即使很多人死了，我二舅父也不会死。”

阉鸡老头说：“你多久没看见你二舅父了？”

我说：“大半年啦。”

阉鸡老头指着旁边的一堆垃圾说：“前几天你二舅父在那边绊着一只死鸡，摔了一个跟头，在家里躺着，听说快不成了——你看，那边又有几只死鸡，到处都是死鸡！”

不远处的垃圾堆旁果然有几只比我笼子里所有的鸡都要肥大的鸡，跟垃圾混在一起。那么漂亮的鸡竟然被抛弃在垃圾堆里，狗也不理。

阉鸡老头幸灾乐祸地说：“你怎么还挑鸡出来卖？谁还敢吃鸡肉啊——全世界的鸡都死光了，你的鸡竟然还没死？等一会儿，工商所的人来了还要没收你的鸡拿去焚烧、活埋。”

我说：“我的鸡没有病，是好鸡，你看，它们像狗一样欢蹦乱跳——我原以为二舅父会帮我卖鸡的。”

阉鸡老头嗤地笑了笑，“你在这里等吧，也许你二舅父会来的……”

看来阉鸡老头先前的话是真的。那我怎么办？我茫然不知所措。这担子鸡怎么办？阉鸡老头颤巍巍地站起来，阴阴地说，“今天是我的生日，卖一只给我吧，总比死了扔掉好”。

“我的鸡不会死。”我说，“你看，我的鸡比你灵活，还要比你长寿。”

“你，年纪小小说话怎么那么歹毒？——你究竟卖不卖？”阉鸡老头不高兴了。

我断然拒绝了他，一只又肥又大的土鸡才五元，这是天底下最荒唐的事！我说：“你从垃圾堆那边捡，不要钱，那边还有好几只死鸡，你看，又有人扔死鸡了，挺新鲜的，或许还有热气。”

“我是熊命，我说过我不会吃病死鸡的。”这个倔老头竟索性坐在一旁，笑眯眯地看着我，看那副相，就是要等，跟我比耐性。

我说：“你不用等了，我不会卖给你的，即使我的鸡全死掉了，我也不会贱卖。”

老头并不着急，依旧笑眯眯地坐着，并从怀里摸出一根烟枪，闲散地抽着旱烟。我终于鼓足勇气，张嘴吆喝“卖鸡”。但我的吆喝引来了一个穿红绿相间的工作服的环卫工人。又是一个高高瘦瘦的老头。他推着垃圾车停在我的旁边，大声斥责我，“你怎么能乱扔病死鸡？你是不是要把全镇的居民都害死才甘心！”我辩解说，“不是我扔的，我的鸡好好的，死鸡是别人扔的”。扫地老头说，“你怎么抵赖？这些病死鸡跟你笼子里的鸡明明是一样的，大小和毛发都相同，是同一个母鸡生下来的——做了坏事你还死不承认，再狡辩我便罚你的款！”说罢，他真的从口袋里掏出一块红袖章熟练地戴在臂膀上，气势汹汹地看着我。我不敢再争辩，干脆默认了。扫地老头说，“你得开口认错”。我说，“那些死鸡是我的，是我错了，我不该乱扔垃圾累死环卫工”。阉鸡老头忍俊不禁，哈哈大笑。那个粗鲁的扫地老头还不肯原谅我，“你加重了我的工作量，我不罚你了，但你得送我一只活鸡，就左边笼子黄毛的那只，黄毛的好”。我说，“不成，我不能白送你一只鸡？”扫地老头说，“怎么是白送？明明是以鸡代罚款嘛，那么你按规章交罚款也成”。扫地老头从口袋里摸出一张皱巴巴的单据在我眼前晃荡。我哇一声哭了。我是真哭。委屈、害怕、绝望、孤立无援。

想不到阉鸡老头竟然站出来为我求情、辩护，先是客气地说了一通，后来跟扫地老头大声论理，最后甚至卷起袖子作出要打架的凶悍来。也许扫地老头明白自己打不过阉鸡老头,对阉鸡老头“呸”了一声，恶狠狠地骂了几句，扫兴地拉着木车走了。出于对阉鸡老头的感激，更确切地说，是为了在米行关门之前买到哪怕可怜的几斤米，我答应卖给阉鸡老头一只鸡，五元钱。阉鸡老头从笼子里随意抓了一只鸡，掂了掂，但迟疑了：“我不能欺负你，鸡我不买了，你还是早点回家吧。”

我挑着担子，走在通往米行的漫长而古老的石板路上，稀稀拉拉的行人主动为我闪出一条通道来。

米行冷冷清清的，但还没有关门。他们仿佛是在等我，而且等了很长的时间。米行的老板们个个都热情洋溢，但当知道我的口袋里没有钱后，他们马上把热情藏了起来，像财主遇上了强盗似的。几家米店甚至把店外的东西搬回店里，要关门了。还在等待我表态的老板已经多次问我到底要哪一种米。最贵的一块八，最便宜的一块三。我算开了眼界！

“究竟你要不要米？”

我犹豫不决。实际上是米价把我吓呆了。

“米，凭什么那么贵？”我嘟哝说。

他们嘲讽说，“贵什么，你见过用一个小孩换一斗米吗？嗟，如果嫌米贵，干脆不要活了！”

不就是卖米吗，干吗把话说得那么难听！

我回过神来，急中生智：“我，我决定以鸡换米，一只鸡五斤米。”

但我的建议刚提出，便唤醒了米行老板们的警觉：“去，你怎么把一担病鸡挑到米行来呢！我们的米还要不要卖！你想坏了我们的米！”

我争辩说，“我的鸡不是病鸡”。

“你看你的鸡，头都蔫了，歪歪斜斜的，还不是病鸡？还想换我们的米！你为什么不挑一担狗屎来换我们的米？这里不是环卫站，你把鸡倒到垃圾站去！不过，垃圾站也不准你倒的，你把它们埋了，谷河对岸有一块空地，高佬养鸡场天天往那里埋鸡，那里的草长得比你还高哩。”

我反唇相讥说：“我的鸡没病，比你们灵活，还比你们长寿。”

我的话一下子激怒了他们，有人抓起一把扫帚要驱赶我。我只好走。

然而，我细看笼子里的鸡，它们的神态的确变得病恹恹的，垂头丧气，萎靡不振，像公判台上的囚犯。我得赶紧把它们挑回到家里，至少让它们活着站在母亲的面前。我得与时间赛跑。然而，抬头看天，不知何时头上已经黑云涌动，天地变色。

黄昏突然降临。

我不想让笼子里的鸡一只只地死在路上，步子走得挺快，不知不觉走上了回家的山路。

山路两旁密林如盖，幽暗得像一条通往地狱的隧道。我一个人走在这条漫长的山路上，密谋了许久的大雨突然降临，像山体滑坡一样，猝不及防。大雨哗啦，像鬼嚎，像冰雹砸在我的身上，连树荫也无法阻挡。我和笼子里的鸡都变成了落汤鸡。密林间的山路被雨雾笼罩，所有的关于鬼的传说一下占领了我的脑袋，全身突然战栗，头发仿佛竖了起来，群鬼在身后追赶，我惊惶而逃，两只笼子摆动得甚是厉害，在一转弯处，后笼子被一树桩勾了一下，我忽然失去平衡，双脚一滑，仰面摔倒。我以最快的速度爬起来，但两只笼子正以不同的方向往山脚的深渊滚下去。我拼命地追。幸好，两只笼子也停止了滚动，被两棵树卡住了。但笼子是空的，受了惊吓和雨淋的鸡如惊弓之鸟，拼命往荆棘堆里钻。在追赶一只鸡的时候，我突然掉进了一个杂草丛生的坑里，双脚踩着了几块木板，我知道，掉进棺材坑了。山洪不断灌注进来，坑里的水越来越多，我以为我会淹死在这里。空山无人，孤立无援，我终于号啕大哭。但号哭反而增加了内心的恐惧，在慌乱中，我抓住一块长长的棺材板，顺着这块板，借助杂草的力量，艰难地爬出了棺材坑。恐惧到极点便是勇敢。棺材坑都掉进去一次了，我还有什么值得害怕的？我豁出去了，疯狂地在每一个树丛、草丛中寻找，把那些首尾不能兼顾的鸡一只只地从草丛中拖出来，狠狠地塞进笼子里去。

回到家中，雨停了，村里一片寂静，人们早已经安睡。我用最后的一点力气拍响家门，叫了一声“妈”。

当母亲和父亲看到我挑着一担鸡失魂落魄地站在门口的时候，目瞪口呆，好半晌说不出话来。

“妈，你看，鸡还活着，我给你全部带回来了。”我说完就晕倒了。

母亲用灯照了照笼子里的鸡，尽管每一只都奄奄一息，歪歪扭扭的，像身受重伤的战士，但还顽强地站立着，直到半夜才一个个倒地死去。父亲连夜把它们分别埋到了十二棵芭蕉树下。几天后，那十二棵芭蕉树一下子长得像榕树一样茂盛。

玉柴的那些亲戚朋友

玉林是一个偏于岭南一隅的地级市，虽然历史悠久，文化独特，商业气息浓厚，但它的知名度并不高。玉柴是我们这最大的企业集团。外面很多人不知道玉林，但知道玉柴。这得益于玉柴产品、服务和宣传以及消费者的口耳相传。玉柴从一个手工作坊式小厂发展成为年销售收入一千五百多亿元的巨无霸，在行业内举足轻重，在一些领域独占鳌头，在这个相对偏远的小城市它顽强地建立起了一个庞大的柴油机动力王国，被业界称为一个传奇。罗马不是一天建成的，玉柴也一样。它是一代又一代玉柴人千辛万苦、殚精竭虑一步步建起来的。因为是本地人，我亲眼看见了它成长过程中的一些片断，有成功的喜悦，也有挫折的折磨，我的意思是说，它并非一帆风顺。玉柴不仅是家乡的企业，还是我不少亲戚朋友的“家”，我的不少亲友都在那里工作，也就是说，他们是依靠玉柴生活，一兴俱兴，一败俱败，与他们的命运息息相关。因此，玉柴的兴衰也使我格外关注。

先说说我的一个老表。他年纪不大，却是老玉柴了，十九岁进车间，从学徒工做起，一直做到了一级技师。他说他是在车间里检测器械的，听起来工作轻松，但上班时得全力以赴，精益求精，压力很大，一点也不轻松。在玉柴干了二十年，他已经习惯于那种生活，实际上他已经像大多数玉柴人一样，已经与企业融为一体。他从没考虑过离开，但他经常跟我说他的甜酸苦辣，有时候不用看报表，从他的表情便可以知道玉柴的兴衰。他刚进玉柴的时候，甚是得意，他说他上了一条大船，不容易，收入也不错，我一个学徒工也比那些机关干部好。他每次回家，父母都安排好几个姑娘等着他过目，他一个也瞧不起："我一个玉柴职工，怎么会跟她结婚？"那时候，玉柴就像一棵好大的树，让我这个老表也变得高高在上。大概是20世纪90年代中期吧，正赶上企业转型，玉柴遇上了困难期。老表到我家里来诉苦，说现在收入不成了，累。但他的工资仍比我高不少，他怎么就觉得不成了呢？我安慰他，"企业也会有困难的时候，像一个人一辈子不可能都一帆风顺"。老表说，"你不懂"。"我哪里不懂了？"他有些沮丧，终于肯低下头，和一个长相漂亮但在一个小企业上班的农村女孩子结婚生子："我这是大船捎带上一条小船，虽然不协调，但可以相依为命。"老表的话有深意。有一段时间，老表没有跟我联系，直到几年后的一天，他告诉我他在玉林城区买地建楼房了，邀请我去参观参观。我去看了，回来一肚子不平衡。这小子在闹市区建了一幢七层的楼房，装修精致，甚至可以用豪华来形容。楼前还停放着一辆炫目的本田轿车。他带我参观的时候喜形于色，红光满面，踌躇满志：这是玉柴人的缩影。他的妻子更漂亮了，比城里人更像城里人。而我在老表面前显得格外寒酸，一个小公务员进了大观园并不见得就比刘姥姥淡定。此后，老表跟我联系多起来，他总是滔滔不绝地侃玉柴的发展前景，豪情满怀，仿佛他成了玉柴的董事长，其实他只不过是一个小头目而已。但我为他感到高兴，也为玉柴感到高兴。因为他好起来了，意味着在玉柴的其他亲朋好友也会跟着好起来。我的一个朋友，原来是公务员，几年前辞职进了玉柴，正好碰上玉柴大发展时期，他找到了用武之地，到了那里如鱼得水，干得风生水起，我曾试探性地问过他的年收入，他避而不答："钱多少不是主要的，关键在于找到了人生的舞台。"这是一种境界，但只有到了"钱不是主要"的地步才有。还有几个朋友，他们分别在玉柴的不同部门，过得也相当滋润，在我们这个小城市，绝对称得上中产阶级。我羡慕他们。但也有朋友告诉我，你也别急着羡慕，他们的生活只适合他们，大企业也是一座丛林，适者生存的法则比其他地方更刚性。也许吧，我只是看到了他们表面的风光，而没有看到他们辛酸和付出。一个动力王国自身肯定具有生机勃勃的动力，这些动力不是靠别人给的，是从他们每个人身上迸发出来的，每个人都必须竭尽所能，才能支撑起这艘巨舰。现在，我亲眼看见的是，巨舰正开足马力，乘风破浪，一日千里。

这艘巨舰上有我的亲朋好友。我祝福他们！

2011 年 10 月 12 日

第四辑

作家印象

我家乡的林白

写这篇散记的时候，我曾顾虑地犹豫：因为她是名人，更是名女人，要不要先征求一下她的意见？但很快我便下决心把顾虑从窗口扔了出去，直看到它烟消云散。因为我要写的不是别人，她是我家乡的林白。一个我可以亲热地称她为大姐的人。

2005 年 8 月，我还没见到她之前，她一直存在于传说中。多年前，从一张合影中，我知道她回过一次家乡，她和本地的文学青年在离沙街不远的圭江桥的桥头合影留念。我熟悉的几个“文青”紧紧偎依在她的身边，他们的身边还剩下那么多的空间，完全可以给我留下一个位置，但他们眼里闪烁着自豪的光芒的同时，也散发着“排他”的优越感。这张照片让我妒忌了好长一段时间，真后悔当初为什么不努力写作，以至连跟林白合影的资格都丢失了。后来，她的声名像炸弹一样常常在我的耳边响动，我不得不放下其他，读了她的《一个人的战争》《万物花开》《玻璃虫》等，惊讶于她怎么能把文字挥舞得如此电光火石，撒豆成兵，字字虎狼，那叙述如高空滑翔，处处险象环生，又痛快淋漓。透过她的文字，我终于可以自豪地认为，我所生活的小城也有着丰厚的文化底蕴和无与伦比的历史沉淀。从此以后，我经常有意无意地经过那段普通得只剩下破陋的沙街，反复窥视那里空间藏匿了多少秘密，让一个女作家取之不尽用之不竭。可是，我往往是除了在那里吃上一碗牛腩粉或观上两盘棋外一无所得，她笔下的那些旧码头、船厂、布行、灯笼桥、犀牛井、粤东会馆已经变得模糊，但在那个生活在北京的异乡人的记忆里像水一样清晰。离故乡越远，记忆越清晰。我想，她一定是一手拿着放大镜，一手挥动着锄头，在岁月的风尘里挖掘被人遗忘的断垣残壁和瓦砾碎屑。那些东西在她的讲述下散发着夺目的光华，竟让人着迷。她那一段不足百米的沙街，已经成为文学史上的“南京路”。因此，从她身上我悟出了一个人尽皆知的非常浅显的道理：每一个写作者心中都有自己的故乡。从此，我身在此地，却开始寻找彼岸的“故乡”——一个与林白不同的故乡。多年以后，我在家乡的南部，构建了自己的“米庄”——像邮票一般大，我的小说常常以此为舞台；我还觉得不够，便把笔名改为朱山坡——我故乡村庄的名字，从此，我的名字就叫故乡。后来，林白称赞我说，“你的笔名起得好”。是的，我的笔名比我的小说好。后来，我经常关注她的创作成果，也经常向她汇报我的创作情况，互相祝贺，像姐弟一样，像祝贺彼此的稻田获得了丰收。

第一次见到林白的时候是在南宁机场。那是 2005 年 8 月 6 日，林白应邀从北京赶回家乡参加“天门关作家群研讨会”。李敬泽、贾梦玮、邱华栋、林宋瑜等名家都来出席这个会，接待任务很重。会议安排我到南宁机场接林白。那天我跟本地的一个女作家去南宁机场迎候她。飞机是午后才到的。我以为我能认出林白来，在机场出口守候，盯着每一个从里面走出来的脸孔。可是那趟飞机的乘客都已经出完了，仍不见林白。我急了，打她的手机，她却在我的旁边。她说，“我等你们很久了，也看到你们了，可是不敢肯定你们是来接我的”。在我的印象中，林白应该是穿着时髦、浑身散发着冷漠乃至孤傲气质的贵妇，可是看上去并不是，就是一个大姐，亲切、随和、满怀喜悦而且健谈。我们就在回家的路上叨唠一些与家乡或文学有关的话题。让她惊诧莫名的是，从南宁回到北流县城只花了不到三个小时，而她前几年回来竟花了七八个小时。她说，“当年从北流到玉林也要乘三个小时的车，现在只需要不到三十分钟”。这并不是要对谁歌功颂德，而是说明时代、生活和风物变化得太快，即使一个想象力如此狂放的女作家也无法走在它的前面。

在开会期间，家乡的文学青年热烈地跟林白交流起来，他们的真诚和执着竟让林白窃喜：“文学是不是回暖了？”她迫不及待地从李敬泽等人那里要答案，但得到的回答并不乐观。然而，看着文学创作在家乡风生水起，年轻作家、诗人们在国内大刊物攻城略地，林白知道，与前几年相比，家乡的文学迎来了新的春天，无论文学在全国多么“冷”，但在家乡这里是“热”的。这对她是一个很大的安慰和鼓舞。因此，林白在家乡那几天是非常开心的，有一晚和我们一直聊到深夜。会议结束后，我陪她重游北流城。从沙街到沿江大道，从俞作豫故居到十二仓，从西门口到体育场，大街小巷、旧时胡同，砖砖瓦瓦，陈年旧事，点点滴滴，从她的嘴里，我几乎弄明白了小城的变迁轨迹，知道了很多我没经历过甚至没听说过的往事，让我更加知道这座小城原来演练过那么多生动的细节，和她的书里写的一样，又远远超出了她所能表述的一切。她说，她还得写家乡，写那些惊心动魄、韵味绵长的、永远也写不完的往事。两三年后，我很快读到了她的《妇女闲聊录》《致一九七五》等新著，从那些飞翔的文字里，我读出了家乡特有的气味。如果要我作个比喻的话，我觉得林白就像是在西门口当众酿酒的女师傅，面对络绎不绝的客人，不断端出味道各异、浓烈不一的酒，或把你呛着，或把你不知不觉醉倒，如果惊讶于她怎么能源源不断地端上那么多的酒，又如果你聪明一点的话，你可以到她的屋子里看看，其实那里什么也没有，只有一口深不可测的井，她端上来的你喝到的全来自这里。只是，她已经把这口井搬到北京东四十条（她就住在那），别人不明就里地说她身上散发着南方边民特有的巫气，说她是私人化写作，说她的文字像黑夜里的萤火虫……压根就不知道她的身上藏着一口深井。什么时候她觉得这口井里的水不够用了，她就会对自己说，是回一趟家乡的时候了。

等到她再一次回到家乡，我还在这里，我就像她的一个看家护院的乡下弟弟，守候在故乡，并和她一样书写着故乡。照此说来，我们有着共同的母亲。我们所要尽的孝道就是，把故乡写好。林白已经做到，母亲以她为荣；而我，还在母亲的鞭策里磕磕碰碰地刀耕火种；精疲力竭的时候我经常抬起头来告诉那些企图蔑视我的人说：我有一个大姐，在北京。

2009 年 9 月 29 日，玉林

《语文教学与研究》2010 第 12 期

火车，潘大林

说起来是二十多年前的事情了吧。1986 年，我还在边远闭塞的六靖镇读初一，通过我的文学启蒙老师李景诚先生认识了镇上的“徐志摩”，一个外表很不英俊的诗人谢夷珊。我从没见过到了二十岁还好意思长得那么瘦的男人，脸上除了厚厚的一层皮外没有肉，头发长而乱，他平时在镇高中读书混文凭，圩日要卖布挣钱养家糊口。这个数学糟糕得一塌糊涂的布贩子有用不完的布匹，但世界上似乎没有一个裁缝高明到能为他纤细的黄蜂腰做一条合适的裤子，因此他只能借助于皮带阻止裤子随时随地从他身上掉下来。正是这个几年后竟能混进武警部队的青年诗人带我走进了镇电影院看了第一部文艺片《伊豆的舞女》，告诉我世界之外有一本《金田》杂志和一个叫潘大林的知名作家。要成为作家，得从《金田》起步，要起步，得认识主编潘大林。谢夷珊让我知道了潘大林的分量，让一只井底之蛙看到了天上的一轮明月。初中三年，我有一个梦想：像才华横溢的谢夷珊那样，在《金田》发表文章；像目光远大的谢夷珊那样，跟潘大林握过手。

机会于 1987 年夏天从遥远的玉林来到了镇上。谢夷珊从县文联风尘仆仆地赶回，气喘吁吁地来到我的学校，在教室窗户用夸张的手势召唤我。显然他没有压制住内心的喜悦，眉飞色舞地告诉我一个消息：《金田》杂志准备在暑期举办一个笔会，潘大林要讲课。他说通过关系为我弄到了一个名额，机会来之不易，你要是不去就把名额让给别人了。他怕我不动心，迅速增加了一个诱人的额外的好处：除了能见到潘大林外，还能看到火车。啊，火车！比长城还长，比闪电还快。我热血沸腾，去！即使只能看到火车也值得去。但他同时告诉我一个噩耗：笔会费用五十元，路费自理。那时候我的一个学期学费是三十六元，已经昂贵得让家里几乎无力承担，这五十元钱是一道天堑，要把我遗弃在梦想的对岸。谢夷珊不愧是一个布贩子，商人的精明比诗人的才华更出众，他早早为我想好了生财之道。他借我二十元钱，让我到镇冰室批发冰棍，然后卖给那些在酷暑等待拯救的喉咙。为了一见潘大林，为了站到火车旁边，我和我哥一起说服了父母，让他们免除我沉重的农活，从暑期的第二天开始，我便骑着父亲的自行车，拉着一只装满冰棍的木冰箱，从这个村到那个村，勇敢而大声地叫卖。为了避免可能遇上同学，甚至到了五十多公里外的广东高州，虽然累，虽然被狗追过几次，但每天都能赚取七八块钱，还能和弟弟们一起尽情享用卖剩的破冰棍，吃罢冰棍便躲进黑暗的房间里偷偷写诗，想着这些诗句很快便能让潘大林斧正，便彻夜难眠。如果不是我的祖父突然去世，我这个冰棍贩子会继续奔走于乡村之间；如果不是那次笔会莫名其妙地取消，那时候我就能第一次踏上去县城的汽车见到火车和潘大林。这一耽误就是两年。

两年后，我到北流县高中读书，班上有一个比谢夷珊还瘦小的同学叫李波，他也爱好文学，我们一谈，他竟也"啊，火车；啊，潘大林"。我们一拍即合，恨不能马上奔赴玉林。但我们除了基本伙食费外没有多余的钱，因此，从第一个学期一直谋划，直到第二个学期，是九月底了吧，近国庆节了，我们才决定出发。李波从另一个同学那里借来一辆比我贩卖冰棍的那辆还破旧的自行车，在一个天气阴晦、落叶纷飞的下午向玉林开进。我们此去的目的十分明确：一是看传说中的火车，二是拜访传说中的潘大林。说不出哪个目的更重要，都重要，都很让我们无比神往。那时候去玉林的路并不好走，路面很烂，比路还烦人的是车。单车隔三岔五地掉链，掉了链，我们总要花一些时间弄上去。我们轮流骑车，骑车比搭车舒服，因为车尾架全是铁的，屁股受不了。北流到玉林近三十公里，我们经过新圩镇时花了5角钱修理单车，到玉林城区已经是下午，天色灰蒙蒙的。我们都是第一次到玉林，到处都是交叉路口，根本分不清东南西北，而且听不懂玉林话。我们都听到每碗牛腩粉1块钱，但卖粉的妇女却硬生生地收了一块五。在陌生而无助的街头，我们为了究竟先看火车还是先拜访潘大林发生了分歧和争吵。最后，我们一致认为，潘大林也许已经下班了，那就先看火车。我们一直往南走，但怎么也找不到火车站，幸运的是，我们看到了铁路。有铁路就肯定有火车。我们就坐在稻田的边上，在几只寻食的鸟身旁，等待火车经过。那过程是漫长而焦虑的，我们怀疑火车是不是已经一次又一次地从我们眼皮底下过去了，只是因为火车比闪电还快，快得我们看不见而已。因此，我们谁也不敢轻易眨一下眼，生怕错过了一辈子中最重要的瞬间。火车是从黄昏的暮色中缓缓而来的。好长的一列！不像长城，就像火车。但很慢。因为慢，我们又为它是不是火车争论不休。后来确认是火车了，又为为什么慢而各抒己见。李波说，“火车刚出站，所以慢，待会儿一加速我们便看不见了”。我说，“它可能是货车，货车就像老水牛，怎么打它也跑不快”。因此，李波追着火车跑，要看它加速后一泻千里的情形；我则要继续等待，等待真正的火车——满载乘客的客车。最后，我们都没有达到目的，李波追不上火车，我也没等到更快的客车，怀着淡淡的遗憾往回走。

我们肚子饿了，为了肚子我们动用了无边的想象力。比如说，街上有人家正在办喜酒，我们混进去饱吃一顿；又比如说，向善良的人家表明，我们是诗人（因为我们都在县刊《勾漏》发表过一首诗），可不可以到你家借宿和吃饭？就一个晚上，到明天找到了潘大林，我们就可以丰衣足食了……但我们都没有把想象力变成生产力，夜色渐浓，眼看就要饿着肚子露宿街头了，情急之下，李波想到了一个同学的兄弟在玉林，在什么工地做民工。于是我们大海捞针地找那个工地。在华灯初上的时候，我们竟然找到了那个工地，而且也找到了同学的兄弟。他很热情地让我们吃剩饭剩菜，还安排我们住在一个没有蚊帐的工棚里，漆黑得看不见对方，但半夜里能听到轰隆的声音，那是火车从我们身边经过，那种感觉真惬意，我们几乎一夜没有睡，总在屏息静气地等待下一列火车的经过。

第二天一早，我们便寻找豸塘路。因为《金田》杂志社就在那里。我们一路问了很多的人，直到快到中午了才辗转到达了《金田》杂志社。杂志社是从一条小巷进去的，有一幢四五层的小楼，楼前有几棵树叶浓密的榕树，编辑部就在二楼，我们在门外作了N次深呼吸，你推我扯地想让对方先进去。我先进去了，向编辑部的一个女同志打听潘大林在不在，她说："不在，在家。""家在哪里？"她慷慨地给了我一个地址。我们只是在杂志社停留了短短几分钟，便马不停蹄地赶往县级玉林市财政局宿舍区。到了那里，门卫不让我们进去，说是午休时间。我们就在外面等到下午两点半才进去，找到潘大林的住处。是李波敲的门。在敲门之前我还在担心李波身上花花绿绿的衬衣会不会引起潘大林的反感。门开了。开门的是一个六七岁光景的小女孩，潘大林的女儿，漂亮、可爱、懂事，说一口标准而优美的普通话。

"我找潘大林老师。"我说。

小女孩说："请进来吧。"便往里面报告，"爸，有人找你。"潘大林趿着拖鞋笑眯眯地从卧室里走出来，我们腼腆而紧张地用从没锻炼过的生硬、蹩脚的普通话跟他说，"我们是你的崇拜者……"潘大林微笑着总算弄明白我们的来意，让我们坐下，热情地鼓励我们，要多读书，勤练笔……他的话我们一直记着，并且确实影响了我们。那时候，我们的心情既激动又局促不安。客厅很宽阔。书撒得到处都是。地板像是木的，干净而舒服。窗外是榕树。沙发的颜色是淡红的。几张随意乱放的塑料小板凳。沉默的电视机。五彩缤纷的珍珠门帘。本来我们要拿出被汗水浸过的诗稿让潘老师指点的，但他的女儿接了两次电话，都是催他快点去开会的。他一边穿鞋一边说，“我得马上去开会了，下次可以再谈”。于是我们便遗憾地匆匆告辞。只有几分钟。离开宿舍区后，我们大谈见了潘大林的感受。谈了很多，现在都忘记了，但有一点忘不了：我们感叹潘大林的“有钱”。因为我们都以为他的女儿拿着走来走去的电话机就是手机。那时候只有县长才用得起的手机，潘大林竟已经用上了。这个疙瘩直到两年后我在一个普通老百姓家看到同样的东西才知道那不是手机，只是一个不值几个钱的子母机。回到学校，我们添枝加叶，向同学炫耀我们的壮举，自然引来一阵阵惊叹，我们也觉得因为见过火车和潘大林而比他们高出一截，得意扬扬了好长一段时间。

那一次去玉林两个目的都达到了，虽然都留下了淡淡的遗憾，然而这是一个美好的回忆。多年以后，李波从中国人民大学新闻系毕业，成了《21 世纪经济导报》的王牌记者，我也进了当年连大门都不敢进的玉林市政府机关工作，我们在一起的时候经常愉快地回忆起这段往事，它成为我们维系友谊的纽带和酒后的谈资。后来，我跟潘大林在一起谈论文学的机会多了，也深得他的鼓舞和提携，但我从没有跟他说这段他根本记不起来的往事，主要是不想让他知道我当年的幼稚和荒唐。直到近二十年后，也就是几天前我们在 QQ 聊天的时候我才跟他谈起，还说了一些真实的细节，他既感动又感慨：“时间过得真快啊，一转眼都二十年了。”我们都像一列失控的火车，走过了一个又一个站点，正风驰电掣地驶向暮色苍茫的尽头。

2008 年 5 月 22 日，南京大学，7 号宿舍

小城文人吉小吉

我的家乡北流是一座小城，城区面积还比不上首都机场，但在20世纪90年代的广西，这算得上“大地方”了。“大地方”有一群小文人，老老少少，随随便便也能坐得满三五桌。因此文气历来很盛。那时候，在我眼里，在县刊《勾漏》发表过作品便算得上“知名作家”了。吉小吉“成名”极早，但开始时我对他的印象并不很好。那时我已经在县文联工作，听到一些关于他年少自负的传闻。有一次，他拿着一份自任社长、主编的铅印的《圭江潮文学报》兴冲冲地送到我办公室，好像就是从那天认识他的。当时一位老作家看到那份报纸后很不以为然，劝我不要“跟吉广海玩”，更不要在这些“小刊小报”发表作品。那时候的吉小吉，个子矮小，瘦瘦的，但长得眉清目秀，唇红齿白，皮笑肉也笑，不像是坏人。然而，我还是听从长辈的提醒，跟他保持一定的距离。过了不久，他又兴冲冲地送我一本他的诗集《岁月初程》。薄薄的，自费出版，勒口上的照片雄姿英发，就差没有飞起来。从那本诗集里，我看不出他有什么比别人更胜一筹的天赋。但我还是觉得他了不起，在拥挤的县文坛出人头地了。

然而，那时我对吉广海还是有些轻蔑，实际上是对文学的不屑。我很快离开了文联，到政府机关谋官去了。应该是五年之后，有一天，吉广海和谢夷珊兴致勃勃地拿着一本黑乎乎的小册子，告诉我，他们创办了“漆”诗歌沙龙，出版了刊物《漆》。我对他们给予了几句客气的、官腔的、简单的奉承后，礼送他们出了办公室门口，然后啪一声关上了门。关门前，我看到了他们仍然眉飞色舞的样子，应该说是激动，由于激动，他们没有觉察到我对他们的《漆》的不屑。几个月后，吉小吉又给我送来了第二期的《漆》，并谆谆劝导我写诗，像鼓励一个大龄青年尽快娶妻生子一样。记得是2000年年初，吉小吉夹着最新出版的《漆》又和我见面了。这一次，他兴致勃勃地说到了《漆》在外面（我们这里的“外面”通常是指全国各地）的反响，谁对《漆》如何评价，当然也说到了他的诗在哪刊物发表了，并有样刊和稿费单为证。那时候我对当代诗坛一无所知，“不知有秦，无论魏晋，”因此根本不知道他所说的诗坛名人究竟是不是名人，有多大分量，甚至不知道伊沙、韩东、王家新等是谁。但我知道《人民文学》，县内文人历经数代努力而没能在彼发表哪怕一个标点符号。然而，有一天，一条令人震惊的消息在北流大地传播：吉小吉的诗作上《人民文学》了，市长亲自打电话向他祝贺，简直是天下大乱！难道世无英雄，遂使竖子成名？

此后，不断传来吉小吉在《诗刊》《星星》等刊物发表作品的消息，他还不时给我看全国各地诗人给寄来的书和信件，我确信，昔日在县文坛并不起眼的吉小吉已经走向全国，在中国诗坛登堂入室了。我终于像找回失散多年的情人那样回到诗歌。就这样，我被吉小吉拖上了《漆》，加入了“漆”。“漆”是一辆公共汽车，远未满座，谁都可以上，不会写诗也无所谓，先加入再学，先上车后补票。因此在各种活动中，我认识了一些从没写过诗或已多年不写诗的朋友，有些后来诗越写越好，比如我迟加入的陈琦、陈前总、琬琦、马路等。诗人不是天生的，是加入“漆”后才混出来的。在吉小吉、李京东、谢夷珊、梁践、伍迁等人不遗余力、不知疲倦的倡导、组织下，“漆”搞了不少活动，如广西第一届、第二届、第三届青年诗会，华南青年诗会、夜拍鬼门关等。在每一次活动中，吉小吉都起着关键作用，他像阿拉伯地区的一口油井，激情燃烧不尽，用之不竭。我调离北流后，吉小吉调到了政府办公室工作。晚上或节假日，我们经常到他值班的办公室，大声地谈论或朗读诗歌，而市长们的办公室就在隔壁。

我已经记不起我们在多少个场合、多少次为诗而争吵。我们像瞎子摸象，各执己见。县城不大，我们的活动范围可不小，而且是哪里热闹我们就去哪里摆下阵势。县政府会堂门前有一片空地，茶摊一两处、粥店四五家，黑压压的都坐满了人，却以我们的桌子最广阔，三四张桌子合起来，像一艘航母。大家坐下来便互相挑剔对方的诗作，争论中往往阵营分明，各表观点，唇枪舌剑，说得兴起，以掌击桌，声震四周，外人以为醉酒闹事，但好久不见拳脚交加大为扫兴。吉小吉在争论中始终保持中庸态度，对什么样的诗从不激烈反对，总善于“换个角度看问题”。陈前总和琬琦常常是吉小吉的“反对派”，有时候对他的诗歌批判得体无完肤。我往往站在中间，两边调和，扑火。越吵嚷，凑过来听热闹的人越多，我们只得不断地加椅子和茶杯。喝多了，尿急，便走三两步，侧身于一条小巷的断墙处撒尿，哗啦的尿液从我们的茶桌后绕道而行，散发着诗味，往大海奔腾。争辩过后，激情燃尽，口干舌燥，精疲力竭，又夜深人静，醉意阑珊，各自归去。

这一时期，小城文人的作品竞相在全国各大刊物纷纷亮相，获奖，引人瞩目。那是小城文学史上最活跃、最美好的时光。

2007 年 9 月，我和吉小吉踏上了去往南京大学的求学之路。我们读的是作家班，本科。这是我们人生中充满奇幻色彩的一页。在南京大学两年里，我们住在一起，一同上课，一起散步，一起逛街，谈论文学，度过了那些快乐、孤独、虚无并存的时光。朝夕相处，我对他的个性、品格有了更深的了解，我们有过争吵，但更多的是互相激励，互相提醒，互相容忍，情谊也更深了。吉小吉身上有着很多优良品质，我经常拿他当镜子对照自己，也常常自愧弗如。他是一个坦诚的人，也是一个乐观的人，尽管常常捉襟见肘，但他始终一副富足有余、悠然自得的样子，这倒让我对他十分佩服。那两年，因为离家千里而感到每一天都特别漫长，如果缺少对方，我们真不知道能否坚持下来。因此，我们至今仍常常为“到底谁陪谁读书”而争辩不休。其实，那两年，我们是互相陪读，“相濡以沫”。那两年，我们收获的东西，足够我们受用一辈子。当然，包括同窗友谊。

没有人怀疑吉小吉的诗歌才华。但对他的诗，真是一言难尽。它几乎是他生活的记录、情感的写真，质朴、诚恳、真挚、意味绵长……它曾经让我茅塞顿开，曾经让我佩服得五体投地，也曾经让我失望透顶。随着时光的流逝和记忆力的衰退，我对他的诗忘记得差不多了，但有几首我一直记忆犹新，比如《寒风》：

我要将那些人们忘记关上的窗门
猛烈地摇个不停
直到摇碎所有的玻璃
我要他们都蜷缩在
被袄里、暖气里，不敢出来，做缩头乌龟

这还远远不够，对那些胆敢跑出来的
路上的行人，我要撕裂他们的脸皮
还要用劲甩出一万条鞭子，狠狠抽打
让这些人感到彻骨的疼痛，并且
连挂在脑袋两侧的耳朵
也不知道是否还在那里

我要天下所有的人，都像重视春天一样
重视冬天，真真正正懂得我的存在

我对吉小吉有很高的期待。邑内文友都认为他率先踢开了交流的大门，激活了周围一批热爱写作的人。我们希望他一直走在诗坛的最前沿，比我们任何人都走得更远，坚持得更久。但有一段时间，他懒散了，整天跟酒肉纠缠在一起，疏于读书，对诗的感觉大不如前，诗写得一首比一首臭。我们对他当头棒喝，促他猛醒，鼓励他“二次创业”。他也意识到了。他肯定不甘。他又回到了书房和诗歌。一堆死灰开始缓慢复燃，它必将重新成为熊熊大火。

吉小吉现在还安于小城，每天上班、读书、写作，住着 200 平米的房子，衣食无忧，怡然自得，过着体面而有尊严的生活。这是一个诗人的理想状态。诗歌，让吉小吉高大起来，也让他的生命变得更有价值。每次回乡，我总感觉到这个小城有诗意，有人在鼓捣诗歌，这多难得。外面有朋友提到吉小吉，我总自豪地对他们说，“我们一起混过，现在仍混在一起”。

2014 年 6 月 6 日

北京城里的张爽

从现代文学馆正门出来，往左，过了马路十字路口就是思湘赣餐馆。在没有被大火吞噬之前，那里是鲁院的第二食堂。它的斜对面，有一家清真饭店，我喜欢那里的羊肉洋葱盖浇饭，不仅 15 块钱可以解决一顿，还可以听两个肤色很白的纯朴的穆斯林姑娘叨唠我听不懂的方言。有一个星期天，我推门进去，从埋头吃饭的食客中突然发现了一张我在北京最熟悉的脸孔。他坐在最里面那张桌，背对着我，正边吃边跟旁边一个女人说话。那女人也在吃饭，正对着我，表情并不笑容可掬，然而秀丽端庄，安静文雅，皮肤也很白。我不动声色地坐到旁边的椅子上去，对他们侧目而视。开始的时候，我怀疑那女人是他众多女文友中的一个，但转念一想，在离鲁院咫尺的地方，他不可能如此明目张胆，这才突然想起，她应该是他传说中的妻子。他们说话说得那么亲热，我不忍心无端去打扰。直到他们吃完，起身要结账的时候，服务员指了指我对他们说，有人帮你们结账了。此时，他才发现我。我终于笑出声来。措手不及的他语无伦次地向他的妻子介绍我。而我发现，他的妻子比他高出一截，而且显得年轻得多。离开餐馆，我们往回走到红绿灯路口，他们要往鲁院走，我要往北，去一趟韩国城。走远了，我还不时回头看，他们过马路时互相照顾，为对方提防汹涌而来的车辆。那是一个小说家携妻子“中国式过马路”，小心翼翼，呵护备至。我一直笑。为这小子的艳福和神态。后来，他描述当时见到我的情形，竟说我像一个民工。大概是因为当时我穿得胡乱蓬蓬，头发紊乱，疲惫憔悴，脸上挂着讨薪未遂的焦虑和落寞。

凡是鲁十七的人都应该知道我说的是张爽。在鲁院，人们谈论他的时候，说得最多的是他的妻子，一朵鲜花插在牛粪上长势喜人，十几年如一日地娇嫩绚丽。我的普通话很蹩脚，不习惯把老婆说成媳妇，也因此常把“媳妇”说是“师傅”，把张爽弄得莫名其妙。他跟我谈论过他所谓的爱情——其实不算爱情，顶多只算是勾引。当年他还是乡政府资料员的时候，每天都把信息拿给文印室的姑娘打印，然后复印多份投稿，然后坐等汇款单雪花一样落到他的身上。那姑娘被那么多的汇款单惊呆了，虽然每张只有几元、十几元不等。但那个精明的姑娘懂得一个道理：细水长流，积少成多，三五年下来，单靠这些汇款单也可以在长安街上买一个店铺。而更要命的是，那时候的张爽，已经开始张罗写小说，信誓旦旦地向姑娘说他要当作家。因此，姑娘对他萌生爱意。这是张爽暗藏多日、处心积虑的阴谋。他得逞了。把一个粉丝变成了妻子。当然，那是二十年前，如果放在现在他试试是什么结果。因此，你甭要跟我谈什么爱情。我对爱情不是很有谱的人，我更希望他跟我谈论小说。因此，我们就经常坐在一起谈论小说。他住 602，我住 609。通常是夜深人静的时候，他忙完了，打电话过来，说，“山坡，过来坐坐呗”。于是我随便穿上一件什么的，推开 602 房的门。他常常是只穿着裤衩，露出跟我一样多的肥肉，腆着肚皮，张罗着给我泡茶，热情周到。在弥漫着淡淡烟味的房间里，我们开始漫无边际地东拉西扯。他的窗外，正对着桑葚树。树上结满了果子。推开窗户，有清香进来。桌面的电脑屏幕上正挂着他的小说稿，题目很诱人，比如《人人都说爱桃花》《上帝的女儿都有翅膀》《黑社会》《认识几个姑娘》。然后他告诉我他正在修改新近写的小说，原来 3 万字的小说，现在改到了 4 万字，编辑说总体不错，但退回来让我再改改。

有时候我凑上去看一下。感觉确实不错，鼓励他再改改，往狠里改。好姑娘是靠死缠烂磨泡来的，好小说是靠改得死去活来磨出来的。他就乘机兴致勃勃地介绍他的小说人物原型，故事情节的现实版，想把小说往哪里写。可以看得出来，他是有想法有志向的文学中年。我们谈论小说的时候，探讨很多技术问题，像两个手工匠在探讨技艺；会说到许多作家，但常常说到也就只有余华、苏童、王朔、铁凝等几个，先锋小说在我们这里仍有市场；会分析许多作品，没有理论，只有乱蓬蓬的体会。对同学的作品，我们私下里评头品足，毫无顾虑。我们都是实诚的人，不会说假话，都想从对方身上得到东西印证自己的判断。而他的姿态放得很低，貌似谦虚，毫不吝惜地对我恭维，但我很少表扬他，弄得他士气并不高涨。几乎每天晚上，我们都聊得很晚，聊累了，聊得实在没有话题了，我们就抽烟，喝茶，谈女人。他承诺带我去看桃花。从开学第一个月说到第三个月，我终于见到了桃花。在北京远郊，靠近密云水库。那儿依然车水马龙。桃花盛开，一望无际。我需要很多桃花照亮惘然幽暗的内心。张爽的相机很难捕捉到我脸上的微笑，因为我的笑都藏在心里，很多时候，只有我自己知道自己笑了。但你不能以此认定我是闷骚型。

我和张爽早在左岸就认识了，只是没见过面。有一帮共同的朋友。知道他自费办民刊《天天》。那时候我觉得北京非常遥远，张爽也因此离我很远。到鲁院第一天我们便相认了，像两个老兵重逢，一见如故。我对北京人有敬畏感，我一直以为能在北京待的人都是全世界最厉害的人，尤其是有北京户口的人。有一段时间，我去张爽的房间次数少了，因为我窝在房间里看电视剧《北京爱情故事》，感觉很亲切，近在咫尺，看得泪流满面。张爽以此判断我已经坠入情网。因此，他跟我谈论爱情的时候，我有了兴趣，有了体验，有了动机，有了痛感，不再拒绝，原来爱情是可以用来谈论的，尽管我们伸手捉摸不到。跟一个男人探讨爱情，肯定是跟这个男人铁到了无话不谈的地步。大概也是如此吧。北京比世界还要辽阔，人山人海，没有一个可以谈论爱情的人心里怎么能踏实呢？我不把张爽当成一个地道的北京人，虽然他的祖上就是北京户口，享受着北京人的优厚待遇。因为他是平谷县的，北京郊外，六环以外更远的地方。他也没有北京人的优越感，憨厚、低调得像外地人。只有我和他走到北京街头的时候，我才会想到他是有北京户口的人，他心里踏实，我心里也踏实。张爽家有店铺，兼有贤妻，衣食无愁，可以舒舒服服地做一个典型的北京大爷。他对自己在家里不做家务衣来伸手饭来张口的恶行供认不讳，但他有一个体面的理由：我正在写小说，或者正在构思小说。一个作家的背后往往需要站着一个无私奉献的女人，尤其是正在成长中的作家。而那时，张爽对小说正处于狂热爱慕之中，浑身燥热，热得只要手一挨着家具就会起火。因此为安全起见，他是不需要做家务的。说到这里，总不由得让人想到羡慕忌妒恨这五个被用滥用俗了的字。好在，我在家里也不怎么做家务，我的理由也跟写作有关。一个写作的男人哪有时间精力做家务啊，别看我们无所事事的样子，那是发呆，每个作家都需要有充足的时间发呆，特别是中年男作家。只是，我妻子没有张爽的妻子漂亮，她跟我一样，一出生就不是北京户口。张爽很有情趣，会找乐，脸上总是绽放着欺骗众生的微笑，脖子上挂着笨重的照相机，走路自信，昂首挺胸，旁若无人，那样子很受女生青睐。他不是鲁十七照相水平最高的人，但却是受差遣最多的人，他的照相机里，有着数不清的女生照片，好看的、不好看的、卖萌的、羞羞答答的、搔首弄姿的，不管怎么样，在他的镜头里都得到了升华。在女生中，有我们共同的老相好叫娜彧，是从左岸上捡来的朋友。她小说写得出色，却是一个没心没肺、情窦未开的人。我们三个人在一起谈论文学的时候最有趣。因此，我和张爽没有话题的时候，常常会窜进娜彧的房间，说一些笑话或听她说笑话，她肆无忌惮地笑，我们也得识趣地跟着笑，说说笑笑，打情骂俏，无聊的一晚就过去了。在鲁院，我更多是跟张爽在一起。在一起的时候，除了谈文学，我常常跟他开一些漫无边际的玩笑，我们常常笑得让人云里雾里。我的幽默感他懂。因此我把他当成了鲁院最好的同学之一。

时过一年有余，张爽的小说日渐长进，在各大杂志攻城略地，应接不暇，势头来得像桃花盛开。读者的速度往往跟不上作家的速度，尤其是遇到井喷期的作家。我从不怀疑张爽的才华，只是觉得他跟我一样，起步稍晚了一些。老骥伏枥，志在千里。什么时候也不能小瞧北京人。我愿意在遥远的边陲仰望北京，仰望张爽。

2013 年 8 月 29 日

《都市》2014 年第 11 期

小潘老师

我和许多生活在基层的文学爱好者一样，都是笨拙而顽强地成长起来，从而成为一个作家的。我的发表是从北流县文联的刊物《勾漏》开始的，然后是《大众报》，也就是后来的《玉林日报》，我第一次公开发表作品就是在《玉林日报》上。

现在我说说《玉林日报》副刊。

从《大众报》到《玉林日报》的副刊，我市的很多文学爱好者一直追随着它，依恋着它，走过了难忘的笔耕岁月。很多作家都说过，一个地方的报纸副刊办得好不好，直接影响当地作家队伍的成长。多年来，《玉林日报》都扮演着培养玉林文学创作队伍平台的角色，天门关作家群的崛起它功不可没。副刊的成败跟编辑关系极大。一个好的编辑可以成就一个副刊。前几天某市的作家和我聊天时说到，他们那里这几年没有新人冒出来，罪魁祸首是他们市的党报副刊办得失败，失败的原因是编辑自私、素质差，经常是整个版面刊登的几乎全是编辑自己（用几个化名）的作品，要不就是几个狐朋狗友的作品……如果我们在成长的过程中能遇上一个好编辑，那是我们的福气。

此时，我得说说小潘老师。

如果你是《大众报》和《玉林日报》的长期作者，你肯定知道我所说的小潘并对她的认真、诚心和热情感受很深。我已经记不起什么时候跟潘静新认识的。那时候，我给她投过散文、诗歌、小小说，她都给我编发出来。人是需要鼓舞的，尤其是在失落和迷惘的时候，对我来说，发表作品就是一种莫大的鼓舞。而看上去有几分厉色的潘静新还多次私下表扬过我，夸奖过我，像一个长者，更像一个智者，我总相信她的话是真的，听完后我总是默默努力写出更好的作品，博取她更多的表扬，像当年在小学课堂上期待老师的表扬一样。现在，我无意中看到自己当年在《玉林日报》上刊登的文章，发现竟不忍卒读，让自己感到脸红了，此时我最感到对不起的是编辑：我怎么会写出那么糟糕的文章？而且她怎么会编发了？我明白了，原来是《玉林日报》不嫌不弃地陪我一起走过了青涩的青春期。

小潘老师不是我叫的，是同行叫的，老作者这样叫，年纪小的也这样叫，叫的人多了，也就习惯了。其实她年纪应该跟我差不多，但她已经是《玉林日报》副刊的资深编辑，仿佛是，她是这块园地里的老园丁了。因为，从我二十岁出头开始，她就编发我的文章，转眼又快二十年了，我的成长是跟《玉林日报》连在一起的，同时也跟小潘老师连在一起。很多同行都知道，小潘编稿是认真的，很少发人情稿，遇上好稿子，她会如获至宝，喜形于色，即使篇幅超出了规定，她也会极力向领导争取宽大处理。她对待每一个作者都是诚心的，在稿子面前人人平等，不少现在在文坛已经小有名气的本地作者几乎都经过她的“发现”和培养。她组建了一个QQ群，每天都要抽出时间和活跃作者聊天、沟通，热情地策划和组织文学活动，好像是，她有着用不完的劲头。她的功夫不是白费的，她团结和联系了一大批作者，给他们交流的平台，了解他们的创作动态，激发他们的创作冲动，很多优秀的稿件就是被她连“催”带“逼”出来的。因此，《玉林日报》副刊从来不缺少柴米油盐，加上一个好的厨师，给读者端上来的当然是一盘盘的好菜。

我相信的是，一个好编辑真的可以决定一家报纸副刊的成败；一个好编辑也真的可以改变一个地方的文学生态。需要说明的是，《玉林日报》副刊的其他编辑也很优秀，包括本人在内的很多作者都受惠于他们的培养，对他们也感激有加，只是我对小潘老师太熟悉了，她是副刊编辑的一个小小的缩影，我试图通过她反映《玉林日报》副刊一代又一代的编辑为培养本地作者所作的无私奉献和可贵品质的传承，并以此向他们致敬。

2011 年 5 月 29 日

从“贾奈达”看邱华栋的写作资源

在人们的印象中，中国作家不缺乏“角度”，但缺乏“视野”。近来，作家的视野问题不断被提起，引起了越来越多的讨论和研究。从某种意义上说，视野问题其实是写作资源问题，对一个作家尤其如此。而很多中国作家成名之后，往往便迷失方向，一方面为没有素材而叫苦连天，陷入江郎才尽之窘境；另一方面，又大量浪费写作资源，一是过度开采，不断重复自己；二是对中国深厚的历史文化积淀或视而不见，或践踏糟蹋。因而，我们所阅读的小说大多题材趋同，似曾相识，没有新鲜感和陌生感。我们常常羡慕像杜拉斯等一些作家，她们的写作资源取之不尽，丰富多彩让我们眼花缭乱、自愧弗如。难道说，我们的作家真的找不到新的写作资源？我们的作家经过折腾“怎么写”、拼技巧以后，应该重新审视“写什么”，也就是说，到了比写作资源的时候了。真正有才华的作家是那些永远拥有自己充裕的写作资源的人。邱华栋就是一个视野开阔、重视写作资源建设和题材陌生化的作家，他每一次写作都试图要找到更高的坐标系，展示他无与伦比的想象力和写作天赋。鉴于此，他注定是当代中国小说中的一个异数。长篇小说《正午的证词》《花儿花》《夜晚的诺言》《城市战车》《戴安娜的猎户星》《白昼的躁动》等已经展示了邱华栋写作资源的丰富和把握题材的能力，令人琢磨不透的是，下一次，自信而胸有成竹的邱华栋将从他的口袋里拿出什么东西，他像一位神秘的阿拉伯酋长，我们无法知道他的脚下到底蕴藏有多少石油。邱华栋在长篇小说领域“沉寂”了一段时间，正处在爆发期的他肯定是在酝酿什么。三年前我和他第一次见面的时候，他和我谈得最多的便是“写作资源”，他向我透露过，他正在编织“中国屏风”，一个外国人看中国的窗口。我对此颇为期待，果然他没有令人失望。最近，人民文学出版社同时推出邱华栋的三部长篇新作《贾奈达之城》《单筒望远镜》《骑飞鱼的人》，引起了文学界的惊叹并在广大读者中间引起强烈反响。这三部小说是邱华栋给自己设计的《中国屏风》系列，是他亲手开辟的一个神秘而广阔的文学王国，显示邱华栋勃勃的雄心和远大的文学志向。《中国屏风》像一群驶向大洋深处的巨轮，一举冲破了当代汉语小说视野狭窄和资源匮乏的藩篱。我为他独到的眼光和旷远的视野所折服，我相信，“中国屏风”和“贾奈达”将成为邱华栋的文学新标签，并使他上升到新的高度。

《贾奈达之城》是一部描写20世纪40年代，一个英国外交官夫人戴安娜在印度和新疆的生活与感情的长篇小说，也是一部关于一个女人的自由、爱情与神秘的唯美主义小说。小说主人公戴安娜出生在印度，1946年9月，因丈夫艾瑞克成为英国驻印度政府向中国新疆的南部重镇喀什噶尔派出的新一任总领事而来到中国，热爱上了中国美丽的风光和善良的人民。由于此时印度甘地领导的独立自治运动已经取得成功，艾瑞克陷入了焦虑和困顿：他将会是最后一任总领事。为了帮助丈夫摆脱糟糕的情绪，戴安娜鼓动艾瑞克开始攀登喀什噶尔附近以及帕米尔高原上的雪峰，期望通过征服大自然来使内心平衡。在深入高山民族柯尔克孜族人的地区时，他们认识了向导——柯尔克孜族人赛麦台，并与之成为好朋友。而戴安娜在随后的一些交往中，对柯尔克孜族人产生了浓厚的感情，与赛麦台也萌生了情意，但是在道德和私欲之间，他们受着煎熬和困顿。最后，在一次雪崩中，赛麦台为了搭救他们夫妇而死去……《单筒望远镜》则写 1899 年春天，21 岁的法国女子阿苏尔坐上了轮船，前往中国继承与处理考古学家父亲若姆的遗产。她来到了北京，首先就感到了政治运动之中的血腥，——在紫禁城的午门外的刑场上，刚刚杀了主张与西方议和的几个大臣。深受康有为、梁启超变法理论影响的光绪皇帝，由于 1898 年“戊戌变法”的失败，已经被慈禧太后囚禁了。父亲神秘地死亡的原因是日本浪人偷窃他从西域获得的珍贵文物，杀人灭口。处理完父亲的遗留问题，刺杀日本浪人没有成功。后来，她听说现在林玉成和哥哥诺布勒都在山东，于是，她决定前往山东寻找哥哥，由此引发了一场和中国的爱恨情仇。1900 年秋天，阿苏尔把父亲留下来的所有的遗产捐献给了法国博物馆和教会，然后再次坐船离开了古老的中国。在她的想象中，那扇见证她的中国童年与爱情记忆的中国屏风和宅院，在一片大火中燃烧了，慢慢化作了灰烬。而《骑飞鱼的人》则取材于一个真实人物的经历。他叫 A.F.LindLey，可以翻译成林德利，他曾经参加了英国海军，1859 年来到香港，辞掉了海军的职务之后，来到了上海，后来又于 1860 年进入到太平天国控制区。他认识了当时太平军的重要军事领袖忠王李秀成，得到了忠王的委任，成为太平军的一个战友和志愿军成员，他和自己的未婚妻、几个朋友一起参加了忠王组织和领导的多次战斗，而且相继失去了他们。1864 年上半年，在太平天国运动即将覆灭的前夕，他离开了中国，回到了英国。

邱华栋精心打造的三部小说题材奇特，叙述和结构也很神奇，如《贾奈达之城》故事是在雄浑壮阔的印度南亚次大陆和中亚新疆展开，描绘了主人公在征服中亚帕米尔高原上的雪峰时的各种情景，还描绘了印度和巴基斯坦独立的情形、英国和俄国在中亚地区的对峙、克什米尔首府斯里那加和列城的风情、中亚高山民族柯尔克孜族人的草原盛会、英国人在中亚的退却……而对史料的有效运用和对地域出神入化的描述，从历史和文化的高度来回溯、反思历史，使作品显得异常坚硬厚实。在书中，描写细致深入而不迷恋，文字行云流水而不拖沓，显示作家不同凡响的把握能力和深厚功底。作家已经没有过去那种质问的冲动和锋芒，而是不愠不火、不紧不慢地演绎一个个我们所不熟知的故事，透过如烟如雾的记忆，不动声色的探询，让人看到了隐藏在文字背后的东西，看到了作家的成熟和从容。有评论家指出，邱华栋“这三部作品中对自己的写作来了一次非常漂亮的成功转型”。但我认为，这不仅仅是一次“转型”，更重要的是证实这位神秘的阿拉伯酋长又找到了新的特大“油田”，为我们展示了他的富有和实力，也为中国作家的写作资源建设提供了范例，同时更为他自己打开了一扇通往辽阔和宏大之门。我相信，邱华栋将是中国当代年轻作家走得比较远的一个。

痴把新疆当爱人

——梁晓阳长篇散文《吉尔尕朗河两岸》印象

梁晓阳是一个土生土长的广西人，就与我生活在粤桂边上的一个小城里，几乎每隔两三天我们便在一起喝上几杯小酒，谈论时局和世事，顺便聊聊文学，但他更多地谈到新疆，谈他一年一度往返新疆的经历。如果新疆是一本书，那么每一个细节都在他的心里，纵然把世界上所有的酒都喝干了，他也说不完新疆。因为他早已经把新疆当成了自己的爱人。听一个人叨唠他的爱人，就好比看央视《百家讲坛》那些人扯遥远的人和遥远的事，跟自己毫无瓜葛，姑且听之。但自从他跟随妻子回到伊犁探亲的2003年开始，我们听他没完没了地叨唠了十年，十年里，他将自己叨唠的东西写成了一本书，厚得吓人，近三十万字，如果把这些字一个个地排列成一根线，将广西与新疆连接起来应该绰绰有余。这部书叫《吉尔尕朗河两岸》，吉尔尕朗河，据说是伊犁天山脚下的一条雪水河，从天山流下，百川入海一般，最终汇入著名的伊犁河。而这部写他在河流两岸居住的文字，因为用情之深（就写他爱人生活的老家），用力之猛（写了十年），成就了一部佳作，也顺理成章地入选了"新疆民族文学原创和民汉互译作品工程"，获得新疆政府扶持出版，近日由新疆青少年出版社隆重推出。

据我所知，梁晓阳爱上新疆是因为爱上了一个新疆女人，他的妻子是地地道道的新疆人，在伊犁出生，在伊犁长大。爱一个人，除了爱她还不够，还爱上她的故乡，这样，使得他们的爱情一望无边，比世界还要辽阔。因此，十年来梁晓阳马不停蹄地往新疆奔跑，钻进一个个毛孔里，用放大镜去观察、品味。他将自己化为一滴水，带入了新疆的汪洋大海。新疆旷野茫茫，孤独沉寂，辽阔的天空，荒凉的野地，冷峻的雪山，像初恋一样给他无法消受的甜蜜和震撼。有一段时间，我们都找不着他，但深夜的时候常常接到他的电话，说他正在看大漠孤烟、边塞夕阳，寻找天山雪莲和饥饿的野狼……末了他说，我恨不得自己的前世就是新疆人。而他也多次对我们说，他一直怀疑他就是新疆人，有新疆人的性格，有新疆人的思考，有新疆人的生活，有新疆人的故事。读他的文字，发现他就像爱一个前世恋人一样爱新疆，前世恋人，就是前世修来的福，他和她正在如胶似漆。而我也一直怀疑：梁晓阳这家伙究竟爱他的老婆多一些还是爱那片叫作伊犁的土地更多一些？

在南方的日子，我都记不清他曾多少次“回”新疆，更不知道他的人和他的梦多少回逗留在新疆的牧场、村落、林区。他跟我们谈论新疆的时候眉飞色舞，像一个大龄光棍终于谈婚论嫁了。在我们面前，他常常“叫嚣”要离开家乡回伊犁定居，像牧区人一样起早贪黑，捣弄奶茶烤馕，而据说他也在那条叫作吉尔尕朗河的岸边草原牧区拥有了一个家，一个院面积不小的和当地人一样的房子。在我看来，拥有了一个院子，那他才是真正的“回家”，像一个走失多年的孩子年年都要回去跟母亲相认。在我们这些南方的朋友看来，梁晓阳真是一个多情人，甚至是一个矫情人，至少一些不甚理解他的人会这样认为。但我不觉得他的多情是矫情，他对新疆的爱像对妻子的爱一样，已经塞满了他的内心，渗入血液和骨髓。

梁晓阳跟新疆谈了十年“恋爱”，每年在疆桂两地像牧民一样“转场”，像候鸟一样往返，庆幸的是多情不被多情误，他把所有的经历和感受都记录在这本叫《吉尔尕朗河两岸》的书里。十年磨一剑，十年写一部书，像跑了一场爱情马拉松。这部堪称展示了新疆伊犁大美的“情书”，以天山腹地的吉尔尕朗河两岸为背景，以一个降格废置荒凉遥远的昔日军用马场——伊犁新源老马场为观察点，分别对牧场、田园、河流、林区、冰山、村落民居乃至风土人情和日常家居生活作了投入、准确、生动、精细的描绘，记述了他在吉尔尕朗河两岸结庐而居十年之久的奇特生活，阐释了自己对三十多年人生以及爱情家庭的感悟和思考，参悟出了自己与这片神奇土地的不解因缘，是一个本真生命在伊犁草原上的心灵独白。作者同时在沉缓淡定的叙述中精妙地刻画了一批鲜活的人物，情感丰富的描写和穿透力强的叙述，逼真地展现了吉尔尕朗河两岸各族人民诗意的生活环境和顽强的生存状态，凸现了吉尔尕朗河两岸雄浑而又明媚、冷峻而又热烈、遗世而又萍聚、浪漫而又悲情的举世无双的人文地理。读着这些清新大气却又寂寞智性的文字，感受陌生而鲜活的场景，那种让人怦然心动的感觉只有读《瓦尔登湖》时才有。

而梁晓阳与新疆的传奇“爱情”并没有因此书的出版而变淡，相反，变得更浓烈。他说他现在只是暂时客居在我们这座小城，新疆才是他真正的故乡，他思念、牵挂，而故乡也一直在召唤、指引他，他还要反复回去，他还有另一部写伊犁的长篇要完成，据说也已经写到二十五万字。他希望像梭罗在瓦尔登湖畔写书一样，在吉尔尕朗河畔写他的伊犁文字，他希望在新疆慢慢变老，终有一天，老死在春天的牧场，化作一抔黑土，灵魂却像新疆的杨树那样迎风飘扬。

2013 年 3 月 28 日，北流

杰出的老潘

特别是到了中年以后，老想跟好玩的朋友在一起，喝一杯小酒，宁愿吃素菜，也要说荤话。吃素是为了减肥，说荤是为了健康。只吃素不吃肉很难做到，说荤话也不容易。有时候说不出口，因为毕竟读过些书；或者说，说出来索然无味。说荤话，讲段子，必须是在合适的场合有一帮合适的酒肉之徒，关键还得有一个能点燃气氛的人。缺了这个人，往往多嗨的笑话也笑不起来，多棒的笑点也被稀释在风中。而且，在没有笑话可讲、沉闷无趣的时候，这个人还得心甘情愿舍身充当一个笑话，让在座的人放下碗筷捧腹大笑。

潘雄杰便是这样的人。他是荤话的发动机，段子的爆破筒，出洋相的战斗机。

严肃时我们叫他的本名潘雄杰，嬉笑时称他的笔名潘杰出，更多的时候唤他老潘。“潘杰出”这个笔名还是我给他起的，因为我相信他能成为一个杰出的小说家。但他很少用笔名，可能觉得这个笔名高调了些。他心宽体胖，没有什么忧虑。近年头发掉了大半，露出锃亮的脑门和颅骨；高度近视眼，戴宽大的黑框眼镜，大腹便便，走路不看人，一副看上去便让人想发笑的模样。每当约饭局，首先问潘雄杰参加否，如他没空，宁愿改期。不讲笑话的时候，有他没他都成，也没有人在意。但说笑话前，大家都习惯性地举目张望，看他在不在。若他迟到，笑话也要等到他来了才讲。说笑话过程中，人人笑得人仰马翻，而“座中涕泪谁最多，大头胖子潘杰出”。

我说的饭局是指在北流。因为我为数不多的好玩的朋友差不多都在北流。

北流是我的家乡。在广西东南部，与广东接壤。原来叫县，现在叫市，现在正张罗成为玉林市的一个区。辖境内有一个很著名且真实存在的地名：鬼门关。此乃古名关，现在却不复峻险，也没有了骇人听闻的瘴气，但依稀还能感觉到古代流放犯在此地艰难行走时发出的绝望的哀叹。邑人觉得“鬼门关”不吉利，改名天门关。玉林作家群便命名为“天门关作家群”。北流作家占了相当大的比例。玉林市辖五县市，北流是文人最多最活跃的县。有很长一阵子，玉林市只有4名中国作协会员，全在北流。著名小说家林白就是北流的，参加工作前一直在县里。县内有一个诗社，称为“漆诗社”，有一群热爱诗歌的年轻朋友。曾经有一阵子异常活跃。潘雄杰不写诗，但他喜欢屁颠屁颠地跟着诗人们转，帮着张罗活动。但我们都得提防着他，怕他在正经肃静的会议或活动上憋不住，猝不及防地、不合时宜地发出夹着喷饭破涕般的笑声。因为有过先例。一次，在“国文书吧”举行文学创作座谈会，有德高望重的老者和不苟言笑的领导参加。开始时有人突然站起来提醒说，今天是日本投降日，要求与会者起立为抗日战争死难者默哀三分钟。于是，进入了庄严肃穆的时间。可是刚默哀至一分钟时，座间突然有人发出夹着喷饭破涕般的笑声。是潘雄杰。他正低着头强忍自己，但越忍越发忍不住，鼻涕和口水都笑出来了。我们也快被他的举止逗笑了。好在，我们都强忍住了。漫长的三分钟终于结束。我们如释重负，又恨不得揍死他。潘雄杰不断向大家致歉。他解释说，因为，其间，他突然想到了好笑的段子，实在控制不住。他还说，有时候在梦里笑醒，被老婆怒目横眉过多次。事实证明，他是一个无法控制自己何时发笑的人。

在一个小城里，有几个好玩的朋友，便不至于感觉那么寂寞无聊。而无论在哪里，潘雄杰都是一个“笑料”，因此约他喝酒、打牌、唱歌甚至看低俗表演的人很多，我们文友想约他得看他的档期。仿佛他是炙手可热的人物。然而，更多的时候，他是一个疲于奔命的父亲。很长一段时间里，他在县政府四合院居住。他和他调皮的儿子在政府大院家喻户晓。因为他老婆每天都摆摊，儿子从没有让他消停过，鸡毛蒜皮，鸡飞狗跳，柴米油盐。婆妈泼辣得像个悍妇。几乎每周他都得赶往学校一趟，接受儿子班主任的质问和警告。但他从不觉得灰头土脸，而从来都是嬉皮笑脸，臭不要脸。幸好，儿子考上了广西大学法学系，奔着当法官或律师的理想而去，着实让人羡慕和意外。

潘雄杰向来肥胖，大腹如鼓，坚称自己是酒囊饭袋的命，即使肥胖如猪也要120%地酒足饭饱，断然不能让肚子受苦。然而，有一阵子，他关掉手机，与酒友们断绝联系，几乎拒绝了所有饭局，在政府大院的球场里拼命跑圈，一个人，每天早晚孤独地跑五十圈。肚腩果然收缩回去了，身材从没有那么好过，笔挺得令人嫉恨。我们惊奇地想知道什么原因让他如此狠心减肥。他说，“难道你们没听说又要涨工资了吗？不用怎么干活一个月也能领三千六百三十八元，不能死那么早，便宜了政府”。有一次沿崎岖不平的山路通往天堂山，途中有惊险。他坐在车的副驾驶位置，嚷叫着要下车换位。因为副驾位危险度更高。一边叫嚷，一边说他的工资上个月又涨了一百二十元，如果死了就一分钱也拿不到了。可是，他跑圈的劲头没有坚持很久，酒友们怒气冲冲地跑到政府大院球场，拖起他就走，像警察抓逃犯一样。他的肚皮又迅速恢复原状，前功尽弃。酒肉忒香，生死算球。

老潘好玩的事情远不止这些。不认识他的人，打死也不会认可他是一个作家。他确实是长着一副什么都像就是不像作家的相。但在我眼里，他始终是一个文人。而且，在邑内，他是我认识的人中读小说最多的，也是理解得最透彻的。我是从他那里知道福克纳、博尔赫斯、卡尔维诺的。从他那里第一次读到《百年孤独》《没有人给他写信的上校》和《白鹿原》。他曾热烈向我推荐过余华、苏童、莫言和迟子建、王安忆等。与他在一起交流读书心得，我更多地作为一个倾听者。他有过人的概括能力，知道什么作品是好作品。我真的佩服他的阅读量和记忆力。他读过的书，里面都留下他大量的标注文字，有的是对精彩细节的惊叹，有的是对技法的体会，有的是骂自己为什么不开窍。除了清秀的钢笔字，书页上还留下口沫和烟灰的痕迹。是他打开了我的阅读视野。开始写小说的时候，我对自己毫无把握，不知道写的东西算不算小说，是否重复了前人或同辈，表现手法是否过于落伍，情节安排是不是贻笑大方。我把小说拿给潘雄杰看。他读后很少说好，也不说不好，只是说你的叙述像谁，气息像哪个名篇。尽管我根本没有读过那篇小说，对名家还那么高山仰止。可是我从他那里得到了信心，也得到了启迪，更加明白做小说之难。有那么一阵子，我必须找他探讨小说，找他释疑，从他那里印证我的判断，修正我的错误。饭局上，他们谈诗，我和老潘谈小说。但后来他告诉我，他的视力越来越差，不断换眼镜，还觉得看不清东西。医生让他不断换更厚的镜片，近视眼镜度数快达 2000 度也几乎没有什么效果。最后医生说，近视眼镜对你没有用了。他想做手术，但医生说你近视眼太严重，眼珠子都变形了，做不了手术。老潘悲观地对我说，只能等着失明，为了不那么快失明，不能再看书了。我也觉得他读书太多害了眼睛，保护眼睛要紧，毕竟眼睛比文学重要。

老潘不读小说了，使我怅然若失，倍感孤独。然而，令人啼笑皆非的是，有一天他告诉我，经省医院检查过了，他的眼睛不是近视，而是白内障！这让我们笑岔气了，因为让我们想到了一则笑话：一个医生和蔼可亲地提醒一个经常来检查身体的妇女说，你只是吃胖了，不必每次都来妇产科。

“潘杰出，你只是患了白内障，不必每次都来检查近视眼。”

在我们印象中，患白内障的都是老态龙钟的人，尤其是青藏高原上的老太太。老潘患白内障简直就是一个笑话。很快，他做了白内障手术，连眼镜都扔掉了，重见光明，重拾小说，又回到队伍中来。

老潘受王朔的影响很深，曾经写过好些“低俗”的严肃小说，被中年妇女们嬉笑怒骂过他。有些小说我读过，诙谐幽默，接地气，有体温，很有想法，让人难忘，已经无限逼近优秀。也有些小说颇为遗憾，私下我跟他交流过。他有很好的文学理念，有开阔的视野，有丰富的生活积累，尤其是有幽默滑稽的气质，是能写出更好的小说的。我始终相信，他不仅仅是一个杰出的段子手，一个杰出的开心果，一个杰出的吃货，一个杰出的读者，一个杰出的朋友，还能成为一个杰出的小说家，成为我们中“杰出的老潘”。

二十多年来，老潘写了几十篇小说。人到中年了，想出一本小说集，给自己给朋友一个交代。这个想法很好。他嘱托我写千把字的序，或者说印象记。

“你怎么写都成。把我写成花头鸭（丑角）也无所谓，因为我就是那样的人。”

于是，我便写下了上面这些杂七杂八的文字。

2017年10月15日，北京，八里庄鲁院207

载《陕西文学》2017年第5期

我的邻居林森

2016年冬天，我参加鲁迅文学院与北师大联办的文学创作硕士班入学考试。笔试结束后在北师大的教学楼下第一次见到林森，他从随身携带的行李箱里取出一本自己的书《关关雎鸠》，并迅速签名送给我。天色已晚，鸦声凄凉。我把书塞进背包匆匆走了。第二天，我乘坐北京往海口的飞机，经停南宁时我下飞机，这本书被我遗留在飞机上了。后来我不敢对他说起，因为他从海口带来北京送我“雅正”的书，又鬼使神差地回到了海口。后来我装作若无其事地向他要了一本。从他的小说中我闻到了熟悉的气息，小镇，风暴，炎热，南方的故事和人物。

对林森的熟悉是从我和他成了“邻居”之后。我们就读的硕士班有二十个同学，去北师大上课，住在八里庄的鲁迅文学院。我住207房，林森住206。鸡犬之声相闻，无事也相互叩门。闲聊一些读书心得，或创作计划，或文坛新发生的趣事。到了吃饭时间，他逐一敲门，提醒所有的男生该带上饭卡去食堂了。我们平常一起去挤地铁上课，从十里堡到朝阳门转2号线往积水潭，然后骑共享单车到北师大。上完课又原路返回。这是我们的日常路线图。在地铁上，三五个同学心安理得地谈文学，有时候装模作样地看书。林森走路特别快，目不斜视，神态昂然。这是京城啊，不是你的海口，能谦逊、低调、走慢一些吗？我说：“林森，地铁站里走来走去的不是木头是美女啊，来一趟北京不容易，那么多的美女，你能多看一眼就多看一眼吧！”有时候晚上下课回来得晚，林森走路的速度更快了，像跑，因为他要抢在儿子睡觉前跟他视频聊天。儿子上幼儿园了，林森揪心的事情更多了，每天都恨不得飞回海口陪儿子一晚，第二天又飞回来。

看上去林森是一个自信的人。他有理由自信。因为：其一，他的小说写得好；其二，大家都说他长得帅；其三，他是一个出色的厨师。我估计他的自信是与生俱来的。因为他从小就见识了大海。没见过大海不足以谈人生，而林森最有资格说“大海是我的母亲”。我对在海边长大的人怀有古老的“敌意”，因为他们天生就如此幸福，终日与鱼虾为伴，抬头就能看到无边无际的蓝，见多识广，积淀了深厚的生活底蕴，成就了宠辱不惊的品格。他在孤岛上写作，作品以大海为底色，有岛屿的清高，海洋气息扑面而来，独特而迷人。我缺少的正是他的浩瀚和深邃。如果可以选择，我愿意做一个海边的孩子。

作为一个文青，林森的履历是完整的。中学时参加过文学社，上街抗议过县教育局的不公决策；大学时办过刊物，跟一帮穷学生混迹成人文学活动，聆听过大师的教诲，在网络文学论坛上经常发帖跟人吵过嘴爆过粗口……一个学水产养殖专业的文学青年，一个文学青年还懂点水产养殖。长发及肩，踌躇满志。开始以诗行走江湖，参加过“青春诗会”，后来以小说纵横驰骋，大学毕业没多久就当上了著名刊物的编辑……最让我刮目相看的是，他第一次高考，考上北方一所大学，因为食堂饭菜不对口味愤然退学，宁愿第二年重新参加高考。这事让我感叹不已，因为“臣妾做不到”。

入冬那么久了，周边都雪上加霜了，北京就是憋住不下雪。我和陈崇正怂恿林森去东北看雪。他坚决不从，十分鄙视：“雪有什么好看的？”作为南方以南的人，除了雪，世界上还有什么东西值得一看？我想。他还补了一刀：“东北菜又不好吃。”好吧，你跟他谈雪的时候，他跟你谈吃。典型是一个厨子的格局。鲁院食堂的菜略显单调，但林森用老干妈和调料把碗里的饭菜弄得风生水起，吃得满面桃花。他说在家里经常琢磨做菜，能在厨房里待上一整天。茴香豆的“茴”字在孔乙己眼里有多少种写法，土豆在林森的手里就有多少种做法。跟一个精致的利嘴主义者谈雪，是对牛弹琴；如果说跟他谈吃，正中下怀，自讨教育。长此以往，总有一天，他会落到“谈笑无鸿儒，往来有庖丁”的下场。我对厨艺向来不感冒，但自从认识林森后，我开始暗地里钻研菜谱，重新审视厨房。

林森也有过狼狈的时候，但他是以感恩的语调向我们讲述的。2007 年鲁迅文学院高研班结业后，他还是一个毛头小子，没有工作，京漂大半年后，身无分文，无处安身，情绪沮丧。一日，时为《天涯》主编的李少君来京开会，林森拜见这个老熟人。少君问，“有什么困难吗？”林森支吾道，“没”。就此别过。第二天，林森又叩开少君的房门，憋了一宿的话终于说了出来：“能借我点钱吗？”

林森经常由衷地赞美他单位的历任领导，把领导和前辈对他的帮助铭记于心，从没听他说过半句对同事和朋友不满的话，我觉得他很厚道，跟他说话轻松、放心，因而我“为老不尊”，经常跟他说一些无厘头的话，以博得他“莞尔一笑”。

在一起探讨文学的时候，我能从林森身上获得勇气。因为他对未来总是很乐观，坚信“有才华的人谁也挡不住”，“好的作品总会获得追认”，“偏远角落的作家也会有春天”。鲁院的房间虽小，却足以让我们写天下。我们经常足不出户，埋头苦干。到食堂吃饭的时候，林森经常成就感十足地说：“我今早又写了 800 字，计划下午再写 800 字，要把上次飞海南的机票钱赚回来。”林森房间的书桌上有三台电脑，一台是鲁院配的台式机，另外两台笔记本电脑，微软和苹果，都是先进武器。我常常调侃他：“同时启用三台电脑如果还写不出杰作，你就不要怪电脑了。”林森说，“我还有两个先进的手机，一个苹果，一个安卓，都可以用来写作”。

林森的诗和小说都写得好，评论写得像模像样，口才也甚是了得，让我羡慕不已。他外表阳光，年少老成稳重，有大气象。但读他的小说，我发现他的内心暗藏风暴，波涛汹涌，雄心勃勃。写杰作的人就应该这样。

2018 年年初，林森又出了一本新书《海风今岁寒》，在中关村言及有书店举办分享会，同学们都去捧场了，硬生生地把这次分享会搞成了林森作品研讨会。我们都认为他才华出众，品格优良，他身上有大海的自信和包容，有椰风的自由和飘逸，神态昂然，目不斜视，他前进的步伐会很快。从天涯海角到北京城，如果靠力气，那将是漫漫长途，如果靠才华，一部《海风今岁寒》便能须臾抵达。

其实我想说的是，我多么看好这个邻居。

2018 年 1 月 29 日《文艺报》

崇正是好的

我对编辑有天然的敬畏，尤其是对《花城》的编辑。我从写诗转写小说后的第一篇小说在 2005 年第 6 期《花城》“花城出发”栏目发表，犹如“晴天霹雳”，对我的鼓舞巨大，从此我才死心塌地地走写小说这条道路。《花城》虽说是广东的刊物，对广西作者却情有独钟，很多广西作家都是从《花城》起步，像林白、东西等广西作家的重要作品都是在《花城》发的。我们广西有句话是这样说的 :《花城》缺经费请找广东，缺稿件可找广西。《花城》编辑部的同志们也喜欢到广西的乡下走走，呼吸新鲜空气。因此《花城》的编辑无论是我认识的还是不认识的，于我都像亲戚一样。陈崇正几乎是我唯一一个不认识的《花城》编辑。认识他的时候，他已经是我的班长。

2017 年秋季开学，在北京师范大学与鲁迅文学院联办的硕士作家班上我见到了陈崇正。也许早在入学考试时就见他，但没有什么印象，似乎也没打招呼。他被指定为我们的班长。因为《花城》，我欣然同意。班长不是荣誉称号，是个苦差事，干活的。他年轻，欢蹦乱跳的，果然适合这个职位。但我可不把他当班长，我与他一见如故，把他当亲戚，当成“解愁杂货店”的伙计。关于课程、填报资料等疑难杂症我经常找他帮忙。在此过程中，我很快发现了这个小子在文学上有野心。我向林森同学举报了他，并鼓励他崇“正”，把野心变成雄心，把一个人单打独斗的创作变成我们三个人的共同事业。很快，三个来自粤琼桂的南方人似乎在北方找到了方向，有了目标，雄心勃勃地走在北京的大街上，一起去挤地铁赶早课，一起去赶饭局，一起去奢华之地。更多的时候，我们晚饭后，从十里堡鲁迅文学院住所出来，穿着中裤和拖鞋，穿越一个居民小区，越过一条便臭烘烘的铁路，猫着腰穿过围栏的洞口，前往大悦城，逛一会单向街书店便回来。有时候，是走另一条路线，越过朝阳北路的一座天桥，到红领巾公园，看老大妈跳舞，观湖泊上的莲花和夕阳的倒影，喝着冰茶原路返回。去往的路上，我们谈论最多的是文学和创作中的困境。我们毫不掩饰自己的雄心，叫嚣着要写杰作。由于回家的路途遥远，旅费昂贵，节假日也不敢轻言还乡，因而我们成了鲁院的最常住人口，有时候三人显得孤苦伶仃的，穿着吊儿郎当，自嘲为“南派三叔”。我更像大叔，崇正称我土鳖，因为我确实有点土。王城如海，一只土鳖屁颠屁颠地跟着两个王子出入高档场所，即使在大街上也紧跟不舍，以免糊涂地迷路。崇正方向感极强，认路准确无误，茫然四顾时，我们都听他的，跟他争也没有用，因为最后他总是对的。除了去北师大上课，我们几乎每天都关起门来写，每天都通报新写的字数。进度顺畅时，大家兴高采烈，去朝阳路的潮汕牛肉火锅店喝点小酒，那是我们的深夜食堂。被琐事缠身，耽误了产字量，都会唉声叹气，有时候干脆破罐破摔去电影院看电影。我们靠自嘲来消解喧嚣和无奈，靠互相鼓励来保持斗志。第二个学期课程相对轻松，我们沉潜于斗室之中，像嗑了药般兴奋，玩命地写。林森写出了中篇《海里岸上》，最近在《人民文学》发表后几乎所有的选刊都转载了，好评如潮，是一篇“有大奖相”的小说。崇正写了长篇小说《美人城》得到了他的导师苏童的肯定，将是他的重要作品。他还写了《分身术》《折叠术》等“术”系列，雄心勃勃地构建他的文学世界。我比不上他们年轻，力气壮，稍差一些，只写了十几篇蛋镇电影院系列短文。现在我们都回到了工作岗位上，为俗务所累，才感叹在北师大脱产学习这一年才是我们创作的黄金时间。说实话，那时崇正的劲头最足，日行千里，夜行八百，写得最多，他鼓动了我，带动了我，拖着我前行，像当年《花城》激励了我一样。

只要”崇正”，都是好的。跟崇正在一起，我无法产生邪气。即使有一些邪念，也不能“压正”。也就是说，跟他在一起，我几乎都得听他的，因为他分析问题还是比较客观理性的。但我们互相调侃，一老一少，都不正经。我们有一个共同的敌人——肥胖。鲁院食堂伙食好，管不住嘴，面对日渐增加的赘肉愁肠百结。多少个夜里我们一起抵制快餐面的诱惑，但总是常常防线崩溃，敲开大门赶往有吃的地方。我们终于明白了，消夜像文学奖一样，可以错过，但无法蔑视。

崇正童心未泯，有浪漫情怀，我喜欢。我从没有见过下雪，陈崇正也没有。冬天来了，崇正拎着我和另一个朋友开启了一段“说走就走的旅程”，去了趟东北。我们事先查了天气预报，去东北就是为了看一场大雪，铺天盖地，六角形，鹅毛那么大那种，在大雪里奔跑打滚呼喊，跟随雪的来路升天。可是，到了东北，从长春到哈尔滨，三四天，除了看到地上的残雪之外，根本没有看到天降瑞雪，阳光还有些小明媚，这让我们颇为沮丧。但我们感受到了冻彻骨头的寒冷和苍茫大地的寂寞；人生第一次滑雪；松花江面能跑车终于眼见为实；在哈尔滨街头迫不及待地寻找暖气拯救冷得发抖的肉身……春暖花开时节，鲁院里的树长满了嫩绿的叶子，我们为南方的树感到难过，因为它们不像北方的树冬天落叶冬眠，而是一年到尽都浑身披挂着沉重的绿，像正人君子们每天都要装好人，肯定累坏了。有一天，陈崇正一声不哼，开一辆共享汽车回到鲁院，带着我和林森去宋庄，说是踏青，看乡村的满园春色，但似乎什么也没见着，溜一圈便回来。仿佛春天才结束，我们的鲁院生涯又告一段落，各自回家上班。其实夏天已经来了，只是我们还没有察觉。

秋天来了。我们得回一趟北师大参加论文开题会。崇正提议，“南派三叔”在广州集合，饱食一顿正宗潮汕牛肉火锅，然后乘慢车去北京。我已经想象我们在京广线上悍然大睡的样子，晌午出发，翌日黄昏抵京。此去漫漫长路，像写一部长篇，既有快感也会有煎熬。只要林森没意见，我亦欣然。

2018 年 10 月 10 日

载 2018 年 11 月 9 日《文艺报》

“本家”娜彧

在去南京读书之前，我已经在左岸文化论坛上知道了一个许多人都知道的娜彧。她写小说。在论坛上很活跃，很受欢迎。照片上的她，貌美如花，让我不敢贸然正视。但她给我留下了一个可以去巴结的理由。因为她本姓朱。那时候，她也以为我姓朱。姓朱的作家本来就不多，也许我们能惺惺相惜，相互把对方当成自己人，彼此提携，勇闯文坛。我到了南京两个月了吧，一直没有好意思联系她。因为一想到联系她，她肯定要请我吃饭。一想到跟一个从没谋面的陌生女人吃饭，身体和心理上都出现抗拒反应。某日，南大校园里贴出了一张海报，是导演陆川的讲座预告。我觉得这是一个契机。我们终于可以在一个不用请客吃饭的场合正式会面了。我马上短讯告诉她。那时候，电影《南京，南京》刚公映不久，陆川炙手可热。经验丰富的娜彧回复说，她要听讲座，但估计人太多，你帮我占个座位呗。占座不是我的强项，况且人生地不熟的，如果到时候连我自己也没座可坐怎么办？但我愿意冒死替娜彧占一个座位。

那天我早早就去报告大厅。可是比我早到的人已经占领了黄金座位。我只能在偏僻一点的地方占了两个座位。随着讲座开始时间的临近，听众越来越多，一下子把偌大的报告厅挤满了，连通道上也站满了人。不断有学生问我：“你旁边的座位有人吗？”我说，“有”。我心里想，如果对方再多问一句，我就说是替娜彧占的。如果她问娜彧是谁，我就说……我真不知道如何说。我只希望娜彧快点来。幸好，她来了，在电话的另一头。我向她招手。这一招手，冥冥中跟她结下了不解之缘。

此后，我常常在校园的大路上遇见娜彧。她总是刚从幼儿园回来，手拉着她的女儿，教唆女儿叫我“叔叔”。那时候，我刚刚又成为一名高龄大学生，在众多比我小那么多的同学面前被叫“叔叔”，我略为尴尬。娜彧穿着柔软宽松的衣服，她走远了，我的同学问我：“她穿的是睡衣吗？”我并不见多识广，回答说，“我们乡下来的，不要随便评判城里人”。

娜彧在美国待过两年，在日本六年，具有深厚的国际背景，让出国只到过越南芒街的我羡慕不已。她在南大读的是戏剧研究生，对戏剧很有心得。这样的人是能够写出大作品的。但那些年，她总是喜欢写短篇小说，不断在《人民文学》《收获》《花城》《十月》等大刊亮相，对写大作品并不着急，即便年近四十岁，还是觉得来日方长。在南京两年，娜彧带我参加过一些同行的饭局。娜彧性格爽朗，心无城府，因此笑得肆无忌惮，有时候还会来一两段黄梅戏或者越剧，所以一直是饭局的开心果。每每介绍我时，她都煞有介事地说：“我们是本家。”因为是本家，我们免除了不必要的猜测和繁文缛节。在那种场合，那个时刻，我心里真的把她当成了自己人。对，是姐弟。而我，因担心娜彧不把我当自己人，故意从没有坦诚相告：我其实不姓朱，姓龙。

那时候的娜彧是城市里的无业游民，全职太太，自由自在，在左岸上十分活跃，大概左岸斑竹才是她的正式职业。平时不见面，在左岸上还是相遇的。文学论坛其兴也勃焉，其亡也忽焉，左岸也迅速冷清。这预示着所有的相逢必有分开的时候。我毕业离开南京时，娜彧送我一套像童画一般的京剧脸谱。她说这个很有价值的。她的意思是说，不要转身便扔掉。她想多了，哪怕她送我几张废纸，我也会当成金片。毫无疑问，那套脸谱我至今仍珍藏着。但我回赠她的那辆二手破单车，肯定早已经了无踪影。

三年后。

我接到了鲁迅文学院高研班的入学通知书，很快地看到了一份同期学员的名单。出乎意料的是，我认出了一个熟悉的名字：朱杏芳（娜彧）。她在 QQ 上告诉了我她的惊喜。当然，她也知道了我的本姓：原来你不姓朱！

我们就这样成了同学。也只有成了同学之后，我们才彼此更加的了解。四个月的培训是漫长的，而且有时候特别无聊。在那窄小的空间里，朝夕相处，每个同学的特点都得以放大，深藏内心深处的东西若隐若现，很容易识破一个人品质的优劣。同学的娜彧和本家的娜彧有明显的不同。戴着宽阔的眼镜，嘴嘟嘟着，走路低着头，风风火火。活泼、爽直、口无遮拦，没心没肺，大多数时候还很天真，像一个情窦未开的少女，笑起来脸红一大片。我们谈论风情的时候，她一副懵懂的样子，不是装的，是真的脑子转不过弯来，全然不像是一个闯荡过美国、日本的女人。跟她说话，她会很认真地倾听，很认真地回答你的问题，生怕会说错什么。但她说话耿直，有时候咄咄逼人，一不小心便得罪人，而对此她毫不知情。娜彧的没心没肺表现在，老是大大咧咧，随你怎么开玩笑，她都不恼，而且，她总是不识好歹地笑。早饭时，她经常穿着睡衣慵懒而大摇大摆地出入食堂，即便引起哄堂大笑她也无意改变。因为她觉得不是她的错，而是笑者少见多怪。如果让她跟川妮、金铃子在一起，三个女人就能成一台戏了。只有谈论文学的时候，娜彧才严肃起来，她的见解独特而固执，但听起来并不无道理。令人讨厌的是，我们谈论小说的时候，她突然谈论戏剧，让我们哑口无言。

娜彧看似粗心，但很会关心人。她经常表扬和鼓励我。她的表扬不是敷衍，也不是客气，是很真诚很语重心长那种，像姐姐对弟弟的呵护，这让我有信心继续写下去。我经常进娜彧的房间。当然，每次都拉上张爽或其他同学。她很热情地给我们分享食物或咖啡。我们说一些笑话或听她说笑话，她肆无忌惮地笑，我们也得识趣地跟着笑，说说笑笑，无聊的一晚就过去了。

四个月也过去了。

此后，我再看到娜彧的消息时，她已经在美国，陪女儿读书。她很少写小说了，而是做起了“国际贸易”，做微商，往国内贩卖名牌衣服、女士包。有时候，我回想起读过的她的小说，比如《刺杀希特勒》《广场》《钥匙》《秦淮》《薄如蝉翼》等令人眼红的篇什，这是一个多么才华横溢的女作家啊，在风生水起眼看着就要火了之时，却改行去做二道贩子，甚替她惋惜和着急。但并没有劝她，因为我知道每个人都有各自的窘迫。我明白她的辛苦、无奈和苦衷。我几乎没有漏掉过她朋友圈一条微信。她的女儿很出息，让她感到很欣慰。世事纷扰，白云苍狗。你若安好，便是晴天。须臾之间，我们已经到了成熟中年人，对文学，对人生，对所有的一切都有了更透彻的理解和体会，再也无法自欺欺人。我经常在她的朋友圈微信跟帖评论，以此表达我对她的关切。她似乎每条必复，我们依然相互称“本家”。“本家”成为我们心照不宣的称呼，那么亲切，那么温暖，即便隔着太平洋，也宛如近在咫尺。

幸而，娜彧回来了。早就回来了。还在南京。但鲁院之后我们再也没有相见过。

六年了。我实在是有点想念她。

2018 年 4 月 19 日，北京，八里庄鲁院

载《西湖》2018 年第 5 期

余华在广西这几天

去年东西（广西作家协会主席）便透露要邀请余华来广西，让我充满了期待。今年 3 月初，在微信上风传余华 3 月 27 日将在广西民族大学演讲的消息，一千张门票放到网上，三秒钟内便被抢完。广西作协有两百张门票，全省四面八方的作家和文学爱好者打爆了我与作协的电话。我已经预料到余华演讲时的盛况。广西的朋友不断地问，余华要来广西，你回不回来？我正在北京读书，回去一趟不容易，嘴上说“还没有确定”，但我的心早已经踏上了归途。

尽管我和他素不相识，从未曾谋面。去年在北京，获知他要出席马原的新书发布活动。我想去见他，但很快打消了这个念头。因为我不想把与他的第一次见面放在那样的一个场合。跟偶像初见，应该是安静的、虔诚的，面对面，略带惶恐和羞涩。

3 月 26 日上午，我在南宁书城买了二十多册余华的书，准备请余华签名送朋友。下午我赶到南宁沃顿国际大酒店时比东西主席约见的时间晚了十几分钟。在酒店大堂的咖啡厅，我终于见到了余华。他正在低头郑重其事地给一堆《活着》和《许三观卖血记》签名。签累了，便停下来歇一下。在他歇息时，我跟他寒暄，真诚地向他表白：“我真的是你的崇拜者，几乎读过你的所有文字。”

“很多中国作家不愿意承认自己的偶像是中国作家，非要说出一串外国作家充当自己的导师。但我经常公开宣称我的偶像是余华。”

我说。

余华坐在我的对面，慈眉善目，虽然略有倦意，却神采奕奕，笑眯眯地听我说完，轻轻地对我说："谢谢。"

我充满敬意地又给他的杯里加了茶水。

他要去解手，我领他穿过咖啡厅，带到男厕的门前。

无论是从正面看，还是从背后看，都能看到余华浓密的头发中无处不在的斑白。东西在微信朋友圈上晒了一张他与余华在广东文学院签约时的合影，看上去东西还稚嫩得像个初中生，而余华意气风发，浑身散发着青春活力，那是遥远的1994年，余华已经写出了《活着》，那时候他未必就知道自己写出了经典，现在年近六旬了，签得最多的作品依然是二十六年前写的《活着》。岁月蹉跎，世事如烟，人生注定是一段令人百感交集的旅程。然而，他熬成了大师，当代最具世界影响的中国作家之一。

这是我和余华的第一次相见，也是我们在广西度过6天的开始。我以为我会很拘谨，但由于他的友善、谦和、亲切和爽朗，使我获得了轻松的感觉，仿佛在和一个老朋友相处。

但我内心里还是有激动，有感慨，有温热的感觉。我回想起2004年的一个黄昏，也许是夜晚，因为街灯已经照亮了县城东方书店高高的牌匾。大街上张灯结彩，连书店里的人也那么多。在这种美好的时刻，我和余华相遇了。我从书架上取下一本厚厚的《余华文集》，内蒙古人民出版社出版。集子里收录了余华《在细雨中呼喊》《许三观卖血记》《活着》《爱情故事》《命中注定》《在劫难逃》。错字比比皆是，甚至隔不了几页便是重页、错页、倒页，显然是一本盗版书，但我毫不犹豫地买了下来。那些日子由于余华变得异常充实和辽阔，仿佛我几天便已经阅尽了波澜壮阔的一生，他感动了我，启迪了我，小说原来能这样写。我浑身上下都是创造的欲望和激情。读完《余华文集》，甚至刚读完一半，我想，是时候写小说了。那一年，我写了第一个中篇《我的叔叔于力》，后来在《花城》“花城出发”栏目重点推出，从此我才走上了写小说这条道。那时我对文学求知若渴，犹如情窦初开，胜似海誓山盟。我把余华所有的访谈、演讲、随笔、创作谈都收集起来研读，试图破解他的写作密码。余华不仅启示了我，我还通过他找到了通往世界的钥匙。通过余华推荐的《影响了我的十篇短篇小说》，我读到了真正的好小说，建立了自己的评判标准和坐标。通过他，我开始搜寻和阅读川端康成、马尔克斯、卡夫卡、福克纳。他仿佛是一个引路人，曲径通幽，带我进灯光灿烂的殿堂。他推荐的书，我都要看。他提到的作家，都引起我的兴趣。他说的话激励了我。前几天，重新翻开那本被我翻烂了的《余华文集》，在扉页的背面，我惊讶地发现当年自己写下的一行意气十足的文字：十年后我要成为第二个余华。虽然不自量力，幼稚可笑，但证明那时候我真的是崇拜，并以他励志。

当天晚上，一个崇拜者宴请余华。黄昏里，我们陪余华乘车穿过繁华的民族大道。东西考虑周全，早早便准备了《活着》和《许三观卖血记》。赴宴者都得到了余华的签名赠书。鬼子是他的老同学，与余华相见格外欣喜，他们说起许多文坛趣事。余华的笑，单纯而透彻，像一个大男孩。每个跟他合影的人都那样真诚，而他，总是谦逊而配合地跟每一个认识和不认识的人合影。他的酒量不大，但对酒有着敏锐的辨别力。跟我想象的不太一样，他不摆架子，不装，不端，率真，善于言谈，笑意常在，对活跃酒桌气氛有诸多贡献。而我，脑子里老是拿眼前的余华跟写《活着》《许三观卖血记》的余华对照，有一点是可以印证的，就是他的幽默感。这是我第一次跟余华同桌吃饭。窗外，街道上华灯闪烁，车水马龙。今夜，南宁城的文学重量突然增大，中国文学的版图仿佛向广西倾斜。席间，我知道了一个新的数字：《活着》中文版的发行量超过了1000万册，去年销量180万册，我更喜欢的《许三观卖血记》销量却不及《活着》的零头。我喜欢作家出版社黑色封面的版本，不喜欢新经典公司出的精装本。但无论是什么版本，只要封面上印着《活着》或《许三观卖血记》，我都肃然起敬。微信上仍不断有朋友焦虑地问我还有没有明天余华讲演的门票，我都说，“早没有了，但可以来旁听”。“能不能帮我要余华的签名？”我说，“可以”。夜色中，好像是，有无数的粉丝正在涌向余华。我内心里也满是欢喜。

第二天下午，广西民族大学礼堂早早坐满了人。座无虚席，走廊上站满了人。从广西各地赶来的文学爱好者和大学生们翘首以盼。余华在后台的休息室，一些连保安都拦不住的粉丝闯进休息室要与余华合影或要他的签名。余华并没有不耐烦，随时随地满足要求。接受记者采访时，围着他的记者里三层外三层，长枪短炮对着他，那阵势，他 hold 住了。虽然讲演的主题一个月前便已经公布：现实与梦想。但早上的余华仍然没有想好下午的讲演究竟要讲些什么。东西说，“你随便讲讲你的成长经历和写作心得吧”。于是余华开讲了。就讲了他的经历。从在海盐当牙医讲起。为了调文化馆工作，开始写小说、投稿，在家里不断接到邮递员从围墙外扔进来的退稿信。终于有一天，接到《北京文学》杂志社的长途电话，到北京改稿。一天改完通过，却在北京玩耍了一个月，回到海盐还领到了一百多钱的出差补助，轰动一时……对我来说，尽管这段故事耳熟能详，但现场听他绘声绘色地描述，我还是备受鼓舞。“做一个作家不容易，不但要有才华，还要有运气”，“现实和梦想之间隔着的不是距离而是勇气”，“从文学角度来说，任何时代都可以写出伟大的作品，任何时代都能产生伟大的作家”。“我是因为不喜欢牙医的工作，想改变命运才开始写作的，并没有什么伟大的原因，鲁迅也是因为无聊才写小说。”听众发出的笑声让余华也受到了鼓舞，他越讲越好。听说他以前不善于演讲，甚至紧张得结巴。这也不奇怪，大多数杰出的作家口才都不是很好。但我觉得余华的口才已经很好了。讲演结束后，等待签名的听众、读者排起了长龙，他们手里大多拿着《活着》。在一个多小时里，目测估计他签了不少于一千本。当下，在中国传统作家中，估计也只有余华和莫言才有这样受欢迎的热烈场面。到了晚上，那些错过了讲演的粉丝，通过各种关系找到余华，与他合影，请他签名。看着他们满足的表情，证明那确实是真爱。而我的微信上依然不断收到朋友的留言：能否帮要一本余华签名的《活着》？

晚宴结束得很晚。散场时，酒微醺。在回下榻酒店的路上，余华不停地夸凡一平生养了一个好女儿。凡一平很得意。“我多么希望也有一个女儿。如果我有一个女儿，我会很疼爱她，宠着她，她也会很孝顺我。”余华说，对女儿的真挚渴望溢于言表。看那样子，如果凡一平肯把女儿送给他作女儿，哪怕把《活着》的作者名字换成“凡一平”他也愿意。

3 月 28 日早上，我和东西、凡一平、胡红一陪同余华离开南宁，前往北海。凡一平坐在副驾，东西和余华坐在中间，我和胡红一坐在后排。东西、凡一平、胡红一是广西文坛著名的段子手，三个男人也成一台戏，单单演绎凡一平的“流言蜚语”就能度过漫长的旅途。到过广西的很多作家、编辑、批评家，都被他们的段子逗笑疯过。南宁到北海也就两个小时。一路上，余华被他们的段子逗得哈哈大笑，直呼“好玩”。余华像个调皮的大男孩尽情地笑起来，不隐忍，不掩饰，有时候还参与对段子的加工，得意地自笑。不知不觉间，他便被广西作家“俘虏”了。此刻我看到了一个简单质朴的余华，一个本真的余华。是的，他的小说也十分简单质朴。《活着》《许三观卖血记》是朴实简洁和内涵意蕴深远的完美结合。余华用原初的形式，原初的语言，讲述了一个原初的生命故事。这两个故事干瘦到质朴，质朴到雄浑，仿佛两首从洪荒绵延到当下，又从这里飘荡向远方的歌。只有急于证明自己的学徒才会把简单的东西变得复杂，而高明的大师千方百计地把复杂的东西变得简单。简单，不是逃避难度，相反，是对难度的超越。有时候，简单要比复杂更需要能力。用简单承载复杂，就像划一叶扁舟穿越大海，作家承担风险，读者感受浩瀚。也只有简单质朴的作家，才能写出简单质朴的小说。余华说："我在写《活着》的时候已经意识到用简单的语言叙述不是一份容易的工作，这部小说的语言越出了我此前熟练掌握的语言系统，时常会因为一句简单的话耽搁几天，因为找不到准确的表述语言。"余华一直以为《活着》是很容易翻译的，因为它的叙述语言是最简单的中文，后来他的日文译者饭冢容教授告诉他，《活着》很难翻译，《活着》的语言确实简单，可是很有味道，要把这样的味道翻译出来很难。我想，简单不是偷工减料，简单是最见功力的叙述，像写意山水，画满往往最容易，而留白却最困难，也最能体现画家的匠心独运。简单，是小说的另一种境界。

简单质朴才能产生和孕育悲悯的情怀。一个作家的悲悯情怀会最终体现在作品上。当年我阅读《活着》《许三观卖血记》时，首先让我佩服的是作家的大悲悯。需要多善良的心底才能写出如此痛彻心扉的小说？余华说："我最喜欢的书是《圣经》。它讲述那些故事的方式却是如此的平易近人，从来不去吓唬你。"因此，我明白了，余华的简单质朴，才得以使《活着》《许三观卖血记》平易近人，直抵心灵，比肩伟大的作品。

下午，余华在北海图书馆有一场讲演，关于《文学与音乐》。像在广西民族大学的讲演一样，听众早早便坐满了大厅，走廊上站满了人。出于安全考虑，组织者不允许过多的人进场。演讲开始时，仍有两三百人被拒之门外，此地已经很多年没有面对如此热烈的场面，门口的保安承受着巨大的压力。虽然我读过他的《音乐影响了我的写作》，但余华对西方音乐的喜爱和熟悉程度还是超出了我的想象。他以作家独有的敏感，引领现场的文学爱好者走进由文学巨匠博尔赫斯、福克纳、马尔克斯和音乐大师柴可夫斯基、勃拉姆斯、肖斯塔科维奇构造的相互贯通的奇妙世界。他以《肖斯塔科维奇第七交响曲》为例告诉我们，把一个故事推向高潮虽然难，但更难的是高潮之后怎么结束，“就像《肖斯塔科维奇第七交响曲》，当侵略者的脚步、坦克、飞机来了，感觉世界都要被毁灭时，突然俄罗斯民歌出现了，肖斯塔科维奇以一段抒情小调结束了前面可怕激昂的节奏”。这种看上去的轻，会让人感到比重更重的力量。此刻让我更加自愧弗如，因为我与余华之间的差距不仅仅隔着《活着》和《许三观卖血记》。

讲演结束，余华不顾劳累，为600多名听众递上来的书签名，对合影有求必应，脸上始终保持着耐心的、平易近人的微笑。看着听众心满意足地离开，我们也觉得欣慰。中午没有休息的余华疲态毕现，但他依然愉快地和追上来的粉丝合影，给签名，直到再也没有粉丝跟上来才上车，关上车门离开。一个写出了伟大作品的作家，理所当然可以得到读者的尊崇。而余华，对这种尊崇毫不犹豫地给予了最真诚的回馈。这是理想读者与理想作家的相遇，这是最温馨、最和谐的场景。

3月29日早上，在当地宣传部和文联工作人员的引导下，我们参观了银滩和红树林。余华不是第一次到北海。“这个城市很美，沙滩很漂亮，我非常喜欢。”在沙滩上，他愉快地回忆起十九年前来北海的情景。是他的老朋友、时任北海市副市长李延强邀请他来的。那时候他看到的到处是烂尾楼，农民在一幢幢别墅里养鸡放牛。他对现在的北海完全认不出来，只有海的味道是一样的。后来，李延强任北海市市长，邀请余华来北海讲学。可是，余华再次来到北海时，李延强已经调任防城港市委书记了。我们离开北海，赶往合浦汉代文化博物馆。傍晚时分，我们到达防城港，李延强书记在高速公路收费站处迎候，带我们参观了博物馆和市政府广场。在落日的余晖中，防城港漂亮的海湾和郁葱的山峦让余华赞叹不已。

“防城港比北海漂亮。”他直言不讳地说，“但北海的知名度更大。”

我第一次到防城港，也认同余华的观点。防城港像个养在深闺人未识的姑娘，令人更怜爱。在北海时，我们鼓动余华在北海买房；在防城港，他不断地“怂恿”我们在防城港买房。这两地，都是好地方，都适宜养生、写作。其实，如果他多走几个地方，就会发现整个广西都好。

在防城港，没有讲演的压力，余华的兴致很高，当晚，吃消夜时他喝了不少的酒，还签了很多书，在昏暗的灯光中跟闻讯而来的崇拜者合影。第二天，我们去边境城市东兴，参观了大清国 1 号界碑、山海相连地标广场、竹山古街、东兴边民互市贸易区、东兴国门口岸、金滩。看着中越边境热气腾腾的交易场面，余华很感慨，眺望对面的越南，不断地询问边贸的情况。在国门口岸桥面上，他始终不愿意把脚伸到中越界线的另一侧，“脚跨过去，就算出国了，轻易地用掉一次出国的指标”。让我们忍俊不禁。

在防城港的最后一晚，我们还吃消夜，实际上是喝酒。消夜是在一家公司的工会食堂里吃的。那里可以唱歌，也可以跳舞，音响设备很好。“我不懂唱歌、跳舞，喜欢安静。”余华说。在这方面，我和他一样，因而窃喜。于是我们只喝酒。我发现余华的酒量似乎一天比一天见长。东西带来的茅台酒，让他喝出了另一番境界。这一晚，喝得很嗨，说了许多酒话，有些跟文学有关，有些跟文学无关，笑声不断，直到酒瓶全干，醉意朦胧，我们才回去睡觉。

我对东西说，“在广西这几天也许是余华多年来最快乐的时光”。东西谨慎地说：“加上‘之一’吧。”

3月31日午饭后，我们送余华回南宁，直奔机场，仍然是一路欢笑。余华一再咬定："今年秋天再来广西。"

在机场，我注意到了一个细节。余华下车后，跟我们分别握手说再见，不忘向几天来沉默寡言却兢兢业业的司机真诚地说声："小宁辛苦了，谢谢你！"他站在航站楼路边，面对嘈杂的车流和人群，向我们挥手，目送我们离开了才进去。我把此理解为一个杰出作家的谦逊和练达。

2018年4月7日，北京，八里庄

载《今日北部湾》2018年第2期

第五辑

山水记忆

从黄山到西湖

浩浩荡荡的一支队伍。从铜陵来，往黄山去。这是五月的一天，或数天。这个让我犹豫了许久的旅程。在宏村和西递待了大半天，我一个人穿行于那些适合拍惊悚电影的房子中间，那些昔日的大户人家，那些曾经的达贵财主，我都懒得搭理他们，逆水而上，顺水而回，没有一处值得留恋。在西递，跟一个售楼姑娘闲扯良久，她向我展示了这里的规划图，极力描述这里的美好前景，试图让我动心。我们的面前就是一张池塘，一潭死水，我的心就在那里。多年前，第一次徒步上下黄山的艰苦记忆仍在，心有余悸。这一次，没有靠近迎客松，脱离大部队，一个人爬上了莲花顶。此处险，悬崖绝壁，适合纵身一跳。设计了几个动作，先是往后退几步，助跑，离地，向无穷的下方作展翅状，身后有风，没有云彩，一声闷响，然后几声尖叫。下来的时候，在狭窄的小道遇见几个同学正往上爬，告诉他们，上方值得一去。不要怕艰险。“爱是一条没有尽头的小路 / 允许万物追随。”黄山是能诱发想象的地方，一个人行走就好，前呼后拥简直辜负了它。千岛湖是桃源之地，我没有来得及细看，因为我知道我会来第二次。绍兴，在先生的故居，吃了最好的臭豆腐，他们前往苏园，我在河边，在一个茶座，躺在藤椅上读着海子和北岛们睡着了，此间有船从身边的河下经过，有小阵雨，有师生的欢声笑语，有蚊子来过。我在梦中，梦境不在这里。世界上最远的距离，是梦境与现实的距离。兰亭的茂林修竹让我精神一振。饮酒，吟诗，仰天佯笑，这里能让人穿越古今。亭后有一河，水流湍急。往河的北岸，有一处农庄，篱笆围墙，古朴清幽，院后茂林，院前种豆，回廊挂灯笼，房门紧闭，从窗往里看，有少许餐具，一只鸟困在其中不得出口。往前，可拐进密林。从一小口入，纵深，径直通往山林深处，曲折，路窄，泥泞，偶遇畜粪，看不见尽头，有些阴森，怕有猛兽出没，走了两三百米，赶紧回头。西湖来过多次，但它的夜景我没见过，据看到了它夜里模样的同学回来说，美极了。早上随大部队呼啦地来到苏堤。人流如潮水，拥堵于桥上。我望人止步，一个人坐在湖边看船，看捕鱼的鸟和捕草的工人，在一张长椅上，坐在我旁边的人换了一茬又一茬。我有一本书，一份报纸，和大把的时间。风大，有点冷。飘荡的船和模糊的山。杨柳和塔。试图上岸逃逸的湖水。近处的喧闹和远处的宁静。我的一个小说里曾描述过此情景，我再次印证我的想象。我需要想象。在北京待了三个多月，差不多忘记了江南的模样，也差不多忘记了世界之辽阔。还好，此行将我唤醒了。这个五月，没有谁知道我的表情为什么如此让人扫兴。穿过幽暗之地需要光亮，我在一本书里找到了。一个愚蠢的人有福了，你用很短的时间走过了那么漫长的路。把虚无的翅膀收起来，跟神说人话，把受伤的脚趾藏得更深一些。就这样。

2012 年 6 月 6 日

“女纤夫”林徽因

上个月，我第一次到了宜宾李庄。在此之前，我对李庄知之甚少，到过了才知道。抗战期间，李庄人发出邀请电文：“同大迁川，李庄欢迎；一切需要，地方供给。”中央研究院(历史语言研究所、社会科学研究所、体质人类学研究所)、中央博物院(筹备处)、中国营造学社、同济大学、北京大学文科研究所和金陵大学文科研究所等高等院校和科研机构，1.2万名文化人，相继内迁于此。傅斯年、董作宾、李济、梁思永、石璋如、夏鼐、梁思成、林徽因、陶孟和、李霖灿、王献唐、吴定良、童第周、罗尔纲、逯钦立、罗哲文等云集李庄，费正清、李约瑟、金岳霖、徐旭生等造访李庄，《殷历谱》《中国建筑史》《居延汉简考释》《宋史职官志考正》《国史金石志稿》等学术名著于此问世。于是乎，李庄遂与重庆、成都、昆明并称为抗战时期的四大文化中心。当年李庄大名“如雷贯耳”，据说在当时寄一封国际邮件到这儿，只需写上“中国李庄”四字即可准确无误地送达。

沿着小镇里的石板路默默行走，细细体味，每一间房子，每一条小巷，都珍藏着当年的种种故事，诉说着人间沧桑。在陈列馆，感动我的不仅是那些铁骨铮铮、闪烁着理想主义光芒的大师们的照片，还有此地昔日普通百姓生存状态的写真。在这里，有两张女人的照片给我留下了难以磨灭的印象。一张是病榻上憔悴无力的林徽因，另一张是不知其姓氏的女纤夫。是的，一个赤裸着上身袒胸露乳正在拉纤的女人。江水滔滔，逆流而上的船，粗糙的纤索勒紧脖子的女人与男纤夫赤脚艰难行走乱石如刀的岸边，没有羞耻感，只有生存的欲望，每走一步，都撕心裂肺。而远离喧嚣繁华大都市的林徽因，逃亡至此，饥寒交迫，朝不保夕，却在爱情和事业的航道上竭尽全力，呕心沥血，孜孜以求，直到芳华枯逝。我在想，林徽因不也是一个女纤夫吗？心里忽然感到一阵心酸和悲凉。

古镇上坝月亮田的中国营造学社旧址，矗立着梁思成和林徽因夫妇的雕像。屋内，还原当年情景的件件物品，宛如时光凝固，返回最初的生活现场。我在林徽因像前驻足良久，独自幽思。这样说吧，在李庄这两三天，我对那些搬迁至此的学术机构乃至如过江之鲫般的大师们没有太多的兴趣，我主要在寻找林徽因。

在我看来，古往今来只有两个女人可称得上才貌双全、性情可人。一是李清照，二是林徽因。她们曾经拥有浪漫甜蜜的爱情，享受着众星捧月的待遇，中年却遭遇乱世，颠沛流离，命若悬丝。一个协助丈夫编撰《金石录》，一个与丈夫合著《中国建筑史》。我对李清照和她的诗词迷恋过好一阵，“莫道不销魂，帘卷西风，人比黄花瘦”，她内心深处的孤寂和骨子里的多愁善感，都让人好生心疼和爱怜。我曾经多么羡慕梁思成、徐志摩，还对金岳霖深怀敬意。我佩服这些获得才女芳心的先生，因为也只有他们，能让她们幸福快乐，让她们的美貌和才华得以全力以赴、淋漓尽致地绽放，为人间留下最美最绚烂的篇章和记忆。千古才女李清照早已经面目模糊，只能从她的诗词中体味她的一颦一笑和侠骨柔情。林徽因的文学成就跟李清照并不可比，但她风华绝代，魅力一点也不逊色。金岳霖为她终身不娶；徐志摩以泣血的情诗向她表达了无穷的爱慕；除此之外，还有多少男人对她顶礼膜拜？而她对爱情的理解和选择，她的处世方式，乃至她的一生，都如此耐人寻味。她拥有人间四月天，她把自己燃烧得如此彻底和尽兴，让人无不称羡。林徽因，已经是现代文学史上一个美丽的传说。而在李庄，是她一生中最艰难而又最绚丽的一章。

北平北总布胡同3号，梁氏夫妇的居所，权贵名士川流不息，时人称“太太的客厅”。在那里，风华正茂、才情横溢的林徽因如百鸟朝凤，炙手可热。北平沦陷，烟消云散。林徽因随梁思成辗转反侧，经历千辛万苦来到万里之外的宜宾，在偏僻得几乎与世隔绝的李庄整整五年，饥寒交迫，疾病缠身，花容失色，差点香消玉殒。如果让我选择，我更喜欢李庄时的林徽因，正如我更喜欢逃亡时的李清照一样。

在李庄，从林徽因身上我仿佛看到了亡命天涯时的李清照。1940年初冬，梁思成、林徽因所在的中国营造学社离开昆明入川。蜀道难，不走不知道。林徽因带着母亲和孩子，坐敞篷卡车，从昆明直坐到李庄，颠簸劳碌，费时两个星期。“一样是旅行，如果你背上肩的不是照相机而是一点做买卖的小血本，你就需要全副的精神来走路：你得留神投宿的地方；你得计算一路上每吃一次烧饼和几颗沙果的钱；遇着同行的战战兢兢的打招呼，互相捧出诚意，遇着困难时好互相关照帮忙，到了一个地方你是真带着整个血肉的身体到处碰运气，紧张的境遇不容你不奋斗，不与其他奋斗的血和肉的接触，直到经验使得你认识。”（林徽因散文《窗子以外》）他们来到离宜宾60华里的南溪县李庄镇上坝村安营扎寨。租住的农舍矮矮的，阴暗、潮湿，竹墙外涂了一层薄薄的泥巴，屋顶的席棚千疮百孔，常有蛇鼠出没，一下雨便无处藏身。喝水，要到村外的水塘去挑；吃菜，得自己种。一切靠自力更生。在李庄安定下来后，林徽因和梁思成马上开展考察和研究，写作《中国建筑史》，每天都紧张忙碌。这些辛苦本来还能消受，但过度劳累和严苛的生活条件使林徽因的肺病又发作了，病倒在床，几乎生活不能自理。她每天只能靠在床上工作，整理数以千计的照片、实测草图、数据以及大量的文字记录。而费正清到李庄探望梁思成夫妇，不仅看到病榻上的林徽因瘦骨嶙峋，还看到梁思成也比原来瘦削了许多："思成体重只有 47 公斤，每天和徽因工作到夜半，写完 11 万字的《中国建筑史》，他已透支过度。但他和往常一样精力充沛和雄心勃勃，并维持着在任何情况下都像贵族一样高贵和斯文。"可见，梁、林二人为述著争分夺秒，呕心沥血。林徽因和梁思成的薪水除了买药品所剩无几，捉襟见肘，十分拮据。因高强度的劳动、疾病和营养不良，林徽因"人比黄花瘦"，几乎不成人形。山穷水尽时，梁思成只得到宜宾去当卖衣物、派克金笔和手表，但换回的不过是两条草鱼。一家人到了揭不开锅的地步。而村上几乎人人如此，食不果腹，谁也别指望谁。人生，真的是各有各的难。

然而，林徽因的幸运在于还有一个男人不求回报地牵挂着她，愿意为她出生入死，以命相赠。这个男人就是彼时远在昆明西南联大的金岳霖。他不顾艰险劳碌，来到李庄，见到骨瘦如柴、面如枯草的林徽因，心如刀绞，泪如雨下，恨不得将自己煮了给她饱食一顿。金岳霖不忍心离开，准备长久地陪伴林徽因，直到她安然无恙。因此他买来十几只刚刚孵出的小鸡喂养起来，拟给她补身子之用。庆幸的是，鸡未长大，病情已大为好转。危难之时，金岳霖给林徽因带来了极大的慰藉，犹如给她吃了一剂回天良药，终于枯木逢春，这是梁思成无法给予她的。是的，有时候，一个男人对女人无论多么愿意付出，即使穷尽所有，也总有一些东西无法满足，需要别的男人来补充。女人对男人也许也是如此。我在想，同时爱着两个男人，又同时被两个男人爱着，林徽因内心的感情应该是无比丰饶的。她的胸怀足够宽广，能同时容得下两个男人。而那两个男人，正好也有如此宽广的胸怀。我从不浅薄地揣摩他们之间的关系，对他们我只有心怀敬佩。而林徽因，在北平，在李庄，面对这两个男人时她是何等的心境不得而知，与李清照当年逃亡时孤立无援、屡屡受骗，在凄风苦雨时疲于奔命不同，她有避风港，有精神寄托。但是，看她在李庄穷苦的日常生活，看那躺在病榻上的孱体，一待便是五年，四年在病中度过，从大家闺秀到天涯村妇，从锦衣玉食到粗茶淡饭，筚路蓝缕，忍受着无边的艰辛和寂寞，我觉得她不容易，替她叹息，对她心怀怜悯。到访的费正清这样记述当时景象："没有电话，仅有一架留声机和几张贝多芬、莫扎特的音乐唱片；有热水瓶而无咖啡；有许多件毛衣但多半不合身；有床单但缺少洗涤用的肥皂；有钢笔、铅笔但没有供书写的纸张；有报纸但都是过时的。你在这里生活，其日常生活就像在墙壁上挖一个洞，拿到什么用什么，别的一无所想，结果便是过着一种听凭造化的生活。"跟坐牢房一样，长夜漫漫，度日如年。1941 年春节前，一场凶险的肺结核病差点要了她的命。我想，她一点也不快乐，心里每天都会想这日子什么时候才到头。

别谈什么"艰难困苦，玉汝于成"，当时林徽因心灵和肉体的双重煎熬并不亚于女纤夫。那些年月，难道她仅仅享用着别人对她的爱护和付出而没有背负着沉重的爱情枷锁？一个集万千宠爱于一身的女人，如果她有修养，有良心，也有怜悯，她宁愿自己变成一介纤夫，拉着装满了别人感情的航船逆流匍匐而行，汗流浃背，气喘吁吁，心力交瘁。那是感情的航船。而身在逆境中，生命的航船被时势的洪流裹挟，犹如汪洋大海里的一叶孤舟，沿着湍流相反的方向前进，她只能把纤绳毅然决然勒在脖子上，日行寸步，涉过险滩。那是生命的航船。在此过程中，可以有指望，有期盼，但大多数时候只能自己拯救自己。林徽因奇迹般地做到了，挺过来了，没有给后世留下红颜薄命和红颜祸水之谪，以一个近乎完美的形象活在别人的记忆里。

与京城名媛相比，我更喜欢李庄时期的林徽因，就因为她的坚韧和隐忍。她像水一样，重塑了自己，终于成为一名普通女人，经历过人间的苦楚，栉风沐雨，吸纳了地气，与千千万万人一起见证和成长，把沉重的航船拉到了人生的终点。那是有真正生命体验的林徽因，那是履历完整、有沧桑感、有况味的林徽因。这样的她，可以载入史册，可以永驻我心。

在李庄，我拍了些许照片，后来觉得大多没有意思，删除了，只有从墙上拍来的两张照片我一直保存。你们都应该猜到了：一张是裸体的女纤夫，另一张是病榻上的林徽因。我凝视着，有时候，觉得她们是同一个人。

2018年5月20日，北京，八里庄

载《十月》2018年第5期

错在合山

关于合山，我尽量不啰唆。因为我一开始就错了。很多年来我以为合山是河池的，而且以为那里只产锰矿。

一到合山，我又错了。我以为到处都是露天的矿井，一座座山，全是煤山，巍峨雄伟。火车、汽车、轮船，满载着往外头搬运，源源不断，不舍昼夜。一路上，到处都是散落一地的煤渣，踩上去，全是煤，用力跺一脚，说不定会冒烟，就地燃烧起来。因而，合山是一座黑妈妈的城市，是一团热火，是一块易燃之地。但很快我发现自己错了。一路上,我几乎看不到煤。相反,全是青山。植被茂密,芳草依依。城市精致，乡村秀美，田野里有玉米、水稻和果树，鸟语花香，一片丰收图景。道路清洁、平坦，空气清新，即便不是雨后，天也是蓝的。红水河穿过合山，依然能守身如玉，欣欣然离去。说这里从民国到现在一直是著名煤都，动力之城，一时让我的脑筋转不过弯来。不要过高估计自己的才华，有时候想象力并不可靠。

深入到合山的内部，我发现自己一错再错。煤全藏在地下，深至数百米。一条条矿脉，绵延数十公里。我以为，会有很多矿工穿梭其中。但真相是，机械越来越厉害，矿工越来越少。小时候，我十分羡慕矿工,工资高,不用耕田种地,顿顿能吃上猪肉和馒头,冬天发棉裤,夏天有清凉补助。父亲退伍后曾经在东罗煤矿当过四年矿工，后来黯然还乡。多年来我一直不明白为什么他中途放弃，回家务农。现在我理解了。合山市市长热火朝天地说了一个冷笑话：矿工死了三年，其妻拉出的尿仍然是黑的。有点污，却很形象，震撼人。彼时如果我是一个矿工，我的想象力肯定是白的，把看不见的世界全部想象成白色，白的就是好的，皮肤最白的姑娘就成为我的妻子。合山的地下，千沟万壑，纵横交错。常常会闻到脚底传来的轰隆声，那是坍塌，那是地震，那是呼喊，那是岁月的回响。我站在矿井口，想跳上矿车，斩断绳索，顺着轨道任意往下坠滑，深入地球的内部，看看地心。此去生死难测，可以重新抉择。如果我决心跟这个世界决裂，那就不再回头；如果未来的爱在最深处，那我就一直往前走。如果执着是一种错，我愿意一错再错。

站在山顶上看合山，青山寥落，绿水绕城，楼房别致，色彩斑驳。我想说的是，欧洲很多名镇都是这样的。有意蕴，有味道，有故事，有深意。这时候，不能光想着煤和电，因为煤电不是生活的全部，也不是合山的全部。这里还有奇石和秀水。这两样都是灵气之物。这个只有十五万人口的小城市，正在折腾出内涵丰富的别样生活，我称之为“后煤时代的生活”。

据说合山有最早的火车。但我看不到哪里有火车在跑。我倒是在 28 号铁轨上踩了八公里的脚踏车。犹如进入时光轨道，没有起点，没有尽头，周而复始。如果不喜欢合山，你可以选择从 28 号铁轨离开。一路好风光，真的很惬意。那天因为我有事要提前离开合山，一个人，拖着拉杆箱走在宽阔的马路上，固执地往南走。因为凭直觉，认为合山汽车站应该是在南面。走了很长的一段路，才向路人打听，原来我走反了方向。汽车站在北面。这是我在合山犯的最后一次错。

2016 年 8 月 1 日

昭平看茶

这些年走过了不少地方，见识了不少风景，也品尝到了许多好茶。在朋友们的引导下，我对茶从无知到略懂一二，到有一些心得，到闻香识茶，多了诸多乐趣。我对昭平山清水秀、风光旖旎早有耳闻，但想不到昭平的茶更让人惊喜。

一走进昭平，迎面而来的便是茶韵。沿着桂江，两岸的山上到处都是一片片郁郁葱葱、错落有致的茶树，跟山色融为一体。我对茶树十分熟悉，小时候我就在茶场度过，摘过茶叶，采过茶花，咀嚼过既苦涩又芳香的茶芽。摘过茶叶的手，那芬芳洗也洗不掉。来得正是时候，茶叶正旺，茶香正浓。在车上，我便想让司机停下来，跑到山上看茶。昭平的朋友说，“你想看茶太容易了，一定给你安排”。此时已将近黄昏，暮色从远处奔腾而来，把一片片的茶园慢慢掩藏起来。

我们下榻在昭平县城的一家宾馆。饭后，夜色中，我们到街上走走，忽然就来到了一家茶庄。“客之平访，奉之皋芦”，漂亮的女主人热情地让我们“且坐吃茶”。她给我们泡了一壶毛尖，茶壶盖一打开，香气扑鼻，一下子就将我的兴致调动起来。我轻轻地品了一口，茶入口即喉舌皆香，未下肚香已经沁人肺腑。我不禁赞叹了一声：“好茶！”女主人说，“这是昭平将军峰的银杉茶，还不是最好的”。我惊叹中，女主人兴致勃勃地给我们说昭平茶如何好。历史上，昭平茶已经享誉全国，成为昭平政府和老百姓的一大经济来源。现在，昭平茶品种繁多，色香各异，“总有一种适合你”，全县茶场面积有 15 万多亩，县内茶厂七十多家，年产干茶数千吨。昭平茶畅销全国，远销海外数十国。女主人脸色红润，白里透红，看上去只有三十岁光景，但她指着刚刚从楼上走下来的两个孩子说，我的孩子都读高中了。“昭平的茶不仅养胃养神，还养生养颜。昭平长寿老人特别多，因为不仅昭平山水好，还有老百姓喜欢喝茶。”女主人自豪地说。她建议我到将军峰去看看茶园，那里的茶是最好的。我记住了将军峰这个名字。本来我到昭平是看风景的，想不到吸引我的却是茶。夜品好茶，自然唇齿留香，酣畅淋漓，诗兴大发，心里默念了数首。我们当中的一个朋友平时喝了茶经常睡不着，当晚喝了好几杯，第二天她告诉我，昨晚睡得忒香，像睡在云雾缥缈的茶树丛中。

第二天，我们参观了几个景点后便迫不及待地前往将军峰茶场。一路上茂密的森林和植被使人觉得像走进了一个曲径通幽的秘密世界。一进将军峰茶场，便看到四周高耸的山，山麓上还有薄雾缭绕，漫山遍野全是茶树。一垄垄的茶树曲曲折折地蜿蜒开去。左面的山看上去十分陡峭，茶树一直铺陈到山顶，上百名茶农正在摘茶。微风袭来，甚是惬意。我兴奋地爬到右面的山坡上，摸着绿油油的茶树，摘了一把茶芽往嘴里咀嚼，先是一阵苦涩，很快满嘴馥郁。这使我回想起小时候在茶场生活的情形，想起了摘茶姑娘们的手摸在我脸上的感觉。我的同伴们也许是第一次走进茶园，个个都十分兴奋，把鼻子嗅到茶叶上，不断地赞叹茶芽的鲜嫩和芬芳，用手抚摸茶芽，欲狠狠地摸一把，却又舍不得伤害它们，还争先恐后地跟茶树合影，仿佛茶树能令其貌不扬的她们变得如花似玉。我们站在阳光的阴影里，茶树将我们围得水泄不通。这些茶树，有老茶树，有年轻的茶树，老茶树看上去饱经沧桑，却从容不迫，茶芽的数量和质量毫不比新树逊色。老茶树的茶叶味道比年轻的茶树地道，但年轻茶树长得茂盛，树枝一个劲地往上生长，叶子绿得发黑，闪烁着青春的光泽。我们看对面山头的茶树，一大片一大片地占领了整座山，整齐划一，有几分霸道。我突然想到，这座山峰就叫将军峰，这些茶树不就是数不胜数的“树兵”（士兵）吗？在这里，它们就是主人，就是王道。

我静静地站在茶树里，和树并肩而立。那么宽阔的茶园，那么众多的茶树。我一棵一棵地看着它们，相看两不厌。此时此刻我想到了日本电影大师黑泽明的电影《梦》，一个孩子去看桃园，结果桃树突然变成了一个个貌若天仙花枝招展的姑娘……这些站满了整个山岗的茶树会不会也给我同样的惊喜呢？可是，我等了很久，它们依然如故，一点也没有变成花姑娘的迹象和意愿。我又想起了诗人张执浩的诗《高原上的野花》中的意境和想象。在这里，我也愿意做一个披头散发的老父亲，生养如此众多的小美女。漫山遍野的小美女孝顺地向我围拢过来，争先恐后地给我献上它们的妩媚和芬芳。如果连这个愿望都不能实现，那么好了，就让我变成一个将军吧。如果我是它们的将军，我就命令它们来回走动，重新选择自己喜欢的邻居，跟自己喜欢的伙伴偎依在一起，风雨相伴，做着相同的梦；我会让老茶树从山之巅撤下来，让它们在低洼舒缓风霜到不了的地方安享晚年。这里是我们的祖国，这边的茶树和那边的茶树都是兄弟姐妹，散发着相同的芳香，我们的叶子离开身体，离开家园，带着这里的泥土气息远走他乡，成为杯中之物，让茶客唇齿留香，像吻一样迷醉，那是我们的使命。我数着一棵茶树的树枝和叶子，我知道我数不清，但我还是数。实际上我是在抚摸它们。它们很美，我很喜欢它们，它们看我应如是。累了，我就坐在茶树的树荫下，如释重负地长舒一口气，观察风中微微摆动的茶叶，尽情地呼吸散发在空气中的馥香。世界皆醒我独醉。我真的醉了，茶树没有将我淹没，是我将自己隐匿起来了，我看不见别人，别人也看不见我。从此，我和任何人再也没有瓜葛。

因为，我变成了一棵茶树。

2013 年 11 月 12 日

天峨细节

我首先惊叹于这里的青山绿水。不是一般的青和绿。漫山遍野地青。从地上青到天堂。如果不被水泥硬化，道路也会青。墙壁、河岸、石头、云朵，连风都是青的。青得晶莹剔透，密不透风，找不出一块裸露的地方。就好比一个美少女穿着厚厚的服装，无法窥视到她身上的一小块皮肤，只能看她的眼睛，只能幻想。天峨的眼睛都在山上。不同的山，都长着长睫毛的眼睛，在看，在呼吸，在默默对视。我穿行在她的身体里，闻到了她的娇喘和嗔笑。少女才有的青春气息。在她的身体里久了，与她有了肌肤之亲，你也变青了，变年轻了，变得仪态万方，变得矫情、煽情、暧昧。少女的白，人见人爱；天峨的青，花见花开。除了青，她的身体里还有什么？撩开她的裙子，茂密的毛发，深邃的毛孔，湿润的嘴唇，挺拔的胸膛……什么都有，少女的所有秘密，你都能看到，但无法言说，不敢轻佻，羞于低俗。如果遇上雨天，云雾缭绕，烟雨朦胧，会“青”得更加妩媚，更加脱俗。我相信，世界上会有这样的青，既能促人情窦初开，也能使爱死灰复燃。

如果我不爱天峨的青，那我肯定爱它的绿。而且我只爱红水河的绿。它绿得没有理由，我爱得也没有理由。红水河在这里绿得奢华、苛刻，容不下其他颜色，掺不进其他的水。绿得没有杂质，没有多余的表情。它流的不是水，流的是绿，浩浩荡荡，铺天盖地。如果绿色代表爱情，它就是最纯洁的。如果绿色代表生命，它就是最长寿的。

这条绿色的河，从遥远的天上来，到无际的天外去。不问来头，不问去处。安静、低调而母性十足，不愤世嫉俗，淡泊名利，所有的急流都隐藏在底下，所有的寂寞和哀伤都没有向别的河流倾诉。当然，别的河流并不知道它的绿，并不拥有它的绿。因而，它跟别的河流，寂寞不一样，哀伤也不一样。但它并不以此声称自己超凡脱俗，卓尔不群。它也要养活许多的鱼，也要经过人烟众多、喧哗嘈杂之地，也要容纳污水和粪便，它还像所有的河流一样，也需要回家。但它的绿，像承诺和爱情一样，似乎总是不变。至少，在天峨，我看到了它最初和最后的模样，看到了它的前世与今生。

然后，我同情和敬佩这里被青山绿水围困的人。青山绿水往往是贫困之地。过去是，现在可能还是。小时候，我也是一个被青山绿水围困的人，动弹不得，世界仅止于此。登高远眺，一山更比一山高，一山更比一山远，让人幻想，更让人绝望，感觉自己一出生就被软禁于弹丸之地，不知道乞求谁放一条生路。天峨的青山绿水使我跟这里的子民有了“身份认同”，看到了我的前世今生。天峨的“峨”，原来是“山”在“我”之上。崇山峻岭，层峦叠嶂，高耸入云。年少多壮志，可怜无数山。经过八腊乡时，我想到了著名作家东西。他的童年，少年，此后的许多年，都被困于此，像无数的天峨人一样。开门见山，关门也见山；脚下是山，顶上也是山。每天沿着崎岖的泥路，翻山越岭，去破烂的学校见识陌生的汉字和诡异的数字。不上学的日子，他站在谷底，手持柴刀，衣不蔽体，食不果腹，仰望天空，日光越拉越长，幻想着像篡改试卷分数一样篡改自己的命运。同情那时的他，就是同情我自己。在此人烟稀少、灯火不明之地，孤独无处倾诉，也无人倾听，过着一种没有语言的生活。如果不是为了吃饭，嘴巴也是多余的。天峨还是挑剔的，在这里生存，不仅要有坚韧的生命力，还要有丰富的想象力。彼时的东西，早已经把天峨的未来想象了十万遍：这里总有一天会变成车水马龙的都市，变成烟波浩瀚的大海，变成八方来朝的圣地。当然，他也把自己想象了十万遍。一个十岁的孩子已经孤独地想到了五十岁后要做的事情。青山绿水之间，最容易产生孤独感的。但不必害怕孤独。孤独是最强劲的发动机和最嘹亮的冲锋号。谁彼时孤独，就永远孤独。孤独比山高比水深，比青更青，比绿更绿。孤独是青山绿水最奢侈、最取之不尽的宝藏。东西用柴刀为天峨的孤独打开了一条血淋淋的出口。出口的方向，正是红水河奔流的方向。青山永驻，绿水长流。

现在，天峨不再是东西童年时代的天峨。青山绿水的力量正在改变着一切。改变气候的恶，改变大海的蓝。连孤独也被改变。要允许孤独的人发呆。用发呆送别孤独。《收获》副主编钟红明说：在美丽的风景里发呆。说的就是天峨。青山绿水，用什么形容词都显得庸俗。在这里，发呆可以是一种生活方式。在这里，你可以发呆一个下午，甚至，可以发呆一整天。这里的一切，足以使你的发呆变得色彩斑驳，落英缤纷。来天峨，就算为发呆而来，也是值得的。

此外，我还得告诉你，去往天峨，你得沿着红水河来，沿着红水河回去。不告诉你理由。自己看，自己体会。

2016 年 7 月 27 日

喊一声“金城江”，你会回头吗

我的家乡在广西玉林，称桂东南，居民几乎全是汉族。小时候，听村里人说，金城江那边的女人干活很能吃苦，又节俭，一锅稀饭放在田埂，她们便可以从早上干到晚上才回家。

将来，娶老婆，就到金城江去娶。

我有一个亲戚，是做长途班车客运的，从玉林到金城江。下午从玉林出发，第二天早上到达金城江。因此，在我印象中，金城江很遥远。其实，金城江也很遥远。在广西的西北部，称桂西北。我们这边的人都觉得自己生活的地方叫广西头，桂西北的人住的是广西尾。遥相呼应。中间相隔十万大山，百万田亩。我有一个堂哥，小时候我很崇拜他，因为他的工作单位是河池兵工厂。河池，他们说就是金城江。他说他造的枪很厉害的，隔山可以打死牛。但那边有很多的山，山上全是石头。石头缝里种玉米。玉米熟了，农民把老鼠吃剩的玉米捡拾回来。桂东南田地平坦、肥沃，插秧发芽。因此，那边的女人都希望嫁到桂东南这边来。又因此，我从小就放心了：如果娶不到本地的女孩，我可以坐等金城江那边的姑娘，从不担心会打光棍。堂哥说，金城江的姑娘皮肤白净，白里透红，吃苦耐劳，骂不还口打不还手，还舍不得让自家的男人干活，即使是农忙时节，男人也是可以围着酒桌从早喝到晚的。那时候，金城江让我充满了憧憬，又让我高枕无忧。我应该感谢金城江。如果金城江是一个女人，我愿意指腹为婚。

这几年，我认识了许多“金城江”的朋友，而且大多是作家朋友，从他们的身上发现与我想象的金城江人很不一样。原来，他们也像我们桂东南的男人一样勤勤恳恳，像牛一样干活。他们也像我认为的那样，以为桂东南的男人是不用干活的。因此，我们都有一个共同点：勤劳，曾经羡慕对方。甚至他们比我们更刻苦。同样是民工，他们比我们耐劳；同样是作家，他们比我们高产。作家中，他们成了我的偶像。而相反，金城江的女人是比较舒坦的。在金城江的工地里，很少看到女民工。桂东南有很多女屠户、女商贩，起早摸黑，摸爬滚打，一点也不比男人省体力。桂东南女作家很多，金城江女作家却很少，我想，是因为写作实在是份苦力活，金城江的男人舍不得让女人来干。我真的细心观察过金城江的女人，她们长得都很清秀，白净，小家碧玉，纯朴诚恳，说话轻声，跟我小时候想象的一样。美好的想象能珍存很久，坚固的观念很难改变。

我经常到金城江来。这是一座小城、山城。楼房、村庄就藏在山水之间。每一座山都不一样，相对独立，不卑不亢。山是石头居多，草木捉襟见肘，山大多半裸着，却也显得秀气，不粗野，不傲慢。不敢说金城江的山都像桂林，至少桂林大多数的山能在金城江找到原型。穿城而过的江叫龙江，也叫金城江。水清澈见底，缓慢悠然，仿佛千万年来就是如此，从没有改变。金城江城小巧玲珑，不拥挤，不喧嚣，不贪大求洋，不灯红酒绿，不车水马龙，干净到没有尘埃。抬头见山，俯首见水，一眼望得到尽头。山上的雾气倾泻到城里，树林里的禽兽望城而跃跃欲试。玉米晒在楼顶，腊肉晾在屋檐。鸡犬相闻，饭香互送。像山水画里的风景，像烟雨江南，像欧洲小镇，像世外桃源。王维《山居秋暝》道：“空山新雨后，天气晚来秋。明月松间照，清泉石上流。竹喧归浣女，莲动下渔舟。随意春芳歇，王孙自可留。”描摹的好像是金城江。

金城江乃少数民族聚居之地，民风淳朴，热情好客，人情味特浓。有客来，恨不得把所有的酒肉端上，腾出最好的床，跳最炫的舞蹈，唱最悦耳的山歌。他们气定神闲，过的是一种慢生活，不愠不火，仿佛与世无争，相信“命里有，总该有”。有朋来桂，我首先想带往金城江，好酒、好菜、好水、好空气。一些北上广的朋友，到过金城江多次，一有机会仍嚷着要去。有时候，我甚至不愿意将它描述得那么好，因为我的家乡，桂东南，也有好风景，也热情好客，但我没有卖力吆喝过。我有点内疚。

我知道有一个帅哥叫金城武，女粉丝无数，每次看到这个名字我都想到“金城江”。像兄妹的名字，失散多年。“金城江”犹如我的邻家女孩或远房亲戚，典雅，娴静，亭亭玉立，纤尘未染，嫣然而笑。见过它的人说它好，没见过它的人也说它好。人人都说“金城江”好，那它就是真的好。

既然如此，若在人海中叫一声“金城江”，你会回头吗？

2016 年 8 月

十里，玉环乡

今年春天，我去容县参加当地一个作家的作品研讨会。会议安排在一个离县城 5 公里的乡，我被告知，那个乡的名字叫十里，那里是大唐贵妃杨玉环的故乡。车子离开县城，一路上经过的乡间道路弯曲窄小，但风光旖旎，稻田青竹，果树满山，炊烟袅袅，鸡犬之声相闻，从公路拐进乡政府的是一条很小的山路，乡政府坐落在一个山坡上，门前是一大片桑田，桑叶茂盛，桑田之外是一条被竹子笼罩的河，桑田中间，孩童嬉闹，村妇来来往往。在离县城如此之近的地方，居然有一派如此悠闲、优美、恬静的田园风光，令与会者惊叹不已，当场便有人赋诗。

除了风景，我最感兴趣的便是十里乡史上最著名的人杨玉环。会议结束后，我们驱车前往杨玉环的家乡——杨冲（也叫杨外村）。在今天看来，杨冲也只是一个普通的山村，茂林修竹，涧水长流，那里只留下杨玉环当年打水的一口水井，叫杨妃井，井水清凉，沁人心脾。村子的人口并不多，十几户人家而已，鸡鸭满地走，荔枝遍山栽，村民依山而居，日耕夜眠，怡然而乐，从他们的脸上看不到作为贵妃故里人的异样，跟普通人一样，宠辱不惊，没有什么可炫耀的，杨贵妃毕竟是多少年前的事了啊。但后人没有将她遗忘，或者说，努力不将她遗忘，他们在村后的一个山坡上建起了一个贵妃庙。比起那些雄伟的庙宇来，这个贵妃庙有点简陋，低矮的几间砖瓦房子，周围几棵杂树，庙后荒草丛生，显得冷清而孤寂。庙的对面是一座高耸的山峰。有人奇怪地问，房子大都朝南而建，为何贵妃庙偏面向西北？或许是取“西北望长安，可怜无数山”之意吧。

长安，是一个多么令人神往的地方。站在贵妃庙前，遥想当年奢华的长安和大唐盛世，不禁让人生诸多感慨。

到长安去！那里有至高无上的皇帝、层出不穷的权贵和取之不尽的财富。那里最适合漂亮女人生存。走出鬼门关，朝长安进发，这是那个时代我们祖辈的宏大理想。尤其是女人。那时候，杨玉环还是十里乡的一个贫穷家庭的女孩，除了漂亮，别无特别之处。那时候的杨玉环光着脚，哼着小调，在山坡上放牛，在桑地里抓虫子，常常跑过长长的山路到亲戚家借米要盐，穿着朴素，样子乖巧，人见人爱，谁都可以在她俊俏的脸蛋上轻轻掐一把，或将她抱在怀里亲她一口。她不知道她的命运，甚至不知道自己有多美。如果杨冲村的乡亲能预知到二十年的情景，幼小的杨玉环便被奉为天神，她再也不会有天真烂漫的童年和与乡亲们纯朴亲密的感情。十里乡民，跟长安城里的达官贵人不一样，他们质朴得犹如城墙上的砖瓦，种粮栽果，饲养鸡鸭，安贫乐道，怡然自足，但那时候，十里乡以及比十里乡更广阔的地区还被居住在长安城里的人称为南蛮之地，这里的人也相应地被唤作“蛮人”，他们以为“蛮人”还在人畜交配、茹毛饮血，那些流放经过的长安达人仿如经历一场生死大劫难，如有幸重回长安，便把“南蛮”描绘成人间地狱，使长安对“南蛮”的偏见与傲慢固若金汤，直到杨玉环以光彩夺目的容貌、岭南巫人的气质和技压群芳的才华震惊了他们，才能稍稍改变他们的看法，从此长安城里的街头巷尾、酒楼瓦肆、勾栏井坊热烈地谈论着关于杨玉环和鬼门关的话题。他们挖空心思探究着她的前世今生，哪怕成长的每一个细节。据容县的旧书记载说，当年杨贵妃初现长安之时，曾引起无数惊呼：“此女若非来自天堂，必然来自地狱。”当然只有容县人才自豪地明白，她是容县的一个女人，并且只是容县众多美女中的一个，如果长安需要，我们还可以源源不断地输送。容州十里乡，成为大唐地理一个遥远、陌生而让人惊奇的符号。

十里乡给大唐贡献了一个绝代佳人，但大唐没有给十里乡应有的重视和回报，甚至没有给杨玉环的亲生父母应有的荣耀，那是因为，离开了十里乡的杨玉环已经不再属于十里乡，她不再属于“南蛮”，也不能让长安城的臣民们知道她低微的出身（但有谁能蒙蔽聪明而喜欢猎奇的长安人？）。杨玉环离开家乡前叫杨玉娘，出了鬼门关就叫杨玉环了，因为她已经卖给了那个叫杨康的军都督，从此成为杨康的女儿，后来杨元琰又从杨康手中强买走玉环，携至长安。如果她的两个养父不刚好都姓杨，她的名字可能被改为李玉环、王玉环了。她离开了亲生父母，泪水涟涟，不情愿地换上崭新的衣裳，坐上轿子，偎依在陌生的养父身边，十步一回头，告别容县（那时候还叫容州），从象郡（桂林）漓水经灵渠抵湘江然后北去，从此与十里乡一刀两断。小姑娘杨玉环到了异乡，要用多久才能适应那边的环境，要用多久才能淡忘她的玩伴，要用多久才能洗去嘴唇上的淡淡的沙田柚味……与她年龄相仿的玩伴慢慢长大，她们时不时会提起远在他乡的杨玉娘，她应该和我们长得那么高了，那么亭亭玉立了。在她嫁入帝王家后的漫长岁月里，十里乡的乡亲父老引颈朝北遥望长安，日夜惦念和叨唠着离家万里的杨玉环，甚至每天都派人到鬼门关前拦住那些从长安流放到南方以南的失落权贵，打听杨玉环的消息。如果是好消息，人们必奔走相告，十里乡便会张灯结彩、喜气洋洋，那些向往长安的女孩子自然兴致勃勃地跑到梳妆台前重新打扮一番，期待第二个杨康、杨元琰的出现，期待带她们坐上官家的马车，走出鬼门关，日夜兼程奔赴长安，这种狂热和执着一直到马嵬坡事件后才得到稍稍的改变。但女孩子，不管丑如东施还是貌若天仙，嫁到长安的愿望总是那样暗流涌动、不可阻挡。听说那时候十里乡总有一些女人终生未嫁，至死仍浓妆艳服，怀着绚烂的长安梦离开尘世。多少年来，十里乡的人们从来没有人相信杨贵妃在马嵬坡香消玉殒。那她到了哪里？“她已经到了日本，到了晚年她还想回来，不回长安，便回容县——一个女人走投无路的时候必然想回娘家。”十里乡人会众口一词地告诉你，并给你说出很多使人信以为真的道理。于是他们的子子孙孙都相信了。我也相信了，我一直相信长安是真实的，鬼门关是真实的，杨贵妃也是真实的。有一段时间里我常常拙笨地估算，在这个世界上究竟还有多少人不知道天底下真的存在着鬼门关这个地名，而且杨贵妃的故乡就在鬼门关附近的容县十里乡。我把这两件事当成了天大的事，常常因为别人不知道、不相信而耿耿于怀甚至焦虑不堪。为此我恨不得让天下所有的人都知道十里乡和大唐帝国的关系，知道“鬼门关”和“杨贵妃”。每认识一个外地人，我便迫不及待地向她（他）说明这两件重大事情，并趁她（他）目瞪口呆的时候把细枝末节说出来以证明煌煌的客观事实。

我所说的是遥远的过去，历史已经将之尘封。但在十里乡，人们还津津乐道大唐帝国，常常惦念帝国最盛名的皇妃。如果你到了十里乡，你心底里会像我一样产生庄重感，你看到的一山、一水、一竹、一木都是那么别致，那么阴柔，那么富有婀娜多姿，这仿佛是，美人无处不在，美人迎风而立，美人在小路尽头蓦然回首……

2011 年 5 月 5 日

第六辑

访谈录

不是美丽和忧伤，而是苦难与哀怨

孤　云　朱山坡

【引言】

朱山坡拥有一座丰富的文学矿藏。他的文学领地——粤桂边城，是两个世界的交界处：一边是城市，一边是农村；一边是现代化，一边是落后蒙昧。在这一块最具开发价值的文学地域，冲突与渗透无时不在发生，人性与尊严、生存与挣扎，撕咬着、吞噬着每一个置身其中的苦难灵魂。并引领着朱山坡走进这一条能够洞悉这一时代真相的文学密道。在刻画人性的普遍意义上，粤桂边城是朱山坡的高密、商州，那里是朱山坡的马贡多。但从另一个角度来讲，那里又绝不是高密、商州或者马贡多。粤桂边城所提供的文学想象，有别于上述任何文学地域，它们不只有着地理不同，更有着时代性的差异。粤桂边城的文学价值在于，它提供了刻画中国现代化进程中城市与农村冲击与碰撞生态的最佳样本。而莫言笔下的高密与贾平凹笔下的商州，只属于农业时代，或者说是前工业文明时代。粤桂边城更不能等同于沈从文先生笔下的那个湘西边城。边城已死，无论是现实的、历史的或者文学意义上的那个边城,都已消失。沈从文笔下的边城，是隔绝于现代化以外的世外桃源，是美丽而又让人有着淡淡的忧伤的地方。而在粤桂边城，你能看到的，只有苦难与哀怨。朱山坡的小说《我的叔叔于力》《两个棺材匠》，让人深刻地意识到了这一点。

朱山坡已经站在了时代宏大叙事的起点。

当青春一天天消逝，我总害怕文学会离我而去

孤云：我想，每一个将身心交给文学的作家，心灵深处必有或不可为外人道的理由，从三十岁开始才向文学“投怀送抱”，想必于此你应有着更深切的体会？

朱山坡：每一个人都企图与现实世界包括精神世界建立关系，但方式各有不同。三十多岁了，经历也不少了，有时总觉得自己生活在慌乱和无能为力之中，甚至无法与这个繁杂的世界开展有效对话，有一天我突然发现，文学能把我的内心与世界奇妙地连接起来，使我和现实艰难地建立了沟通的途径，甚至有时还能达成一些妥协，此刻我实现了瞬间的快乐。文学是通往一个比较适合我蜗居和自足的世界的秘密通道，我一直在小心翼翼地偎依着它。十多年来，与文学断断续续地摩擦着、对抗着，目的还是要在它的怀抱里使自己安静下来，以便清楚地听到它的心跳。

孤云：这么多年来你是如何保持这条进入文学的灵魂密道？是否为此放弃许多？

朱山坡：小时候我的理想是做一个作家，后来经不住诱惑和受环境熏陶，想过当官，至少在当官和当作家中间摇摆，于是我在政府机关工作了近十年，写了大量的公文，当过市长的文字秘书，以为这样

便能体现自己的最大价值，但结果越来越觉得无聊，反而离理想生活越来越远。虽然现在仍然在一个地级市的政府机关工作，但我的理想是回归到了当一个作家的正道上。因为经过那么多年的折腾，我发觉其他领域比文学领域难待得多。虽然长期从事机关公文写作，对文学创作和对文学的感情造成了一定伤害，但我没有放松对文学的思考。在这段时间里，我读了不少名著，它们使我的灵魂得到安抚，并使我萌发了创作的冲动，我拿起笔来操练，以保持对文字的感觉。当我懈怠或厌倦的瞬间，当青春一天天消逝，我总害怕文学会离我而去。就文学而言，我没有什么可放弃的，我又有什么不能放弃？

孤云：你早先是写诗，最近才开始转向小说创作，什么缘故使你创作兴趣发生转向呢？

朱山坡：我很小就开始写诗，发表了不少诗歌。但参加工作后，几乎荒废了文学创作。从二十四岁到三十岁这段时间几乎没有进行严肃认真的文学创作。我觉得自己把最宝贵的时间浪费掉了，至今仍为此惋惜。后来吧，偶然看到诗歌刊物上的诗歌，觉得有人把诗歌糟蹋得不成样子了，才愤愤不平甚至有点自负地提起笔来写诗。但我不认为我的诗写得有多好，只是觉得过瘾、凑了热闹，现在我还跟朋友主持一个叫“漆”的诗歌沙龙，在全国有一些影响。诗歌更多地用来表达意气的，并不能承载更深层次和更大容量的东西。所以从 2002 年开始，我把主要精力放在了小说创作上。一口气写了三部长篇，第一部是《大宋的风花雪月》，是写李清照和赵明诚浪漫而忧伤的爱情故事，有读者说“婉转动人”，文字优美死了。第二部是《拯救大宋皇帝》，写得气势磅礴、痛快淋漓，觉得很得意。第三部是《时间隐史》。从去年开始，我主要从事中短篇小说创作，对 30 出头的人来说，或许迟了些，但我将很努力去做。

农村是文学的草根，那里繁衍着这个时代的原生态

孤云：我发现，当喧嚣的城市情境，奢华的城市生活成为当今文坛的叙事偏好，你的笔触却还停留在那落后贫瘠的乡村。在中国崛起的语境下，农村的艰难困厄似乎离读者很远。中国新文学历来就不缺乏农村主题，为何你还埋头于那为世界所“遗忘”的乡土？

朱山坡：我对你这个观点很不以为然，问题可能出在我们对农村题材的理解不同上。农村题材小说并非偏离了读者兴趣，而是读者在期待更饱满、更贴近生活、更贴近人性、更贴近真实的农村题材小说。农村是我的乡土，是我心灵的故乡，是文学的草根，是底层人物最集中的地方，在那里可以看到很多触目惊心和使灵魂震颤的现实，那里繁衍着我们这个时代的原生态。一个作家决不会放弃能使自己的灵魂发生里氏 9 级地震的题材，因为它会让你的写作变得神圣、亢奋、快感和无坚不摧，只要你能把这样的题材写好，没有读者会拒绝阅读的。当然，我也不会拒绝城市题材，但说实在的，城市经验的欠缺使我不敢轻易去碰。

孤云：在你的几部作品中，高州这个地理名称是一个关键词。这一粤桂边小城，让人不由想起莫言笔下的高密，贾平凹的商州。这是中国文学取法于马尔克斯的结果吗？不过，这样的叙事策略是否落后了一些？

朱山坡：这与叙事是否落后无关。每一个作家都有自己的叙事策略。每一个作家都拥有自己的神圣的领地，那里就是作家的“原乡”，它与作家的情感血肉相连，也是作家记忆中水草最丰满的地方。还比如福克纳的杰弗生、马尔克斯的马贡多、余华的海盐、苏童的香椿树街。高州城也许就是我的马贡多。

孤云：这么说来，高州与那个叫米庄的小村落是你现阶段的创作母题了。能否谈谈它们在地理与文学意义上的区别与联系。

朱山坡：我的家乡在广西东南部，与广东省的高州城的亲近程度甚于与我所在的县城，很多与发达地区有关的信息都是从那里源源不断传来的。我对高州有复杂的感情。一边是广西的米庄，一边是广东的高州城，落后地区和发达地区的交接处是一个使人着迷的地方，总会有很有意思的东西等待我的挖掘。我试图把一座村庄和一座城市建立某种联系，让它们产生冲突和戏剧性。高州之于米庄，米庄之于高州，在时空上有时很近，有时却很远；里面存在着主从和支配关系，有时关系紧张，有时关系缓和，有时关系是物质的，有时关系是精神的，纠缠不清。许多作家都倚重于童年记忆，我也在对我的成长经历进行梳理和挖掘。作为一个南方人，我想建立自己的地域优势。我要把粤桂边城的地域特色、人文特点融化到我的小说里。比如生态环境、风俗习惯，比如我们的白话，比如港澳文化、岭南文化和南越文化的交融碰撞。但我会与沈从文的《边城》等篇什保持着距离，因为我的小说不是向人们展示美丽和忧伤，而是呈现苦难和哀怨。相对珠三角来说，我们这里还是落后地区，工业文明才开始以间接的方式影响着他们的生活。乡亲们的生活仍然艰苦，他们以不同的方式改变着命运，包括用暴力去掠夺城市。《我的叔叔于力》的底色是黑的，我在上面勾画了一张张苦难的脸孔，他们几乎没有自我解救的能力和意识，如果没有人为他们抚摸伤口，他们也许有一天也会铤而走险，用他们认为合适的方式和可支付的代价获得最大平衡。

孤云：也就是说，在文学的地域上，你的眼光将紧盯着被你称为“粤桂边城”的地方。然而，正如你所说过的，这个《边城》与沈从文先生笔下的“边城”已有天壤之别，沈从文笔下的《边城》，虽然有战争有贫困，却还有淡淡的美丽的忧伤，而你笔下的这个现代“边城”，却只剩下苦难与仇恨，毫无美感可言。能否告诉我，是这个世界已然不同，还是你不忍将真相遮掩？

朱山坡：遮掩真相？遮掩真相就是要将生活踩在地上，并铺盖上零星的花朵或细软的沙子，企图让人相信“文学高于生活”。但我认为这是徒劳的，也是不会发生的。因为作家是不能轻易而粗暴地背叛自己的内心的，他们的身后总会有一股强大的力量在支撑着，并用凛冽的目光盯着他们……

我能做到的，也许只有写出生活的纷繁和人性的丰富的微不足道的一小部分

孤云：《我的叔叔于力》让我想起了前两天看到的《南方都市报》上的一篇专题报道《阿星杀人事件透视》。一位来自广西一个小山村的年仅二十岁的青年，工厂主管因为他旷工一天就辞退了他，而且只给了他应得工资的一小部分，还出口斥骂他，于是他一怒之下就把主管给杀了。记者问他对城里人怎么看，他说：“我觉得城里人就是那个高楼，高到天上去了，我们在下面仰望，看得帽子都掉下来了，都看不到人家。”《我的叔叔于力》原题为《此去高州一百里》，这是一个村落到城市的实地距离，又暗喻着农村与城市的鸿沟，是吗？

朱山坡：嘿，你这个理解很有意思。从这个报道或许你像我一样看到了当下农民的处境和绝望，闻到了死亡和血的气味。从童年开始，我就经历了一个复杂的对人的悲剧处境的体验过程，我见过了太多的非正常死亡和无谓的暴力，而这些都与人的悲惨处境密切相关。有人说我的小说“迷恋”残酷和暴力，不，我只是呈现生活的一部分，对基本现实作了指证，而且我保持了必要的冷静和节制。你所说的“鸿沟”，实际上也是“壁垒”，过去森严得可怕，现在似乎是越来越大（深）。

孤云：不得不说，小说《我的叔叔于力》《两个棺材匠》所描述的农村景象，给我的感觉是发生在似乎很遥远的过去，——当然，我们都知道，那其实就在 20 世纪 80 年代。那时候，农村人的生活还处于解决温饱问题阶段，如今再来看那段历史时期，你所得到的思索是什么？经历了二十多年改革，中国农村有些地方难道还在原地踏步？

朱山坡：我是 20 世纪 70 年代出生的，我的记忆最丰厚的地方是 20 世纪 80 年代。它已经成为历史，沉淀下来的东西正是我的财富。我在农村度过了漫长岁月，生活的困苦令我刻骨铭心。但那时的农民苦是苦一点，他们还生活在希望之中；现在农村生活水平提高了、致富了，但绝望的人却越来越多。贫富分化加剧、城乡差别扩大，失业人数增加，家庭和社会压力加大等，使乡村出现了前无未有的焦虑和不公平感。正如你上面所提到的报道，阿星因为被工厂主管解雇就将主管杀死，绝非一时冲动所致，阿星杀人背后是绝望——对社会和生活的绝望，他改变不了干脆将它毁灭。阿星的老家——广西某县一个村庄，就是令人闻之色变的深圳“砍手党”成员的老家。但这种现象远非广西独有，河南、甘肃、安徽也有贩毒村、乞丐村等。这些都是农业文明向工业文明过渡和城镇化进程中出现的新现象。这也许属于社会学和政治学范畴，但同时给文学创作提出了无法回避的问题。

孤云：是的。当前农村的矛盾焦点已有很大不同，问题更多集中在农民工问题、土地拆迁问题、农村基层民主问题等方面。但这些问题似乎在你的小说中没有得到很好的反映。这是否有所避讳？还是力有不逮？

朱山坡：你所说的问题只是农村矛盾的次要部分或表面现象，作为小说，这些都不是主要的，或者说这些都是假象，小说所关心的是深层次的东西，比如命运和人性。

孤云：我想这些问题的呈现并非简单的表面现象，也是人的命运、人性的一种变迁，在这些矛盾后面，有着一条清晰的时代脉络，映照着当代农民的景况与命运。

朱山坡：是的。在中国，你需要的任何一个时代特征都可以在农民身上找到，因为农民承载了每一个时代的幸福和疼痛，承担了时代进步的巨大成本和风险，因此他们的命运复杂而多变。无论是在乡村还是在城市，农民都被作为弱势群体受到了关注。作为作家，要厘清那条"清晰的时代脉络"是困难的，我能做到的，也许只有写出生活的纷繁和人性的丰富的微不足道的一小部分。

文学折断了想象的巨翅，只能在寒冷和孤寂中等待死亡

孤云：在你的小说里，我能够感受到一种强烈的苦难意识。这正是文学宏大叙事与终极关怀之所在。重提苦难意识，不啻是对当下流行的所谓消费主义的一种消解，你觉得呢？

朱山坡：或许是这样，但不仅仅如此。消费主义正以强大的冲击力干扰我们的价值观念，文化所蕴含的价值观念和审美理想也逐渐被屏幕上的色情搞笑、畸形性爱所消解，经典文化和高雅文化被拿来"消费"，人文精神正日益沦丧，文学的神圣正被庸俗侵蚀成为被"消费"的一部分。在这种消费主义的语境下，我们再重提苦难意识其实是"反消解"，是对消费主义的一种抵抗。"苦难意识"是作家的自觉和立场，在当下重提苦难意识更能体现作家的清醒和坚定。你说从我的小说中看到了苦难意识使我很得意。

孤云：也许是中国现代化进程太过艰难，这让中国的大多数作家还停留在现实主义关怀阶段，而无法进入想象的王国，灵魂无法自由地飞翔。你觉得中国文坛缺乏想象美学，是否与此有关？

朱山坡：现实主义与想象力并不是对立的，但我同意你对中国文坛缺乏想象美学的看法。但近些年来，文学想象力的缺乏已经成为了一个严重的创作问题，很多小说都是在刻意模仿现实，文学已经逐步沦为社会生活一般性状的文字记录和写照，结果索然无味。当文学的雄鹰折断了想象的巨翅便会变成笨拙的企鹅，只能在寒冷和孤寂中等待死亡。我希望小说家都有诗人一样丰富和大胆的想象力，让小说也带上诗意。

孤云：那么，你认为中国文坛为何缺乏想象美学？

朱山坡：这与我们的文学传统或文学理念有关。主流文化对现实主义的遵循太过于教条，对“真实”的理解过于片面，束缚了想象力在文学创作中的运用。魔幻现实主义在中国曾引起过惊呼：原来小说是可以这样写的。但这种启蒙并不足以撼动或改变我们根深蒂固的文学传统、纠正我们的观念偏差。“现代主义”“后现代主义”的浸淫迷漫，又颠覆了我们经典哲学，美学思想也被冷落，丧失精神价值探求与追索，想象力的空间越来越窄。而那些以世俗对崇高、以庸常对英雄，对正剧、悲剧与喜剧的粗鄙化、媚俗化拼凑，以虚构代替想象，在无厘头的表述中消减了思维的张力和艺术的想象力。我们的作家似乎对此也无能为力或者干脆曲意迎合大众口味，用那些貌似现实主义的东西敷衍读者对想象力的崇拜和渴望。

载《花城》2005 年第 6 期

让写作更快感一些

郑小驴　朱山坡

郑小驴：你的小说总是出现父亲母亲这样的形象。《捕鳝记》里的“父亲”这一形象给我留下了难忘的印象，让我想起罗萨的《河的第三条岸》里的那个父亲。小说触痛到了这个国家某段特殊时期饥饿的人们的神经，是什么让你对这并不是70后最熟悉的题材却情有独钟，在好几个小说里都写到过类似的饥荒场景？如何看待你许多小说里“父亲”“母亲”的形象？

朱山坡：我的小说里经常会出现父亲、母亲称谓和形象，那当然是虚构的，主要是为了便于叙述，但我并不掩饰自己的野心，那就是要塑造不同于中国传统文学中的父亲、母亲形象，塑造新的典型。因此，你可以看到我的一些小说题目甚至直接出现父亲、母亲，比如《高速公路的父亲》《败坏母亲声誉的人》，这些父亲、母亲的形象基本上都不全是正面的，他们是一面镜子，从他们身上可以看到命运、人的卑微和这个时代的孤独、无奈、荒唐，也能看到我自己。我也喜欢那些以父亲、母亲为主要书写对象的小说和散文，觉得异常亲切。小时候我家很穷，饥饿给我留下了不可磨灭的记忆。我的多篇小说写到了饥荒和饥饿，如《单筒望远镜》《美差》《把世界分成两半》《捕鳝记》等，我并非刻意去呈现饥饿，而是试图在生存的困境中触摸人性中的脆弱、无助和绝望。

郑小驴：巴尔加斯·略萨说到的记忆是想象力的出发点，是想象力通过不可预言的飞翔伸向虚构的跳板。这样的创作方式特点你是否认同？你的小说灵感是基于现实中的感受加工还是更多的来源于艺术中的虚构？

朱山坡：我认同略萨所说的。许多作家也说过类似的话。想象力是小说家最不可或缺的基本功，也是小说家能力高下的决定性因素。有人认为中国作家缺少这个缺少那个，我认为中国作家最缺乏的是想象力，而且我们轻易就能找到佐证。我们的想象力飞翔不起来，我们的翅膀不是太沉重就是束缚太多。记忆是想象的基础。大部分作家写的都是记忆，而且是童年记忆，在记忆的基础上展开无边的想象就是小说。想象力是不可预言的，飞翔得越高越能俯视万物众生，会把它带到不知边界的、遥远的、隐蔽的空间，那是作家自己的空间，他们在那里编织自己的神话。我的创作灵感来源于现实，但小说更多的是虚构。现实是窄小的、局限的、坚硬的，但虚构是无限的、浩瀚的和细软的，小说必须是从现实出发但最终回到虚构本身。格林厄姆·斯威夫特鼓励年轻作者大胆写自己不熟悉的生活，创造远离自己生活的世界。我开始往这方面努力，我的一些小说完全远离了我的生活，虽然写起来有隔阂，但有种披荆斩棘、兵不血刃的得意。

郑小驴：读过你小说的人大多会有这样的感受，你的小说的主题基本定格在“悲悯”“孤独”“荒诞”这三个关键词中，优秀作家的说服力和好读者的轻信总为非现实性提供一个贫瘠的现实，如果这样解读，你的小说风格又很难归属于某一类流派中，在70后作家里，你算得上一个孤独的夜行人，难以定义。王安忆老师说你“趋向于形成自己的写作世界”。你有这个野心吗？你是如何看待自己的小说风格的？最新的作品最想表达些什么？有新的创作计划吗？

朱山坡：我认为，作家的最高思想境界是“悲悯”，小说的最高境界是“孤独”，表现手法的最高境界是“荒诞”。我不想就此展开很不专业的理论论述，我只想推举几篇小说来表明我的小说理想：《傻瓜吉姆佩尔》《威克菲尔德》《献给艾米莉的玫瑰》《变形记》《巨翅老人》《青鱼》《孔乙己》等，它们一样把“悲悯”“孤独”“荒诞”推到了极致，这些作品让我看到了一个短篇小说原来也可以像大海一样浩瀚，像宇宙一样深邃。它们一辈子都会成为我的标杆。我从来没有去想我的写作到底属于哪个流派，好像这不是作家考虑的事情。但我一直有与当下的热门写作保持距离的自觉，不是我离群索居、故作高深，而是躲开，因为我写不过他们。其实每个作家都有开疆拓土的野心。我也有我自己的判断和追求，也许我要往这方向努力，无论是过去的作品，还是今后的写作，我都要努力写出属于自己的东西，形成自己的风格。在当代中国作家中，真正能形成自己风格的并不多，这并不说明他们不努力，而是不容易。多少作家开始的时候野心勃勃，但到头来总是“泯然众人矣”。王安忆老师已经树立自己的丰碑，她关注到我的小说，这本身对我是巨大的鼓舞。我要做的，就是不让她感到失望。

郑小驴：每一个时代都有每一个时代的悲哀。你觉得一个作家最大的悲哀是什么？

朱山坡：自觉、自愿或不知不觉地成为奴才，他的所有才华都往这方向努力。噢，我有时候会觉得自己很悲哀。

郑小驴：《鸟失踪》《喂饱两匹马》《最微弱的声音是呼救》等作品中，隐喻做得很好，有一些东西产生了。里面似乎带有你的审视和自省。这种写作技术手法有着渲染和强化的作用，写作技巧上你有刻意的追求与目的吗？

朱山坡：我相信对一个作家来说没有一成不变的东西，包括技巧。

最好的叙述应该是把作者的意图隐藏得越深越好。我每写一篇小说都有不同的“调”，有时候看上去很平缓、从容、淡定，有时候急湍而下，呼啸而去。我说不清楚究竟喜爱哪一种叙述。但我羡慕那些叙述上气势如虹、摧枯拉朽的作家，如马尔克斯、博尔赫斯、莫言、余华等。如果我也能够做到那样，写作就是很快感的事情。写作不应该让我们感到痛苦。我的所有努力，就是要让写作更有快感一些。

郑小驴：你2004年才开始写小说，也就是说出道相对比较晚，但势头很猛，五年间发表了近四十篇中短篇小说，而且被转载率相当高，引起了文坛的注意，尤其是《跟范宏大告别》《陪夜的女人》《败坏母亲声誉的人》等给人留下了深刻的印象。你能谈谈你的创作历程吗？

朱山坡：我一直没有远离文学，只是从1996年到2003年这段时间我在县政府办公室，一心从事公文写作，很少去考虑文学上的事情，期间偶尔写些诗和撰写地方人物传记，离文坛很远，当时连很多著名作家的名字都觉得陌生。2000年后，当地文学活动（主要是诗歌活动）突然活跃，重新唤醒了我的文学梦和久违的激情。2004年，我似乎突然开窍，事隔多年后写了第一篇真正意义上的中篇小说《我的叔叔于力》。开始时我怀疑它是不是小说，小说能不能这样写，又经历了几次退稿后，后来《花城》杂志把它发表出来。此后一发不可收。在文学道路上给予我无私的帮助和扶持的老师、编辑、朋友有很多，对一个生活在边远地区基层的作者来说，他们的鼓励和帮助多么重要！现在文学给我的回报已经够多了，它极大地丰富和拓展了我的生活，使我超脱了很多世俗的东西，这辈子我不可能去追逐高官厚禄，也不可能享有荣华富贵，文学使我的生活简单、快乐、充实、满足，内心色彩斑斓，我就与它为伍。

郑小驴：我们前年在南京时聊到文学的环境以及精神困惑等问

题。从 90 年代到现今，经济高速发展，精神持续迷离，道德普遍沦丧，之前的那种绝对的“道德参照物”早已荡然无存的今天，你是如何找到心中的那个风向标的？迷失过吗？猜测下未来若干年文学的格局变化。

朱山坡：不知道你有没有这种感觉，南京是一个适合谈论文学的城市，我认为南京是一个文学之城，只有在南京这种地方谈论文学才不让人大惊小怪，像是在维也纳谈论音乐一样。身在南京的作家有福了。我们只是那里的过客，但我们都会留恋那里。可惜，中国像南京这样的城市很少了，像在酒肆里谈论文学的人很少了那样。已经有很多同人引用那句经典名言形容我们的环境了，在此我愿意再引用一次：“这是最好的时代，也是最糟糕的时代。”读图时代、网络时代、娱乐至死时代、物质至上时代……古老的传统正在崩溃，精神的家园正在萎缩，文学的版图加速沦陷，几乎所有的作家、批评家都在哀叹文学越来越边缘化，像面对世界末日那样充满无奈和绝望。那些已经看见了上帝真容的重量级的作家尚且如此目光呆滞，何况像我这种才整装待发的老“文青”。我不可能不受这种现实和情绪影响，无法不茫然。这个时代也许不再需要文学了，因为连道德、信仰、精神、理想都没有位置了，文学还能找到安身立命之所吗？文学期刊订户寥寥无几，连很多作家本身也不读文学期刊，像梅西不看别人踢球那样。很多著名作家的力作在书架上尚且无人问津，何况名不见经传的作者。有时候真的感觉很虚无。但我经常在说服自己，别管什么时代什么环境，写作是自己的事情，必须竭尽全力把小说写好，就像挑战极限那样。你说，攀登珠穆朗玛峰好玩吗？有意思吗？对大部分人来，不好玩，一点意思也没有，但还是有人前赴后继地去攀登。这跟写小说估计是一个道理，为心中残存的那点理想而努力。作为一个作家，一辈子都得跟虚无作战。老实说，写作没有想象中那么可悲，因为写作除了时间外至少不花费什么成本，你看，有很多花了那么多银两拍出来的电影最后连院线都上不了，即使上了院线，观众比读小说的人也多不了多少，血本无归。还有那些艺术造诣并不在作家之下的戏剧表演艺术家，他们努力了一辈子，到头来有多少人无戏可演啊。门前冷落鞍马稀啊。我们写作算是幸运的了，我们还抱怨什么？有那么多的事情可以做，为什么要写作？我也说不清楚，也许因为想写而且不得不写吧。写作真正回到了内心的需要上来了，那就成了身体的一部分。苏童说："作家真的要干什么不能问为什么，问为什么是一个非常害人的事，对一个作家的生活来说，问为什么是悲剧。不要问为什么，学会不问为什么这才厉害。我觉得写作是生理需要，生理需要是不用问为什么的。"像吃饭、拉屎一样。因为爱所以爱。写作至少能让我感觉不到孤独。孤独是一个可怕的东西，有太多的人被它折磨至死。前几天有一个管宣传的领导"表扬"我说，"能够忍受得了孤独的煎熬继续从事写作，你真了不起"。听他的语气好像我处于水深火热之中一样。我想告诉他，"你错了，我不是因为写作而孤独，而是因为孤独才写作"。谁说灯红酒绿中的男女不会感到孤独？金钱和权贵能使人远离孤独吗？我经常感到孤独，骨子里的，不是亲朋好友的相聚、生活的丰富多彩、众声喧哗的场合可以消除的。当我百无聊赖、心灰意冷的时候，读上几页好小说，便感觉精神焕发，一切是那么美好。在这个意义上说，写作不仅是生理需要，更是生命需要。卡夫卡说，"我内心有个庞大的世界，不通过文学的途径把它引发出来，我就要撕裂了！"里尔克说，"如果你觉得不写作也可以活得下去的话，你干脆不写了"。应该说，热爱文学的人对文学的热爱都是一样的。有人说"文学即将死亡"，我相信的是，人类都死光了文学仍将活着。只是未来的文学的样式和发表渠道将会变化，而且变化之大将令我们始料不及。但无论怎样变化，人们仍将从文学身上感受到温暖、美好和力量。

郑小驴：昆德拉对人的生存体验细致入微，这种体验成为他观察极权专制社会的显微镜，他所说的日常生活中的“虚构罪孽”以及极权社会的“无隐私生活”的模范家庭，在你的《丢失国旗的孩子》《山东马》《中国银行》《喂饱两匹马》等小说中，类似的“罪孽”也隐约可见，是否可以看作是你的一种看法与立场？

朱山坡：呵呵，你的问题很刁钻。对生存状态细致入微的体验是作家的区别于其他人的一个标志，因此作家经常会犯神经质，经常会多愁善感、痛心疾首和长吁短叹。我不知道罪孽深重的是作家还是社会，这里面肯定至少有一方是有“罪孽”的。我们回避了什么呢？

郑小驴：你的很多小说采用的是童年视角的叙述。性格形成的所有线索均可以在童年生活中被发现。你小说中的那个“孩子”，里面是否掺杂了自身的某些回忆？有没有想过这种叙述的局限性？至少作家的思想在这种叙述的掌控下，很难尽情地施展开。如何看待作品中的思想性问题，纯粹的小说需要承载这些沉重又不讨好的东西吗？

朱山坡：小说采取什么样的视角来叙述不是最重要的，重要的是能够充分表达你最想表达出来的东西。有时候，“孩子”的视角是最真实、最纯净、最透明的，只有“孩子”才能发现被大人世界忽略的事物和细节。童年的记忆是一个人保存得最完好、最持久的东西，很多作家把它挖掘出来，放大、打磨、着色，精雕细刻，让它成为作品中最坚硬的部分。我想，这里面不存在叙述的局限性，《铁皮鼓》《追风筝的人》《树上的伯爵》等小说就是以儿童视角来叙述的，它们的思考一样很有深度，思想性一点也不比成人视角的小说逊色。选择叙述角度像选择近视眼镜一样，是要选择最合适的、最舒服的、最能看得清楚的。说到思想性，我想，作家肯定是有思想的，但并不意味着作家在肩负起思想启蒙的重任。作家表现思想性有作家的方式，有时候在他的小说里你会看不到“思想”的存在，它更多的是承载情感和判断。我喜欢纯粹的小说。

郑小驴：你平时关心公众事务吗？如何看待作家在某些场域内的表现手段和站位方略，在这个大众传媒的年代里，利用大众情绪，媒体轰动效应或政治方向等来“辅助”作品的思想，是否值得提倡？

朱山坡：我平时喜欢浏览社会新闻；我几乎每天都要阅读的报纸是《参考消息》和《环球时报》。我不喜欢跟政治或热门的东西靠得太近。小说的思想性不需要其他东西“辅助”，那些东西是不可靠的。

郑小驴：你很多次说自己的小说越写越短了，有过焦虑吗？老实说，我觉得你的短篇比中篇更结实。在鱼龙混杂的时代里，没有标签似乎意味着被遮蔽或淹没，或者没有个性。在标签遍野的时代里，你是怎样标签自己的？无奈吗？

朱山坡：是的，与过去动不动一个中篇相比，近来我的小说越写越短。但并非是没有话要说，而是总觉得写得越少越好。我总是担心读者没有耐心读完我的小说，或担心读者阅读花费的时间与收获不成正比。我没有那种不顾及编辑和读者的感受而泼墨如水、汪洋恣肆的自信。我并不为此感到焦虑或沮丧。好小说是不以字数的多寡来衡量的。我从写诗过来的，对小说的语言很挑剔，我喜欢直接的文字，至少我不愿意读到太多的废话。汪曾祺老先生说：写小说就是写语言。我希望从事写作的同人都把语言当作小说的第一要素来重视。有时候我读杂志上的小说，读着读着就被语言败坏了胃口，不得不放下，因为我实在无法忍受语言的粗劣和废话连篇。陀思妥耶夫斯基说：“谁善于和有能力删除自己的东西，谁就前程远大。”我常以此为戒。

我不喜欢标签自己的作品，也不希望别人给它们贴上标签。如果谁说我的作品属于哪个“流派”，我必须马上警醒，保持警惕，因为那意味着我跟在别人的屁股后面跑了，我扎堆了，肯定丧失了什么。

郑小驴：同代作家里，你比较欣赏哪些？在你看来，70 年代这批青年作家对中国文学的过去或现在的主要贡献是什么？

朱山坡：同代作家中我欣赏的比较多，他们当中有众多才华横溢、前程远大的人。纳博科夫说，一个有创意的作家必须研究竞争对手的作品，包括至高无上的上帝的作品。我经常阅读同代作家的作品。他们写出好作品对我既是鼓励也是鞭策。我发现70后的作家中，女作家的表现常常更使人刮目相看，她们发挥出来的能量甚至超过了男作家。拿70后的作家跟60后作家相比的话，我们这一代作家还缺少大气派的作品，不仅长篇，中篇也如此。也许我们这一代没有他们用功、用心。我并不觉得现在70后作家对中国文学的贡献有多大。但我绝对不怀疑，这一代作家中会出现天才级的人物，令将来的文学史无法对他们的成就和贡献轻描淡写。

郑小驴：我发现一个很有趣的事情，作家或知识分子究竟是应当积极参与社会公共事务，还是应当避免这种参与而专心致志从事自己的思想事业，班达认为作家是守护社会的僧侣，不应该局限于此，而萨特则认为要当全方位的思想者，面对所有重大事情都应有一个公开的立场。我们当代的作家，似乎更多地充当了僧侣这一角色。你的理解是怎样的呢？平时下笔的时候，有过类似的思考吗？

朱山坡：在这个时代，我们无法像萨特那样思考，也不允许像他那样张扬。作家不一定要成为公共知识分子，那是多累人的事情啊。作家就应该安静地写作，以他们的方式证明自己的存在。卡尔维诺在他的《巴黎隐士》中说：“我觉得对于一个作家而言理想境界应该是，接近无名，如此，作家的至高威信才得以远播。这个作家不露面，不现身，但他呈现的那个世界占满整个画面。今天，作家愈想越俎代庖，他所呈现的那个世界就愈空洞，作者亦被掏空。最后落得两败俱伤。”不过，我也希望有作家从鸦雀无声的人群中站出来对这个世界的不公、贪婪、蒙骗和邪恶青筋暴突地来一声断喝，气壮山河，大快人心。对我而言，“僧侣”是一个令人向往的称谓。我不习惯于用小说的方式对当下的重大问题进行宏大的思考，也不曾奢求用小说干预现实。不是不想为，是能力做不到。我喜欢不紧不慢地思考，然后写一些经过沉淀和洗刷的东西。我不喜欢干扰别人，也不喜欢被人干扰。我喜欢“小楼昨夜又东风”的那种静寂、单纯、悠闲。

郑小驴：谈谈你的阅读。在一个信息爆炸的年代，以前我们看的书可能是几十部，现在可能是几千部……如何在众多的印刷品中取舍自己的所需？苇岸在《上帝之子》中谈到阅读时说道，在精神的意义上，有些书籍形成了丰富我们情感的血肉，有些书籍构成了支撑我们一生的骨骼。你的创作之初受阅读的影响大吗？构成你作品的“骨骼”“血肉”有哪些？

朱山坡：我喜欢阅读，不仅阅读经典作品，也阅读当下同人的作品。我不喜欢听一些作家说“我从不看文学期刊”，我不知道他们是一种姿态，还是一种蔑视。我是经常看期刊的。我想告诉那些不读期刊的人，阅读期刊也能开阔眼界，很多同时代作家的作品也能让你们感觉到相形见绌。不读期刊并不说明你有多高明。我对那些初出茅庐的作者说，你宁愿多读一些期刊的小说，也不要去阅读那些被文学史反复强调但对你的创作没有任何帮助的所谓经典，它们离你太远了，已经失去写作上的借鉴意义，只有评论家们才能从中寻找到有意义的东西。写乡土、写乡村爱情，你还用得着去读《小二黑结婚》？读期刊小说还有一个好处，读到好作品的时候能激发自己的斗志：我也要写出这样牛小说；读到不好的作品时能大大增强自信：这种小说，我也能写，可能写得比他们还好。但我希望他们多读外国小说，现代小说的根在欧美。虽然我是被中国文学“喂”大，但外国小说对我的影响要比中国小说更大，很多中国作家也是这样说的。我们几乎都是中国文学的“骨骼”，外国文学的“血肉”。在我写作之初，受国外马尔克斯、川端康成、福克纳、博尔赫斯等的影响较大，他们给了我文学标准和尺度。国内的作家我喜欢余华、苏童等从先锋文学走过来的作家，他们的文字仍然保留着先锋的气质，尤其是余华，他曾经让我豁然开朗，甚至说得上他给了我小说启蒙。而苏童的从容、优雅、缜密又给了我另一种启迪和力量。当然，我还能从其他当代出色的作家身上学到有用的东西。这几年，我几乎读遍了被他们认为最好的经典短篇小说，有些是反复阅读，一个字一个字地读。我确信，那些被我反复阅读的小说已经渗透到了我的血液中去，写作的时候它们会帮我作出判断。我一辈子也不可能阅读几千部的文学作品，一是没有那么多的时间和精力，二是没有那么多的作品值得我去读。但对自己认为好得不能不反复读的作品我宁愿读上一千遍，它们能让我感受到阅读的快感，它们至少不会让我吃亏。

郑小驴：任何无视文学倡导的准则而过的生活，都是卑琐的，也是无价值的。我们这个时代似乎把不读书当成一种天经地义的事，疲于奔命的生活节奏是不读书的最好的借口。布罗茨基在谈到一个民族最大的悲哀和罪过莫过于鄙视书，不读书。这也是现在为什么说自己是作家、文学青年会遭人耻笑的原因。在文学日渐边缘化、学院化的今天，有没有自己的作品只给印刷厂做了点贡献的沮丧感?

朱山坡：沮丧感肯定会有，所以我并不热衷于寻求出版自己的小说。因为：除了为 GDP 的增长和印刷工厂的效益作出微不足道的贡献外没有更大的意义，我的小说还不足以到让消费者掏腰包购买的地步。现在读书的人越来越少，中国尤甚。中国人人均读书的数量远比日本少，甚至比印度少，而且读书越来越功利，在这方面我不知道该怎样评价我们这个国家。在中国令人感到悲哀的事情实在太多了，还轮不到为读书这个问题长吁短叹。但要相信社会迟早会进步的，畸形最终会被正常代替。

郑小驴：短篇小说《陪夜的女人》是你比较重要的一个作品，被多家刊物转载，入选了很多种选本和排行榜，刚刚又获得首届郁达夫小说奖·短篇小说提名奖，对你鼓励大吗？怎样看待文学奖项与自己创作之间的关系？

朱山坡：我感激每一个幸运地落到我头上的奖励。但获奖并不能改变我的写作，只是一种肯定和鞭策，它最大的好处是能勾起更多的人去读这篇作品的兴趣。作家是不会冲着获奖去写作的。不过，这个奖给我很大鼓励。当一个作家还在起点上的时候是需要认可和鼓励的。

郑小驴：《陪夜的女人》引起了很多争论也使你备受关注，评论家胡平说“这是个冲击和撕裂心灵的作品，精神性写作之范例”，迟子建说“这是一部意象苍茫的小说”。你怎样看待这篇小说？

朱山坡：谢谢前辈和老师的鼓励。应该说这篇小说是我比较成功的一篇，我很喜欢这种从容、淡雅、不动声色的叙述，宽阔而深厚的内涵，独特而诗意的环境，尤其是诡异、惊险和回味深长的结尾。写这篇小说是一气呵成的，写完后就投稿了，几乎没有什么改动，将来也不打算对它大动干戈。这篇小说与我的祖父有关，他病倒在床上长达数月，夜里呼喊亲人的名字，我那时候不懂，夜里跑到他床前，问他有什么事吗？他东拉西扯，我困得不成就不理他。在我出生前我祖母就去世了，那时候我想如果祖母还在的话他就不会这样了。有一天，我突然想把这种简单的记忆换成繁杂的小说。我把小说的环境移到了富有江南水乡意味的凤庄，安排了一条神秘的船和一个来历不明的女人，时空交错，真假难辨，事关生与死，命运与爱情、坦荡与恐惧、亲情与救赎，混沌，暧昧，模糊，似是而非，很难三言两语把它说清楚。虽然它远非完美，但体现了我对小说的另一种追求。

郑小驴：你的身份是公务员，在政府机关工作。平日怎样在写作、生活、工作之间摆渡？这三者，谁对你最重要？

朱山坡：公务员是我的工作。十几年来我几乎都是在政府办公室工作，事务繁杂，枯燥乏味。但工作是养家糊口的饭碗，我必须兢兢业业地干好。写作只是业余爱好，是精神生活。现在写作变成了我的精神支柱。工作、生活、写作都很重要，我得在它们之间找到平衡点，现在还感到力不从心，主要是因为属于自己的时间太少。激情燃烧的时候写作压倒一切，我需要更多的时间，像需要更多的水才能平息烈火一样。

2010年11月22日

载《作品》（上半月）2011年第1期，发表时有删节。

年轻作家骨子里有创造经典的冲动和蛮横

熊万里　朱山坡

熊万里（以下简称熊）：现实就像秃子头上的麻雀，明摆着：大量雷同的庸作让我们昏昏欲睡。能让人眼睛一亮的小说，能叫人心里咯噔一下的作家像皇冠上的明珠一样稀少。眼下，比较时髦的是写底层。我不反对写底层，但是反感为写底层而写底层。写底层，仿佛只有留守儿童、留守妇女、矿难、讨薪。千篇一律、千人一面，角度的高度一致是艺术的退化、想象力的丧失。读您的小说，云开雾散。余华、苏童之后，很多年没见过像您这种才子气的小说家了。

朱山坡（以下简称朱）：听你这样一夸，心里绝对的惶恐。余华、苏童是我最喜欢的国内作家，他们才是真正的才子。我一直回避底层写作这个话题，因为我说不好，或者说，作为一个写作的人，根本不必要去考虑它，甚至要对热门的东西保持警惕。你说的眼下小说的千人一面，都去写同一个题材，我也感到无聊，我跟你一样也渴望读到有想象力和表现力的小说，让它们带来阅读的快感。

熊：语言就像作家的脸面，是判别一个作家能力的第一手外在资料。那些有天分的写作者，往往信手拈来，行云流水，语言质朴而有弹性，率性自然，全无矫饰。读余华的《十八岁出门远行》、苏童的《拾婴记》，还有您的《骑手的最后一战》等短篇小说，感觉一个出色的作家开了个头，只要愿意，就可以游刃有余地写下去。仿佛一抬脚即可作一次漂亮的旅行。似乎漫无目的，却总是得心应手、左右逢源，成为驾驭文字的神仙，可以逢山开路、遇水搭桥。语言轻而易举地拉开了小说家的距离。即使不读小说，只读小说家的随笔就可以分出高低。我经常读徐则臣的随笔，他语言密集而且思路清晰，反应灵敏而且联想丰富。您的语言，同样天马行空、从容自如。您早年写诗，对现在写小说有帮助吗？

朱：语言对小说的重要性犹如宇宙飞船对太空遨游的重要性一样。经过先锋小说训练和诗歌写作的作家，其语言一般都具有简练、干净和优雅等特点，比如你说的余华、苏童。我的诗歌经历对小说写作很有帮助，语言也好，叙述也好，诗歌意识和诗歌情怀有时候能使自己飞扬起来。小说也需要诗意。我对小说的语言很挑剔，我喜欢直接的文字，至少我不愿意读到太多的废话。汪曾祺老先生说：写小说就是写语言。有时候我读杂志上的小说，读着读着就被语言败坏了胃口，不得不放下，因为实在无法忍受语言的粗劣和废话连篇。对我来说，写作的难度大多来自语言的难度。有时候因找不到准确的表达方式会很沮丧，对一些段落反复修改就是要使那些文字更像小说的语言。你所说的“天马行空、从容自如”其实是表象，叙述过程是一路坎坷的。

熊：我充满好奇，您在政府部门工作，长期当一名写“八股文”的“笔杆子”，棱角早该磨掉了。一面要内敛，一面要放纵，理性与感性之间，现实与浪漫之间，如何长期做一个“两面派”？

朱：参加工作后，我几乎都是在政府办公室工作，工作是养家糊口的必须，我得兢兢业业地干好。因此，你可以以此认为我是体制内写作。写作是业余爱好，是精神生活。写作就是我的精神支柱，它给我带来快乐和满足。那时候还比较年轻，富有激情，工作和创作既不互补，也不相互制约，它们井水不犯河水，和平共处，像我的两条腿。但脚踏两船不容易，到了现在，它们变得矛盾，变得尖锐，我的心力已经无法适应公文写作和政府机关的繁重工作了，只好调离政府机关到文联去做一些单纯的工作，主要精力放在文学创作上吧。人一辈子能做好的事情真不多，那就做自己最喜欢的事情吧。但我的性格形成跟长期在政府机关工作有很大关系，比较内敛、谨慎、理性，但我的性格具有两面性，一回到文学，就充满激情，对感性的表达能发挥得淋漓尽致，十分畅快，这时候我发现，其实自己更适合更热爱感性的文字。

熊：当您在乎一样东西的时候，羽毛会变成石头，越来越重。当您不在乎的时候，石头会变得比羽毛轻。从一名文学青年到政府官员（大小也算个干部吧），是不是半路改嫁？现在又与文学亲密无间，是不是迷途知返？

朱：父亲对我最大的期待是能当上乡长、县长，光宗耀祖，哪怕一辈子只当一个副乡长也好。我是一个孝顺的人，我总不忍心悖逆父亲，在仕途上努力过，但文学的力量一次又一次把我拉回到它的身边，使我对它充满了依恋，我们像谈恋爱一样。去年我调到了文联。在小地方，作出这样的选择会让人费解，有时候我自己也在怀疑。我现在对文学很在乎，竭尽全力地写好每一个文字。

熊：读小说《我的叔叔于力》，感觉您还像个正襟危坐的学生干部，有底蕴，守规矩，前途一片光明，但却是一簇好苗子中的一株。到了近期，读《陪夜的女人》《灵魂课》《回头客》《你为什么害怕乳房》等小说，感觉您像跨出校门的社会青年，羽毛丰满，迅速与那一簇好苗拉开了距离，一条鱼从湖泊游进了大海。尽管明显有先锋的影子，但大量鲜活的、独立的、个人的东西冒了出来。该长毛，该长角，甚至该长粉刺火包的地方都按照既有的定律展露出来。

朱：作家也有一个成长的过程，有些作家从青涩到相对成熟这个过程很长，有些很短，我感觉自己既不短也不长，过程中受到的折磨也不少，看到大海的一刹那我首先感到的是惊慌。有不少的读者朋友说我的小说有先锋小说的气息，我感到惶恐，因为我一直不自信的原因是觉得自己的小说写得太土，你的肯定又鼓舞了我。我对“先锋”满怀敬意，先锋之名不是那么容易消受的，我愿意用一辈子去跟先锋套近乎。

熊：夸您“才子气”不是拍马屁，而是情不自禁。我很奇怪，您长期沉浸在政府部门，却从不写官场，而写花里胡哨的世界。武林高手打斗，常常是即发式的，赤手空拳，随手捡起东西就用，一会儿砖头瓦片，一会儿算盘板凳，一会儿酒坛锅盖。眼下，期刊上大量写实的小说，越写越窄，越写越雷同，彼此抄袭、重复，却沾沾自喜。一窝蜂地“写实”最终会演变为“写死”，写进死胡同。您一直跳在圈外，唤醒了读者对想象力的记忆。没有想象力是可怕、可悲而又可怜的。特别欣赏贯穿在您小说中的荒诞手法，一种稀有的荒诞美。

朱：诗人写作是靠才情的，小说家也应该是。但有才气的小说家写出来的东西未必就有“才子气”，说到底，每个作家有每个作家的气质和气味。你的夸奖对我唯一的作用就是鼓励我往这方向努力。写实小说并非今天流行，但没有比今天更滥更俗。也许一些期刊的导向出了问题，但更主要是我们作者出了问题。前天看了黑泽明的一部电影叫《梦》，它让我对黑泽明的想象力叹为观止，对他的表现力无比震撼。小说的想象力应该能走在电影的前头，但我们几乎读不到想象力惊人的中国小说（说明：不要拿穿越、神怪、悬疑等来说事），让人越来越对中国作家的虚构能力产生怀疑。我从不写官场，因为它离我太近，太熟悉，太没有挑战性。我喜欢写自己不那么熟悉的东西，甚至自己想不到的东西，比如荒诞性，像刚才说到的电影《梦》中所表现的东西，充满了荒诞感，但现实意义很大，它达到了非常高的精神高度，这正是我欣赏和要效仿的地方。

熊：您曾说过："每一个作家都希望在自己的地里种出与别人不一样的东西。"一个优秀的作家应该具备一种洁癖，应该拥有最起码的羞耻感，尽量不与人重复。

朱：我说的是实话，我种过地，我总希望自己田地里的东西跟别人不一样，即使一样，也比别人长得好。构想一篇小说的时候，我得尽可能地先弄明白别人写过类似的故事没有，他们的角度是什么，我不能重复他们，写出来的一定要是自己的故事和视角以及讲述方式。此外，我描述的东西尽量给人新鲜感或陌生感，最好透出一种神秘色彩和独特的气息，在我这里，巫气、邪气、妖气等都不是贬义词。

熊：您还说过："作家说到底不是一种职业，而是一个梦想，经典是梦想中最激动人心的冲锋号。""一个作家最致命的不是缺乏才华，而是缺少野心和意识。"能谈谈您的"经典情结"吗？

朱：作家是一个梦想。不想写出经典的作家不是一个好作家，尤其是在年轻的时候。年轻作家的骨子里有创造经典的冲动和蛮横，作家是活在经典里的，甚至一辈子都为经典而活着。当下，我们读到了太多的肤浅、庸俗和浮躁，我们都以被改编影视为荣，都以版税、发行量作为衡量作品的尺度，作家活在市场和金钱里，一味迎合着潮流，在媚俗的高速公路上撒腿狂奔。我们要对某些东西迎头棒喝，坚定立场，我们这一代作家中，肯定有为经典而写作的人，他们不随波逐流，不争名夺利，默默无言，淡泊名利，目光远大，现在，他们或许还不为人所关注，但他们的清醒、孤傲和坚韧使人充满敬意和期待，他们离经典的距离肯定要比那些名声很大却作品平庸的作家近得多，我希望能成为他们中的一员。

熊：允许我再次引用您的话："文学创作是一场马拉松比赛。"很多才华横溢的作者后来泯然于众人。您如何警醒自己，又怎样避免后劲不足呢？

朱：我生活在一个小城市，一眼望得到尽头，相比大城市来说，工作、生活衣食无愁，自娱自乐，比较悠闲，文学上取得一点小成绩还能得到一些小好处，更没有人催促你、提醒你要写作，我经常警醒自己，不要养尊处优，要养成一种阅读、写作的习惯和自觉，要在前面树立标杆，设置目的地，甚至要有点偏执狂，否则到了一定地步自己就慢慢主动放弃了，而且放弃的时候还能找到许多理由。

熊：您早期写长篇小说，现在似乎更钟情短篇。张炜写了四百多万字的长篇《你在高原》后，说短篇才是作家显示肌肉的地方。我爱读您的小说也是那些小巧别致的短篇。

朱：衡量一部作品的优劣绝不取决于长度，但长篇小说当仁不让地受到了更多的关注，短篇小说面临着尴尬的困境，但这不是短篇小说的问题。我一开始便有宏大的野心，但长篇小说并非我想象中那么容易，当然，短篇小说也未必不比长篇小说困难。我写长篇或短篇都没有考虑过市场等因素，完全是出自兴趣，如果兴趣来了，也许我明天就开始动手写长篇。我觉得短篇小说更能体现一个作家的精确和锐利。短篇小说像作家的外表虽然手无寸铁，怀里却藏着一把利器，别人可以不重视它，但能感受得到寒气逼人。

熊：关于《骑手的最后一战》，您说："我自鸣得意地热爱它，因为它接近了我的短篇小说理想。"能具体谈谈您理想中的短篇小说具备哪些特征吗？

朱：我理想中的短篇小说，一是有意蕴，二是精致，三是要有精神高度或具有理想主义色彩，四是在叙述时要压得住。所谓压得住，就是叙述时不外露，不张扬，不轻浮，表面平静，潜流奔腾。我也做不到，但努力靠近。

熊：有没有写作的快感，或者说在写作中出现亢奋状态？

朱：写作的快感是让作家坐到桌前的动力。但获得快感的过程因人而异，有时十分痛苦和煎熬。我羡慕那些气势如虹、摧枯拉朽的作家，他们的快感是痛快淋漓的。不断克服写作的难度是我获得快感的主要途径，就像一个神偷能不断打开各种固若金汤的锁，每当打开一把锁，都看到一堆意想不到的珍宝一样，无法不亢奋。但太亢奋时我经常打住，使自己保持警惕和冷静，因为怕一亢奋就写偏了，就压不住了。

熊：有没有写作的焦虑，或者说成名的焦虑？

朱：写作的焦虑会常有的，就是在想写而无法找到叙述感觉的时候，或者雄心勃勃地写完一个作品，发现与自己所期待的大相径庭时，都会焦虑、沮丧，有挫败感、虚无感。成名的焦虑远没有写作的焦虑强烈，因为我觉得成名要靠作品，好作品才会带来好名声，我希望别人记住我的作品而不是我的名字。

熊：余华、苏童、莫言、王朔等人列举过《影响他们的十篇短篇小说》。您心中也有这样的目录，能再列一次吗？

朱：说实在的，他们喜欢的小说我也喜欢，也深深影响过我。如果要我硬列十篇的话，可能是：川端康成的《伊豆的舞女》、卡夫卡的《乡村医生》、罗萨的《河的第三条岸》、辛格的《傻瓜金佩尔》、马尔克斯的《漂亮的溺水者》、福克纳的《纪念艾米莉的一朵玫瑰》、雷蒙德·卡佛的《大教堂》、胡安·鲁尔福的《我们分到了土地》、奈保尔的《博加特》、博尔赫斯的《第三者》。显然，这十篇小说远不能表达我的全部热爱。

熊：如果让您编《中国小说选》，在长篇、中篇、短篇里，您分别会选出哪十篇？

朱：这是非常困难的事情。长篇小说中，《许三观卖血记》《白鹿原》《废都》《长恨歌》等是要列进去的，中短篇就更难列举了，因为同水准的优秀作品远不止十篇。我喜欢有宗教情怀和悲悯色彩的小说，如《清水里的刀子》《放生羊》《拾婴记》等。

熊：您曾戏言，与大师相遇比跟美女相爱还使人难忘。如果只与美女相爱一次呢？相爱多了自然贬值——这是笑话。有哪些大师或作品让您难忘？

朱：川端康成、马尔克斯、胡安·鲁尔福、博尔赫斯、卡夫卡、奈保尔等大师的作品永远值得我反复去读，读他们的作品，愉悦、震撼、绝望、亢奋并存。

熊：谈谈您的阅读习惯吧，顺便列举下您的“床头书”。

朱：我的床头书也多是上述大师的作品。有时候也读些同代中国作家、诗人的作品，他们的优秀作品也能让我兴奋。躺着读书是我最优雅、最享受的姿势。

熊：为什么取笔名“朱山坡”？

朱：朱山坡是我家乡村庄的名字，我在那里出生成长。我的名字就叫故乡，去到哪，我就把故乡带到哪。

熊：现在公开发表的评论基本上都是悦耳的话，真正的批评可能私下里讲，或者根本不讲。批评比表扬更难，难的是发现问题，难的是讲出来的勇气。报刊上的评论总是一个套路，不痛不痒的，无论表扬还是批评都没有搔到痒处，差不多一副面孔，读过之后无所收获。您怎么看待评论，特别是针对您作品的评论？

朱：关于批评家别人谈得太多了，我既不善于锦上添花，也不忍心落井下石。关于我的作品的评论我还是看的，我主要是想看他们到底多大程度上弄明白了我在想什么。表扬也好，批评也好，我都统统接收，很少争辩。

熊：谢谢您上面的回答。也要感谢张爽和《天天》。最后一个问题：您怎么看待民刊？对《天天》的印象如何？

朱：我非常喜欢民刊，我也办过诗歌民刊，还经常在民刊发表诗歌。好诗在民间已经成为共识。诗歌民刊比较多，但综合性的民刊还比较少。张爽兄给我看过《天天》，我认为它是一本相当有档次的民刊，我很喜欢它，我相信它的影响会越来越大。张爽对文学的虔诚和执着也让我敬佩，在文学面前他简直就是一个纯朴的孩子。谢谢《天天》，也谢谢万里兄！

2012年3月10日，北京，鲁迅文学院

载《天天》2012年春夏合刊，《河池学院学报》2013年第6期

经典是一种理想

《知觉》记者心懿　朱山坡

《知觉》心懿：《巴黎评论》采访了很多作家，有些是欣然同意，有些却一再推辞。福克纳明言不喜欢记者采访，你呢？而我们这个访谈从约定开始也过去了一年之久。

朱山坡：说实在的，我有点害怕访谈，有时候会说些言不由衷的话，说多了会心虚，好像说得比写得更多。我不喜欢也不善于夸夸其谈。而像你准备了一年那么长时间，你的认真态度给我造成了心理压力。

《知觉》心懿：请不要有任何压力，只是随意聊聊而已，关于文字、小说和我们都关心的话题。希望这次采访都是我们愉快的回忆之一。

朱山坡：访谈的好处是给人带来启迪和快乐。我也趁此机会想一些问题，理顺一下头绪。挺好的。

《知觉》心懿：广西有十二个少数民族，你是其中之一吗？你的小说里常有姓“阙”的人物，这个姓氏有着地方代表性吗？

朱山坡：我是汉族，祖上是从湖南武陵辗转搬迁过来的。在广西东南部长大，小时候跟广东更亲近一些，因为我们那里跟广东接壤，平时讲粤语，跟广东人打交道比较频繁。我的小说里经常出现“米庄”，那是我虚构的“故乡”，大抵上跟我的家乡差不多。米庄的人大多姓阙。阙姓并不代表什么，我只是觉得这个姓特别。我一直为如何给小说人物取一个好名字而费尽心思。

《知觉》心懿：跟舍伍德·安德森的小镇，奈保尔的米格尔街，莫言的东北乡一样，你的米庄是个很重要的地方，人们做着各种行业，憨厚却不失狡黠，民风淳朴却也有风流韵事。人们懵懂地顺着命运交付给他们的道路走下去。你的生活中曾经有过一个米庄吗？对你有怎样的意义？以后还会继续写米庄吗？

朱山坡：米庄是一个虚构的村庄，但它在我的小说里如此真实地存在，它几乎就是我成长的地方，是我的精神原乡，对我十分重要。前期的小说差不多都是以米庄为背景。后来，我发现了它的局限性，尝试跳出来，获得更大的自由。但无论如何，米庄才是我最熟悉、最有感情的地方，我会一直写它。

《知觉》心懿：神秘的出生地总给人灵感，你的小说很大一部分写乡村生活。评论家用“质朴且厚实的作家”“照亮乡村日常生活的隐秘纹理”等来形容你，认可这个标签吗？

朱山坡：似乎只要写农村，就会被贴上这些标签，因为乡土文学确实有共同的特点。我不喜欢任何标签。作家总是想写得别具一格，与众不同，为此我做过不少努力，我希望自己是一个“反标签”作家。

《知觉》心懿：感觉你的小说曾经试图突破过地理位置，比如《我在南京没有朋友》写了几个城市人，但你的写作最终还是落实到你最熟悉的乡村——米庄。米庄是虚构的，也许“朱山坡”就是米庄吧。那么米庄和南京这两个地方对你有不一样的意义吗？

朱山坡：我很早就发现我有“米庄”依赖症，后来努力“逃离”米庄，写了一些我所不熟悉的地方的生活。其中包括南京。我在南京读书，生活了两年，经常骑车穿街过巷，对那里比较熟悉，很有感情，我把南京当成了我的第二故乡。南京对我的意义就是使我真正懂得了城市，有了南京生活作底子，我不再害怕写城市题材的小说。米庄和南京这两个地方，是两个不同记忆和想象的地方，在写作上却有同样重要的意义。

《知觉》心懿：作家总是会去写自己最熟悉的地方。那家乡对你来说是有情感深处的依赖吗？这个依赖分别是写作和生活上的。谈谈可以吗？

朱山坡：童年的记忆能决定一个作家的前途。家乡就是童年记忆，它已经成为我的文学基因，抹不掉，洗不去，忘不了，是我的底色和经验，每当我创作的时候，它都会给我暗示。说到依赖，好像是有一些的。

《知觉》心懿：你的小说多次写到了饥荒年代，如《美差》《捕鳝记》《天色已晚》《爸爸，我们去哪里》，长篇《懦夫传》也写到了饥荒。从年龄上说你对那个年代应该没有记忆。因为种种原因，这一类记录文字公布于众的也不多。是什么样的契机让你写了这类题材？

朱山坡：饥饿是人类尤其是中国人的普遍记忆。我是饿过肚子的。小时候曾经有过粮食欠产的年月，吃不饱，有时候两三个月吃不上肉，对肉的渴望刻骨铭心。20世纪五六十年代，广西经历过大饥荒，出现过人吃人的现象，小时候听大人们绘声绘色地说起那段历史，似乎就发生在昨天一样。只要家里没有足够的余粮，大家就会不安和恐慌，似乎大饥荒马上又要重来。这不是小说的题材吗？有这些给我震撼的素材，我还用得着去写小清新吗？

《知觉》心懿：这段历史你如何知晓？怎么会出现在你的作品中？比如在《懦夫传》中，粮食、吃饭超过了人的任何需要。

朱山坡：活着最重要。活着最重要的前提是有饭吃。几千年来，中国人一直为吃饭困扰着。饿怕了的人对粮食格外敏感。《懦夫传》

中的康姝一辈子最大的理想就是每天都能吃饱饭。小时候，从学校跑回家的路上，一直想今天有没有饭吃？碗里会不会奇迹般地出现肉？广东高州是肥猪肉的集散地，他们把削光了瘦肉的猪肉销往周边农村，那时候“高州猪肉”大大降低了人们吃肉的门槛。即使如此，能吃上一顿肉还是很困难的。1988 年春夏之交，因为庄稼歉收，我家里差点连锅都揭不开。而还有比我家困难得多的人家，他们一年只能吃上三五次肉。走路的时候，能清楚地听到空荡荡的肚子发出的啷当声。关于饥饿，古今中外，都是一样的。更多的关于饥饿的细节是从别人的口里知道的。

《知觉》心懿：我是从看了《爸爸，我们去哪里》这篇小说之后认识你的，当时看了这篇小说，忍不住又看了两遍。这在我的阅读史上是比较少见的。人们费尽波折赶去牢房，主要目的竟然是为了等吃死囚最后一餐剩下的食物，而不是如我想象的是去见临死的亲人最后一面。人性之复杂超出了我的个人经验，因为我本人没有挨过饿，长大之后更为节食减肥而苦恼不已。不得不说你是一位有历史感的作家。以后的人们会感谢你写出了这篇小说。

朱山坡：谢谢你喜欢这篇小说。已经有很多读者和朋友跟我提起过这篇小说。写反右、饥荒、“文革”等苦难题材的小说汗牛充栋，我再去写这类题材，必须有新的发现。我读大学的时候，就听一个老师说过他小时候的亲身经历，爬上食堂高高的窗口往里面看死刑犯吃最后的午餐，那肥得流油的红烧肉让他直流口水，甚至心里想，如能饱食一顿，立马被枪毙也愿意。现在的人很难想象饥饿。但看死刑犯的感觉永远让人震颤，他们临刑前的眼神和表情能让人产生的怜悯和惋惜，哪怕即将被枪毙的人恶贯满盈。我小时候，村里有人不惜步行一百多里的路赶往县城看公判大会，看枪毙犯人，回到村里后，会添油加醋地把那些细节讲述得惊心动魄。那时候，我多么希望他们能带我去一趟县城看这些场景……这些记忆和想象存放在内心深处很久了，有时候它会突然跑到我的面前，怂恿我写到小说里去。

《知觉》心懿：《陪夜的女人》是你的成名作。我反复看了不下五遍。你自己最喜欢的是这篇小说吗？如果说曾经有这样一个人触动了你的灵感，是谁？

朱山坡：我很喜欢这个小说，但不是我最好的。我的祖父弥留之际的情景让我产生了灵感。他差不多就是小说中老人的原型了。

《知觉》心懿：能详细说说祖父吗？

朱山坡：在我的一个创作谈中具体说到祖父的弥留之际。有一天夜里，梦中我突然听到祖父大声呼喊我的乳名，听起来不是普通的呼唤，而是紧急的呼救。我听得出来，那是祖父的声音，仿佛从遥远的地方传来的，深沉、急促又满是哀求。我一骨碌爬起来，甚至忘记了穿鞋，夺门而出。到达祖父住的老房子要爬上高高的、长满杂草和青苔的石阶，要穿过狭窄而瓦砾扎脚的天井和漆黑的、堆放着柴草的侧门。摸着那些被风蚀得不成样子的泥砖，踏着凹凸不平、潮湿得有些冰凉的地板，我走近了祖父。在微弱的星光里我能看到一张漆黑的明清式木床，祖父的头就搁在一个高高的木枕头上，那瘦削而蜡黄的脸孔像一个没有表情的绝望的面具。我点亮了灯火，但不足以驱除心里巨大的恐惧。祖父说他已然死了，除此外不再说什么。我很快离开，但他过一会儿又呼喊我的名字，我以为有什么紧急情况。一夜下来，我得往他屋子里跑五六遍，结果每次什么事也没有。几个夜晚后，我厌倦了，半夜不再爬起来去见他。祖父见不到我，便转而呼喊我父亲、母亲、叔叔、哥哥等亲人的名字，声嘶力竭的。夜深人静，整个村庄都会听得到，人们应该都被吵醒了。整个村庄都怨声载道，但也无可奈何。我的祖母去世得早，以至我从没见过她的容貌。听母亲描述说，她人长得高大，也很勤快……与《陪夜的女人》中所述的不同的是，印象中我从没听祖父提起过祖母，仅仅有一次，他跟我父亲提起过，死后他要和祖母合葬在一起，那还是他身体很棒的时候说的。

《知觉》心懿：《陪夜的女人》讲述了一个临终关怀的故事，却穿上一件粗粝的蓝布衣裳。这个题材角度新颖，在你之前好像没人注意到这个方面？

朱山坡：在我的阅读经验里，没有人写过。

《知觉》心懿：那么这篇小说从一开始就是这个主题吗？写作过程中是不是还有些什么变化？我愿意听听这其中的故事。

朱山坡：这个小说一开始我就想得很周全了，甚至我是先把结尾想好了，觉得结尾太牛X了，有点兴奋，很自信，写的过程就是奔着结尾去的，当然叙述的过程肯定要懂迂回曲折，对每一个细节都精雕细刻，对每一人物都死缠烂打。整个叙述过程没有太多的变化，一切都在掌握之中。在我的小说创作生涯中这种情况是很少的一个例外。

《知觉》心懿：小说里那么多“母亲”的形象来自何处？她们善良、忍隐、吃苦耐劳，也有性格上的不完美。这些代表着你对女性的看法吗？

朱山坡：回头看看，我不仅写过各式各样的“母亲”，也写过各式各样的“父亲”，我无意重复，也无意褒贬，但希望其中有一个形象能成为经典。我家里只有四兄弟，母亲是我家里唯一的女性，小时候我很希望有一个姐姐或妹妹。在我眼里的女人都吃苦耐劳，擅长干活。

《知觉》心懿：如果有选择，你想作为男人还是女人走过人生？

朱山坡：男人好一点。男人有更多的选择。

《知觉》心懿：作为一个女读者，在阅读时会隐隐地感觉到被冒犯。读你的小说时却感觉到对女性的“善意”。能谈谈你生命中重要的女性吗？

朱山坡：我对女人有好感。我觉得女人即使坏也不会坏到哪里去。我身边的女性都是“好人”。我妈妈对我影响比较大，她心地善良，性格耿直，刚正不阿，容易知足，不贪小便宜，做事风风火火，待人热情洋溢，当然脾气也大。我妻子的思想单纯，性格开朗，是一个乐观主义者。而我是一个不善言辞、谨小慎微的悲观主义者，她们常常能给我正能量。

《知觉》心懿：一个时代的到来，是一群人相遇、相携前行。如果说写作是一项孤独的工作，那么意气相投的朋友可能是能与你分享孤独的人。现在有个说法：“70后作家的崛起”，70年代出生的你是潮流的一分子，你会为此骄傲吗？

朱山坡：有时候，写作需要结伴而行。如果世界上只剩下一个作家，那么这个作家估计也坚持不了多久。这也是我们为什么有时候要呼朋喝友的原因。70后作家突然又成为一个热门话题，虽然总觉得跟自己的关系不大，但我还是为70后成为文坛的中坚力量而感到欣慰。

《知觉》心懿：一起写作的朋友，你们是怎样看待各自的写作的？你自认是一位有个人特点的作家吗？

朱山坡：我的朋友大多数写作风格不一样，都做到彼此尊重、欣赏。我认为我是一个个性鲜明的作家。但个性体现在哪里，我自己不好说，阅读我的作品才能体会。

《知觉》心懿：我们的读者中有很多是对写作很有兴趣的年轻人，如果有一位读者问你：要做一位好作家，有什么公式可循吗？一位好的作家需要什么样的艺术环境？你怎么回答？

朱山坡：年轻的时候我会说，要当一个好作家一要有野心，二要敢于冒犯，三要有足够的耐心。而现在我只会说，坚持写下去就成了。

成为一个作家，不需要什么艺术环境，外面没有的，作家的内心里什么都有，能自给自足。那些强调艺术环境的作家不是有天分的作家。

《知觉》心懿：年轻作家出道时，会受到来自前辈的馈赠：他们愿意推荐、评论你的作品，把你带进一个写作的圈子中。你有这方面的经历吗？现在的你，是否会提携一些写得不错的、更年轻的作者？

朱山坡：我有过这样的经历，而且现在还在经历着。前辈的鼓励和帮助很重要。但不是每一个“前辈”都会对你真心鼓励，特别是在小地方，有的会排挤你、打压你，你要清醒、淡定，并善于把负能量变成正能量。我经常赞美比我更年轻的作家，只有赞美，甚少批评。我还常常推荐他们的稿子给编辑。

《知觉》心懿：小说家通常都很迫切地想知道一个诚实而有睿智的读者是如何理解自己的作品的。那么，你愿意这些读者是来自评论家还是普通读者？如果在你的作家朋友中选择，你更愿意谁来给你写篇评论？

朱山坡：批评家的作用很重要。我更在意小说家的评价。有同行说我的小说像小说——写给小说家看的小说。我窃喜。是的，过去我希望得到普通读者的喝彩，越多越好，现在我更期待得到小说家的一声赞美，哪怕只是轻微得不易被察觉地点点头。小说家心里都有明亮的标杆和尺度，因而他们的判断更可靠。说得更直接一点，我在努力接近经典，小说家们对小说的敏感肯定胜于普通读者。况且，普通小说读者越来越少了，大可不必想着征服全世界，有三五个真正懂你、赞你的同行就不算白活。

《知觉》心懿：马尔克斯在 1966 年中期的某天，写完《百年孤独》的当天，他心里空荡荡的，“仿佛我的朋友都死了”。你的长篇结束后，是不是也有这样的感觉？

朱山坡：我没有老马那种孤独感，当我写完长篇时，我感觉我的朋友还都活得好好的，至少比我活得好，说明我写得还不够投入、刻苦。

《知觉》心懿：对你来说，短篇和长篇写作有些什么不同？

朱山坡：短篇小说和长篇小说明明有很大的不同，但我经常用短篇小说的手法去写长篇，像用短跑的节奏和步伐跑马拉松，结果累个半死。说明我还不善于长跑。

《知觉》心懿：短篇小说是凝练的艺术。而在文坛上，长篇才能让你得到各界的承认。在长短篇的取舍上，你是否有这方面的困惑？

朱山坡：我写长篇并非因为这个原因，而是我觉得这个故事必须用长篇来写。写短篇是一种习惯，而写长篇是一种野心。看到别人写出了好长篇，我对自己说，我为什么不呢？

《知觉》心懿：“作者没有对此作任何褒贬，完全留白，交给读者评判。人物不是单一的好人或是坏人，还是充满着七情六欲的，充满人情味。”这句话我忘了是谁说的，但似乎可以作为你的长篇《懦夫传》的写作特点。那么除了虚构之外，虚构的小说和记录文字的区别还有哪些方面？

朱山坡：虚构充满激情和得意，而记录的文字冷冰冰的。不对自己笔下的人物作出明确的评判，这是作家的一种好习惯。有时候小说家不屑于写真实存在尤其是亲身经历的东西，而是得意于无中生有，开辟陌生的自己所不知道的世界。把虚构的东西说得让你信以为真，这是小说家的成就。

《知觉》心懿：国外作家们在地理条件上有优势，往返异国就像我们出了一趟差，他们说着各国语言就像我们学说各地方言，他们经历战争、萧条、动乱、逃亡。而我们的经历平凡无奇，每个人都在为工作、学业、房子、孩子谋算。国内作家在题材方面有着先天的局限性。这个你是怎么克服的？

朱山坡：你说的是中外作家所处环境的差异。我想这不是能否出好作品的根本原因。我不能认同我们所处的环境平淡无奇。我觉得我身边的世界每天都经历着传奇，也有内心的动乱和战争，也有没有缘由的“逃亡”……不同的是，我们有更多的制约。我只能写那些允许表达的东西，这已经够了。

《知觉》心懿：十年前，我发现了一个“秘密”：对写小说而言，想象力和虚构能力比生活经验更重要——这是你的短篇集《灵魂课》后记里的一句话。那么，想象力又源自哪里？经验、观察，还是仅仅就是想象？

朱山坡：想象力源自对生活的观察和想象，源自阅读，源自愤怒和爱。人到中年后，发现生活经验已经足够应付写作了，剩下的就是虚构的能力、想象的能力。牛 X 的故事都靠想象和虚构，生活本身不可能直接告诉我。如果说经验是 1% 的星火，那么它可以点燃 99% 的想象。

《知觉》心懿：想象力是马尔克斯收到的最大赞美。但他说，“实际上我所有的作品中，没有哪个句子是没有现实依据的”。个人有限的经历，小说世界的无限想象空间。你的小说里有自己的个人经历吗？

朱山坡：老马的现实依据就是他的经验。但他笔下的世界远比他经验中的世界辽阔得多。我的小说有不少是记忆中的东西，也就是个人经验。当然有我不愿意或还不知道如何去表达的经历。这是叙述方式和叙述难度的问题。我正在构思一部反映重要记忆的书，我特别想写好这一部书。

《知觉》心懿：有没有你不愿意写出来的个人经历？有没有一本你特别想写却从未动笔的书？

朱山坡：有。有些个人经历还没到作为小说素材的时候。它还在沉淀、发酿的过程中。有些东西也许我永远也不会去碰它。如果我有一部特别想写而没有动笔，是因为我还没有找到叙述的角度和方式。

《知觉》心懿：《懦夫传》以马旦追狗开始，又以马旦追狗结束，他们家的米铺经历了失而复得，得之又失，马旦本人出去了又回来，回来了又出去。人物好像经历了人生的波浪，起伏不定。整篇小说呈现出一种对称的美感。但我猜想，在写作的开始，作品并不是这样的。能不能详细说说写这个长篇的经过？

朱山坡：我一直想写一部关于小人物的战争小说。我尝试过许多种写法，尤其是开头。《懦夫传》是以桂系背景，从一个小人物的命运折射了大时代，从侧面反映了李宗仁和桂系的成长、兴衰。马旦是上津镇米铺老板马剃头的独子，天生性格懦弱、胆怯，忠厚，逆来顺受，是远近有名的懦夫。他要改变自己的懦夫性格和形象，不断地练胆量，被镇上最凶恶的洪冲讹上了，结果，把祖业三间米铺都赔了进去，并娶了有嗜吃病的康妹，康妹是他的"胆"，是他的命，他一生所有的努力就是让康妹吃饱饭。从此一家人整天为找饭吃而疲于奔命。马旦在镇上吃遍了苦头，受尽了歧视，饱受欺凌，走投无路的马旦因为李宗仁的到来改变了命运，他投军了，成为李宗仁的理发师。在经历无数次"练胆"之后，他成了一名"勇士"，在军阀混战、抗日战争中战功显赫，因厌恶了战争，向共军的一名"懦夫"投降，回到上津，与康妹相依为命。新中国成立后，在政治运动中，康妹终于被饿死，马旦重新成为一介懦夫，被一条狗活活吓死。写一个懦夫的生存哲学，写普通老百姓的生存困境，写战争之恶和人性之善……这个小说打磨了两年多，你看得出来，我是雄心勃勃地要在中国文学史上树立一个经典的懦夫形象。

《知觉》心懿：希望马旦不负众望……担当起这个名声。

朱山坡：这有点像望子成龙。

《知觉》心懿：《懦夫传》写大时代的小人物，现在看来，马旦的一生过得比较艰难。但读起来并不会觉得停滞不前，相反一些段落的语气比较轻松。画面感很是强烈。个人感觉这是一篇可以改编为影视作品的小说。如果有改编，哪些方面应该再加强一些？

朱山坡：这个小说已经有人跟我谈影视改编的问题。如果要改编，在战争的细节方面还要具体真实一些，故事的冲突还要进一步加强，增强矛盾冲突。但这方面是编剧干的活。

《知觉》心懿：现在来聊一些轻松的话题，平时写作时有什么习惯吗？

朱山坡：过去在政府办公室上班的时候，我是上班时间偷着写，与公文写作轮流交替着写，抓时间，抓空当。现在时间宽裕很多了，条件好很多了。我写作不挑剔环境，即使旁边有一帮人聊天也影响不了我的写作。但心情很重要。如果情绪不对头，一个字也写不下去。写到激动处，我会站起来在房子里乱走，一个人张牙舞爪，像神经病发作。

《知觉》心懿：你的作品中会有一些幽默的成分，有的画面感相当滑稽。生活中你是个幽默的人吗？

朱山坡：表面上看我是一个深沉、木讷、不苟言笑的人，但熟悉我的人都知道，我很有幽默感。我骨子里是一个幽默的人。只是我笑了你看不见，因为我心里都笑翻了，还可以装出一本正经的样子。

《知觉》心懿：上次采访另一位作家，他也说自己表面上是一个木讷的人。难道说，木讷是作家们给人的第一感觉？

朱山坡：作家经常会走神。他盯着你看的时候，注意力并非在你身上，实际上脑子里想着其他问题。作家容易沉溺于自己虚构的世界里，会给人木讷的感觉。有人安慰我说，但凡口若悬河的人都当不了作家，至少不是好作家。

《知觉》心懿：有没有哪篇作品争议特别大？你个人很喜欢，读者或评论界反应冷淡？自己的作品中最喜欢的人物是谁？

朱山坡：我有一个中篇小说《喂饱两匹马》，有争议。我很喜欢。写两兄弟娶一个女人，故事很温馨，很温暖，但反响不大。我最喜欢我的短篇小说《回头客》里的那个主人公，是重返村子里报恩的一个逃亡知识分子,很有情怀。还有短篇小说《捕鳝记》《骑手的最后一战》，充满了诗意和寓意，非常接近我的小说理想，但知道的人不多。

《知觉》心懿：凯鲁亚克曾经花费500美金将他《流浪汉》的稿子完全复原，他的编辑都得到指令，他的文字一定要原封不动。如果一位编辑对你的初稿提出修改意见，你会参考并实施吗？

朱山坡：我不是特别自信的人，总认为编辑是对的。对编辑提出的修改意见我都很重视，尽量按他们的意思修改。但愿我遇到的编辑都是对的。

《知觉》心懿：有位写作的朋友说，最大的愿望就是在五十年甚至一百年之后，还有人在阅读他的作品。你的文学野心是什么？

朱山坡：我的野心跟你这个朋友的愿望差不多。我希望我能写出一篇被认为经典的作品，一篇就足够了。经典就是在五十年甚至一百年之后，还有人愿意阅读，原因不是因为它有什么奇特，而是因为它的经典性。

《知觉》心懿：有评论家认为你的语言有些“翻译味儿”，是有意为之？你的另一长篇《我的精神，病了》越发有翻译小说的味道，并且有着大量的叙述。这是你写作中的一次尝试吗？

朱山坡：每个作家都追求自己的语言特点。我不希望用太熟悉、太日常的语言写作。语言陌生化是我的追求。我不关心自己的语言是否有翻译体的味道。语言最重要的是准确而不是腔调。另外一个问题，什么样的语言才是中国化的语言？中国那么大，南腔北调，各有表达方式，我们能认为课本上的语言就是唯一标准？我不认为现代汉语已经很成熟，尤其是文学的表达语言更是处于初级阶段，远没有达到准确性、丰富性的要求。而西式语言表达方式能给人陌生感，能拓展我们的思维方式和表达方式。

《知觉》心懿：说说你的上网经历。我发现你并没有多少时间在网络上停留。但现在网络无处不在。包括各大文学杂志也都有了自己的微博、微信平台，还有淘宝网店。网络时代对阅读和写作有着什么样的影响？这个时代小说的前途是怎样的？

朱山坡：网络时代对文学的影响是深刻的，巨大的。我已经感受到了，我不是一个固执的人，我打算尽量去适应这个变化。在这个时代，小说前途未卜，但不会好到哪里去，也不会差到哪里去。

《知觉》心懿：这期杂志主题“致敬”——向文学、经典、大师致敬。关于这些，想请你多说一些。

朱山坡：这也正是我的主题。我的文学理想是写出经典作品。这是我向文学、经典、大师致敬的方式。作家的骨子里有创造经典的冲动和蛮横，尽管他们不说出口。作家说到底不是一种职业，而是一个梦想，经典是梦想中最激动人心的冲锋号。作家是活在经典里的，甚至一辈子都为经典而活着。经典给了他们去创造经典的力量。我们这一代作家似乎不愿意谈论经典，好像经典离我们很远。经典意识逐渐淡薄已经成为一个危险信号。当下，我们读到了太多的肤浅、庸俗和浮躁，我们都以被改编影视为荣，都以版税、发行量作为衡量作品的尺度，作家活在市场和金钱里，因此，我们在杂志上、书架上、网络上读到太多千篇一律、千人一面的小说，这些没有特点、没有重量、没有写作难度的作品被粗劣地复制着。一些才华出众的作家为了经济利益在生产流水线上不断重复自己，像影视明星一样在过气之前拼命捞一把。文学被抛弃，不必埋怨时代和读者，根本的原因是作家本身。不幸的是，我们处于一个缺乏批判的时代，我们需要警醒的时候没有谁愿意站出来给我们当头棒喝。我们是被评论家轻饶和宠坏了的一代，丢失了作为作家的骨子里的一些东西。诸如理想。经典就是一种理想。我们能不能安静而庄严地谈论经典？我们能不能大声而无所顾忌地说出“我要写出属于我的经典”？

《知觉》心懿：希望很久很久之后，你的小说仍在世间流传。谢谢你抽时间接受我们的采访，祝你写作丰收，平安快乐！

2015 年 1 月

成为一个有情怀的作家

唐诗人　朱山坡

唐诗人（以下简称唐）：朱山坡老师您好，很高兴能够和您实现对话。作为70后作家访谈的栏目，首先需要问您的还是关于70后这个称呼的问题，即您对70后这个被广泛使用却不乏质疑之声的概念是如何理解的？您愿意因为出生年份而被天然地划入70后群体吗？

朱山坡（以下简称朱）：70后作家近来又重新被热切关注，我觉得这不是坏事。但也不要过高估计关注本身对70后带来的作用。大家都说70后作家是"夹缝"的一代，是"两头不到岸"的一代。70后命中注定就是这样，不需要刻意改变。按照出生年月，我也属于这个群体，也具有这个群体的典型特征。属于这个群体并不觉得丢人。

唐：当然，这不是丢不丢人的问题，而是能不能用70后来概括的问题。比如，我一直就有一个概括，就是70后作家的小说中"智性"因素特别明显，包括徐则臣、路内、冯唐、阿乙等，我读您的作品，也感觉到呼之欲出的"智性"因素，就是在创作中不管是技巧还是故事思想，都有很清晰的"智气"，思想性很强，您对此有什么解释吗？

朱：我们这一拨作家，到了这个年龄，野心和经验已经具备，不会再甘心肤浅而无聊地写作，懂得"经营"自己的小说世界了，自觉地挑战创作难度。知道小说需要智慧，需要另辟蹊径，需要“识别度”，需要“智气”和“才华”。给小说注入思想性，说明我们开始懂得思考了，敢于发出自己的声音了。

唐：是，大部分70后作家确实表现出了这种成熟的锐气。但对于思想和故事，也总有人要去辨认，认为讲述一个好看的故事比特意去呈现某种思想更重要，而有些人则认为，离开思想，小说故事就没有任何意义了。我读您的小说，似乎有更强烈的思想，对此，您持怎样的意见呢?

朱：我不知道别人怎么想的，反正我认为思想决定小说的高度，没有思想的故事是苍白的，肤浅的，是没有深度的。我一直在努力让自己的小说有更深刻的思想，有更强烈的震撼力，能在读者心里掀风鼓浪，读后心情不能轻易平静。我不写“心灵鸡汤”。我相信,《陪夜的女人》《灵魂课》《爸爸，我们去哪里》《捕鳝记》《鸟失踪》《一个冒雪锯木的早晨》等短篇小说基本都做到了这一点。

唐：是的，这个时代不缺故事，缺的是思想。90年代，思想淡出，学术兴起后，谈思想总容易受人白眼。但在文学创作中，没有思想的作品，其价值非常可疑。

除开70后作为时间性的问题之后，还有一个空间性的问题，即您的广西籍身份，我看很多介绍和评论都将您和广西文学势力联系起来，而您的作品中也离不开“米庄”这样的故乡性质的地域。还有，我也看到您取的笔名“朱山坡”也是个地名。这些现象让我想起文学批评话语中的“写作根据地”，它很形象地传达了作家需要有一块熟悉的地理空间来支撑起一个扎实的文学（尤其是小说）空间。我不知道您是不是有意识地去塑造了自己的写作根据地?

朱：在很多朋友看来，广西有神秘感和独特的气息。用小说家弋舟的话说：广西像是中国的拉美洲。可能只是一种想象吧。广西是一个地理风貌和人文环境都很特别的地方。它是少数民族地区，沿边沿海，与广东、东南亚等有天然的紧密联系，有独特的气息，蕴藏着巨大的信息量。这是广西作家的“空间”。每一个作家都有他的精神故乡，对那里熟悉，有感情，有记忆，有痛感，他每次下笔都自然而然地想到那里，即使他的思绪已经到达浩瀚的宇宙，但最终还会回到那里。这就是他的“写作的根据地”。兵家都知道没有根据地将会成为“流寇”“游兵散勇”，作家也知道这个道理。因此，我有了一个“米庄”。有一段时间，我的小说几乎都是以“米庄”为背景，写那里的人和事，虚构的和非虚构的都写。后来发现，老是写一个地方，容易把“米庄”变了一个筐，什么东西都往里装。而有些东西，“米庄”是装不下的。比如说，我需要写到宽阔的河流、湖泊、大海、草原，需要写到雪，需要写到城市，“根据地”不是万能的。我不能被“根据地”束缚，我把疆域拓宽到世界上的任何一个地方，我认为那是对“米庄”的超越和致敬。当然，我还会回到“米庄”，但将是不一样的“米庄”。开辟和经营自己的写作根据地，并不是刻意地为了给自己贴上标签，而是出于叙述的需要，一切都是为了小说本身服务。

唐：我也关注到您小说中的“米庄”，但我发现，您对“米庄”这个根据地的情感其实也是很复杂的，而且在您多年的写作史中实现了对这个根据地的“回归与超越”。这好像也是现在很多小说的特征，对故乡既有一种爱，却又充满了批判。是一种矛盾的情感，像莫言《红高粱》开头部分，就说“高密东北乡无疑是地球上最美丽最丑陋、最超脱最世俗、最圣洁最龌龊、最英雄好汉最王八蛋、最能喝酒最能爱的地方。”据此，您能谈一谈“米庄”或者实际的故乡吗？

朱：米庄就是以我的故乡为原型。它没有像高密东北乡那样具有那么多的“最”。它很正常，很普通，没有极端，承载的东西其他村庄也会有。我只是对它熟悉，有感觉，它给我留下了太多的记忆。它让我懂得正常的乡村伦理和道德规范。每个人都对家乡感情真挚，家乡每一天都在变化，但既不是变得更好，也不是变得更坏。虽然我对家乡有很多的不满意，但我不愿意刻意批判它、矮化它，我更愿意呈现它的美好和善意。

唐：我想，呈现故乡的美好与善意，这也是很多作家书写故乡的愿望，但就我个人的理念来说，还是希望读到完整性，故乡给予作家的情感，它应该是五味杂陈的，书写故乡，也应该复杂化、完整化，不刻意美化，也不刻意污化，这样才会与大多数的怀乡式书写区别开来。

另外一个问题是，您最早也是以写诗歌为主，是什么触动您写诗的？又是为什么要转为写小说呢？在这两个体裁里，您有更喜欢的吗？或者说，哪一种更让您感觉畅快？

朱：我喜欢虚构。我的诗歌具有很强的叙事性和虚构性，把诗歌写得像小说。我觉得自己的虚构才能超过抒情，而诗歌远远不能满足我的虚构欲望和雄心，自然便转到小说上来了。写诗比写小说更畅快淋漓，但也仅仅是畅快淋漓而已，文学远不止于此，甚至文学并不需要那么畅快淋漓。

唐：文学并不需要那么畅快淋漓，我想，这可能是您的创作感受，而非读者的阅读感受。因为，很多作家从诗人转为小说家后，他们的作品不好读，读起来很压抑。比如“他们派”诗人朱文、韩东等，他们当年写诗很有特色，风格突出，后来转向小说创作，也开辟了90年代的新潮小说，风格也很不一般，而且能够看到他们作为诗人气息的小说特色，比如当年诗人伊沙曾经有评论说他们能够实现“表象的深入”，但也指出他们当时的小说还显得“琐碎、黏滞、小气，欠缺小说不可回避的阅读魅力”。我读您的小说呢，尤其是中短篇小说，也有诗歌气质，实现了深入表象后的故事性挖掘，但您的小说并不琐碎、黏滞，也不会显得小气，我觉得很大程度是您选择的故事性质有较大的关系，它们或者带了神秘感、陌生感，反正就是比较非常态的故事，因此您的小说就避免了缺乏阅读魅力的效果。我想问的是，诗歌因素在您的小说中有怎样的影响？

朱：我很看重小说的“故事”和“故事”的可读性。我自认笨拙，玩技巧、玩结构，玩理念，我都没有胜算。老老实实把故事讲好，把小说写出独特的气质，写出应该有的意蕴，那是努力的方向。我不屑于写不痛不痒的故事，或把故事写得不痛不痒。我在逃避庸常、熟悉和似曾相识，避免跟风。当许多人都急于往前冲的时候，我越来越热衷于“往回走”，写不曾经历也不熟悉的故事，以此考验我的虚构才华，比如，反右、镇反、饥荒、“文革”、越战……我认为自己走在一条宏大叙事的路上。小说需要意蕴，要有气质，要有诗意。我仰慕有诗意的小说，而好小说往往具备诗歌的气质。诗歌训练对我的小说语言和叙述方式都有很大的影响，至少让我自觉摒弃粗鄙、庸俗、啰唆的语言，也让我愿意在营造小说意境和氛围上花掉更多的心思。

唐：对，有诗歌创作经历的作家，他们塑造的故事有着别致的故事情境和思想氛围，比如您最近的长篇《懦夫传》。我一口气看下来，很有阅读的魅力，小说不但结构精致，而且气氛紧张，情感浓烈。这是很重要的特质。而对于阅读问题，我有一段时间相信现在的文学作品很难让读者一口气读完，读完后还能够让人收获非同一般的感受的小说很少。故事本身要有意思，但思想深度也不欠缺，您认为追求这个特征会是好小说吗？

朱：是这样。开始写的时候，我告诫自己，长篇小说一定要写得好读，让读者愿意往下翻。好读并不仅是故事好看、情节曲折、人物形象生动，好读还包括了思想性和叙述的魅力等。我自己觉得《懦夫传》还算好读，有趣，有韵味，还有一两个好玩的人物，这就差不多了。专门为懦夫立传，在中国文学史上没有，你看得出我是有雄心的。我塑造懦夫马旦和嗜吃鬼康姝这两个形象，还算比较鲜活，有特点，接地气。以小人物折射大时代，这是宏大叙事的一种。我不希望这些小人物有太多的传奇色彩，他们就只是普通老百姓，不能往他们身上赋予太多的东西，那些东西不属于他们。这个长篇小说篇幅比较短，我是用短篇的语言写长篇。我没有把人物和故事写得很满，留白很多，叙述节奏很快，让读者听得到小说里时间流逝的声音。这个小说刚卖了影视改编权，或许有一天它会变成影视与大家见面。

唐：太好了，我很期待看到这部影视。其实，我在读的时候，就想着，这小说画面感特别强，结构上也适合电影改编，好导演肯定能把它拍成优秀电影。这里，我想继续问小说创作的问题，就是另外一种小说观念，即小说需要有很多闲笔、杂碎的、日常的内容，比如贾平凹的、略萨的小说，很多冗杂的东西，还有《海上花列传》《繁花》等，几乎都是日常生活，看似唠叨，其实有着密实的内容，精神也就从这些细碎的东西里出来。这与您的小说风格好像很不同，您对这种小说创作是怎样理解的呢？

朱：你说的是另一种小说风格吧。东拉西扯，斜枝旁出，娓娓道来，闲庭信步间让人感受到才气逼人，这也需要莫大的功力。我不属于这类个性的作家，也不具备这种才情。

唐：确实，那种小说不但对作家的要求很高，对读者的要求也很高，多数读者是没有那个阅读耐心的。我也发现，您走的不是那条小说路。比如，您的《懦夫传》就不主要在琐碎知识层面上进攻，而是在故事本身和思想见识层面上挖掘，您塑造的懦夫形象很生动也很逼真。但是，我总是觉得有些概念先行的可能，或者说您的故事很完整，人物生命过程等结构都很清晰，很容易造成一种概念先行的理解。当然，您把一种性格挖掘得很透彻，对其理解也非常有思想深度，这是很难得的。您对此是如何看待呢？

朱：你说概念先行，有这种嫌疑，但我不完全同意。小说都有主题、故事和人物形象，这些东西作家在写作之前就基本上设计好了，叙述的过程就是完成目标的过程。没有设计就没有小说。

唐：当然，概念先行并不是错，像卡夫卡这些现代主义代表人物的作品，性格都是一致的，几乎没有变化，他们用一种性格去面对社会，于是呈现荒谬。这也是一种叙事特征，并不能说是错误。《懦夫传》可能就是在这方面非常值得肯定。

朱：一枝玫瑰出现在你的面前不能让你震撼，但当你推开门，看到一屋子玫瑰你肯定会发出惊叫。对叙事而言，这是一种特征，也是一种策略。

唐：这个比喻很好，很形象，我会记住它。另外一个问题，我看到您有创作谈，《如何让小说变得简单》，里面谈到您受川端康成、余华等人的影响，特别突出了余华对您小说观念的影响。能谈谈这种影响的表现吗？

朱：我在多篇创作谈都说到早期受到余华的影响。并非是因为他写残酷。有很多作家写残酷，有比余华写得更残酷、更变态的。我喜欢余华主要是他的叙述让我着迷，他的理念影响了我。他简单但有力量，直接也不乏迂回，应该猛攻的地方决不节省弹药，应该放弃的东西决不拖泥带水。他的语言、人物对话、情景设计都有独到之处。但现在重读余华，已经没有当年的兴奋了，甚至并不是那么喜欢，原因不明。

唐：您的创作谈中写了您受余华影响很深，对于中国当代作家，除开余华之外，还有谁的作品对您影响很大吗？

朱：苏童是另一个。他和余华的叙述风格不同，余华的叙述简练有力，苏童写得从容优雅，我从他们身上学会了一些叙述上的东西。此外。格非、北村等的小说我也喜欢。

唐：好像都是当年的先锋作家，可想而知，先锋也是您的喜爱，是您小说的显耀特征。我对当代文学的热爱，其实来自这几位先锋作家。另外，您那篇创作论重点谈了要把小说写简单，这里面其实有一个艺术创作论上的传统，比如阿恩海姆的“简化性”概念，还有我们传统的文论画论中有“含蓄”一说，比如郑板桥就说他最开始画竹子时不敢下笔，画不了多少，能少而不能多，后来可以画一些了，就画得太多而少不下来，到最后抵达一种境界就是能少能多，他说“近六十外，始知减枝减叶之法”。您对此是怎么理解的，结合您的创作论，是不是能够以此来描绘您的创作史和创作目标呢？

朱：把小说写复杂是很多作家做得到的，多条线索，结构繁复，故事盘根错节，把多种文体融进小说……这些技术，掌握起来并不难。小说发展到今天，拼技术已经没有太多意思。把小说写得“简单”却需要功力，懂得哪些东西是多余的并把它删去，从“简单”中看出“复杂”。只有急于证明自己的学徒才会把简单的东西变得复杂，而高明的大师千方百计地把复杂的东西变得简单。简单，不是逃避难度，相反，是对难度的超越。

唐：对，这是不同的境界问题。另外我想谈谈对您的评论问题。到目前为止，我看到关于您的评论中，底层、乡村、苦难、城市等成为了论述您小说的关键词，这几个关键词里面其实涵括了非常多的内容，比如乡村到城市现代化进程中的矛盾性内容，底层和苦难之间的辩证性关系。我感觉，您对这些东西感受很深，这与您的经历有关系吗?

朱：近年来，评论家喜欢用底层、乡村、苦难等这些词概括我们这一代作家的作品。我觉得他们概括得没有错，但掩盖了个性。不幸的是，我的小说也可以用这些词概而括之。我对苦难很敏感，经常怅然若失。这跟我的经历没有太多的关系。虽然我出身于农村，小时候生活也困苦，但基本上是顺风顺水的，我写的苦难都是别人的苦难，但痛在我的心里。我并不认为底层跟苦难可以画等号。最近我去少数民族地区的乡村调研，看到他们物质上虽然并不富裕，但一家人、一村子人过得其乐融融，不时传来欢声笑语。而中国建设银行行长跟总理诉苦说，银行也是弱势群体。高高在上的前官员一旦锒铛入狱，从此也变成了底层。很多人都觉得自己身处苦难当中，不快乐，不自在，不得志。矫情成了一个时代的特征，作家对此要保持清醒和警惕。

唐：矫情很可怕，我们这个时代，很多文学都是矫情的，为此没有多少生命力，读起来总是感觉浮泛、空洞。但您有这种警惕意识，避免了这些问题。就比如短篇《灵魂课》，它非常精巧，用“灵魂”字眼不但对城市高楼大厦湮没灵魂的现实进行了文明批判，而且还很清晰地书写了城市文明对乡村青年的魅惑力，即使是底层也无法阻挡这种诱惑，因此苦难在这个故事中就不是简单的生活的苦难，更是灵魂的苦难。这个故事我觉得非常精巧，而且奇妙，把虚渺的灵魂写实了。由此也可以看出您对灵魂问题特别关注，而且有所研究，因此我想问您对于“灵魂”这一被很多文学领域之外的人不屑一顾的问题有多少写作心得？您在写作中是怎么思考如何把灵魂落实这一类问题的。

朱：我相信万物有灵，人也一样。孤独、绝望、恐惧和死亡是文学永恒探究不尽的主题，当然包括了灵魂。很多文学大师对灵魂主题有过深刻的揭示。灵魂是否存在，如何存在，灵魂能否安息等在西方轻易得解的问题，在我们这里总是难以找到让人信服的理由。我试图去弄懂普通人对灵魂的理解，但这从来就不是一个轻松的事情。于是我只能首先寻找角度，然后寻找故事和细节。对于灵魂，我如何思考并不重要，重要的是他们是怎么思考的。《灵魂课》对灵魂的思考是不是深刻也不重要，重要的是他们懂得思考了，懂得追问了。这一“课”，不是我给他们上的，是他们给我上的。

唐：您的回答很妙，确实，灵魂问题，是要激起思考，在不断地追问中，我们才能确认它的可贵和重要。另外，继续探究“城市”问题，这个话题最近也非常热，就是所谓城市文学的势头要取代乡土文学的传统了，当然，这个说法很早就有，并不新鲜。但纵观现在的文学，尤其是年轻一辈的文学作品，城市确实成为了文学故事的策源地，不管是回顾乡村的作品，还是只书写城市的文本，城市成为了巨大的文学背景，不管是故事上还是思想意识上，都变得不可忽略了。您对此是什么态度呢？您会特意去写城市吗？《我的精神，病了》有没有受这种形势的影响？

朱：年前，我动员儿子回老家过年，他不愿意。我苦口婆心地说，“那是我们的故乡……”儿子马上打断了我的话，说“那是你的故乡好不好”。我暗吃一惊，事实上，儿子并不在那里出生、成长，那里确实只是我的故乡而已，跟他关系并不是很大。我明白了一个道理，从此以后，乡土情结甚至是没有故乡观念将不复存在于许多年轻人心里。乡土文学终将式微，文学的背景转移到城市是必然的事情。我意识到要适应这种变化，于是我开始写城市小说，《我的精神，病了》是一种尝试。

唐：这种尝试很成功。这部小说寓言性很强，用一种“精神病”的视角去观看城市自身的“精神病”。实话说，看完您这篇小说第二天，我的脑袋也嗡嗡响了很久，我还在想我是不是也病了，好在我出去散散步就好了。所以这部小说也令人振奋，我想请问您，写这部小说就是为了对城市进行批判吗？还可不可以有别的张力可寻呢？比如对精神病问题本身的思考？

朱：在长篇小说《我的精神，病了》中，有着远大抱负和美好愿望的农村“知识分子”马强壮在广州拼搏多年而未能出人头地，决定假冒高级厨师混进五星级大酒店谋一份差事，结果被识破，理想再次破灭，狼狈不堪，还被见风使舵的保安王手足无意中打了一记耳光，从此马强壮精神恍惚，陷入万劫不复的精神困境和生存困境。小说着力点主要放在写马强壮在精神困境挣扎中的自我救赎，触摸到了那些脆弱而模糊的生命的边界和精神的底线，呈现他们内心的狂躁和暴乱，折射了深刻的社会和精神问题，真正关注的是人的内心，是一部纷繁芜杂时代的精神荒诞史。我们这个时代，谁都不敢说自己的精神没有病，包括我自己。有不少人的精神已经处于崩溃的边缘，就差一记耳光了。在急剧变化和压力山大的时代，书写一个人的精神史要比关注他的表面更有意义。其实，一个人的精神史，往往也是一个时代的精神史。

唐：对，这一记耳光不知道能把多少油光满面的城里人打趴。文学就是要书写时代的精神史。不管写什么题材，都需要有在精神史上留名的野心。我个人相信，要在精神史留名，除需要贴近现实之外，还需要有着清醒的写作伦理，其伦理立场需要清晰。故事不一定要塑造出人格化的形象，不一定要书写出合乎道德伦理的故事。但作家必须用技巧去呈现出一些特殊的伦理真实，同时也实现作家难得的伦理判断。比如在《陪夜的女人》中，这里面的伦理处境并非刻意制造的，而是由各种人物关系聚拢出来的，而"女人"的人格以及众多邻里的人格，都不见得多么伟大，但却在复杂性中让我们领悟到了苦难中的人性温暖，感受到了普通百姓那种卑琐人性中依然尚存的光芒一面。这种写作是难得的，我希望看到您更多的、更好的作品。所以，想问您对之后的写作有没有一些明确的期待？

朱：孤独、饥饿、绝望、恐惧和死亡是我思考的主方向，也是小说的主题，同时，我也对快乐、爱情、美好和甜蜜趋之若鹜。我希望自己成为一个有情怀的作家。因此，希望自己不仅能写出人世的苍凉和人性的复杂，还能写出悲悯、宽恕和温暖的力量。

唐：既能阐述绝望和丑恶，又能在丑恶的书写中灌注悲悯、宽恕和温暖的力量，这几乎是所有杰出小说的共性。我很欣赏这样的写作旨向，也希望看到您的作品能够添入杰出小说的行列。感谢您的参与，也希望有更多的探讨机会，谢谢！

2015 年 3 月 12 日

载《创作与评论》2015 年 11 月号下

我遵循有传承、有来路的写作

张 鸿 朱山坡

张鸿：在一篇创作谈中你说“对已经掌握了一定叙述技巧和有文学底蕴的作家来说，短篇小说是可以写得完美无缺、无懈可击的，可以创造经典作品。”你如何理解小说经典化？

朱山坡：小说经典化仿佛不是作家能干的事情。作家只能向着经典的方向去努力。写出经典作品是每一个作家梦寐以求的理想。朝着经典写，是一个自我训练和超越的过程，是艰难的历险和跋涉。我遵循有传承、有来路的写作，我不相信横空出世。经典是有脉络的，像一座座山峰绵延在高原之上。当代作家也许已经写出了经典作品，尤其是短篇小说，需要被发现，需要时间来证明，更需要评论家和读者来指证，依靠媒介和影视等来传播。但仅仅是“发现”就是一个巨大的问题。现在的人那么贪新厌旧，仿佛好东西永远都在后面，很少有人回头梳理多年前的作品，尤其是那些名气不大的作家的优秀作品。我们不能把什么都交给时间，时间并非天然公正和客观，时间只会湮没一切，必须有人站在岸边打捞、辨别、指认，有人对好的东西一直不厌其烦地唠叨。

张鸿：“乡村”作为一个创作母题，在中国现当代文学中始终占据举足轻重的地位。沈从文的湘西、莫言的高密东北乡、格非的赵儒里村、苏童的香椿树街，都是立足于乡村背景。当下，中国加剧了乡镇城市化的进程，城市小说渐渐抬头，大有跻身主流的势头。在写乡村还是写城市这个问题上，您怎么选择？

朱山坡：中国作家大多数是从写乡村开始的，是一种地理现象，也是一种生理现象。我写“米庄”多年，为自己虚构了这么一个地理概念和文学村庄暗暗高兴。“米庄”是个框，什么东西都往里装。后来发现，老是写一个地方，似乎被它框住了，自己有些厌烦，怕自己走不出去了，便开始跳出“米庄”，往世界上去写。其实，一个作家心有多大，世界就有多大，是不会被框住的。近年我开始主要写城镇。大城市我还把握得了，从城镇开始吧，也蛮有趣的，几乎是陌生的场景，小时候没有经历过，靠想象，还得事先绘制地图，标明每条街道、小巷，每幢建筑物以及每间店铺。去年我写了一部长篇小说《风暴预警期》，写蛋镇，就痛痛快快地写了一个城镇的生活场景。也许下一步我会写县城、省城，攻克更大的地方。城市比乡村更广阔，更繁杂，矛盾更集中，更适合文学生长。乡村日益衰败，或乡村城镇化，完全颠覆了童年记忆和对乡村的想象。虽然说不出再见，但事实上乡村与我们已经渐行渐远，城市小说成为文坛主流是必然趋势。

张鸿：你生活在我的邻省广西，广东、广西虽然从地域、气候、风土、人文方面都有着诸多的相似，但从你笔下的高州（广东）和米庄（广西）来看，我却读出了寄寓其间的一种情绪化的东西，似乎你对社会变迁中的乡村满怀悲悯？

朱山坡：其实两广的差别还蛮大的，尤其是经济、社会发展水平和变迁程度。我家与广东相邻，语言、习俗、观念都差不多，交往十分密切，我们那里的人去广东的高州城比去自己的县城更多，对广东有天然的亲近感。但我老是感觉到我们处于被动的地位，广东人一直在牵着我们跑。我们一直是跟随、适应、融入，努力改变自己，把自己变得像广东人一样。这样也没有什么不好。只是有时候我们要受气，要被坑，要被漠视。比如说几年前一个广东人来到我村承包数百亩地种香蕉，雇了我村里几个人干了一年多，说好了支付的工资到头来一分未给，地租也没支付，老板音讯全无，一地残老香蕉树还得村里人自己清理。我的一些小说里就写到类似这种现象。广东人让我们学会了很多，好的，坏的，都学会了。我也曾经是众多“学徒”中的一个，小时候跟广东贩子短兵相接，斗智斗勇。乡亲们憨厚中带着狡黠，善良中偶露狰狞。但无论如何，乡村都无法逃脱被掏空、被剥夺、被扭曲、被强行改变的命运。因为身在其中，所以有抗拒，有无奈，有哀叹，有悲悯的书写。

张鸿：在这本《十三个父亲》中，你塑造了十三个不同的父亲形象，“父亲”于你而言是一种什么样的存在？连续书写同一个人物，这是你挑战自我写作极限的方式？

朱山坡：我真实的父亲出身贫寒，备受蔑视，一生毫无传奇性，兢兢业业，却总是时运不济，就一个称职的父亲。身上有许多优点，有很多值得称颂的地方，但我很少去写。我也无意将真实的父亲或其他亲人变成小说中的角色。因为我害怕他们看到，对号入座。我不能用文学损害亲人的形象和感情，即使是无意的也不成。因而，我小说中的父亲是虚构的。父亲既是一个概念，也是一群鲜活的具象。猥琐的、颓废的、窘迫的、粗暴的、伟岸的、深沉的、慈爱的、坚毅的、果敢的、愤世嫉俗的、异想天开的、刚愎自用的……父亲，我恨不能把所有的父亲都描述一遍。我从来没有想过，也无意把“父亲”写成系列。有那么一阵子，让父亲作为小说的角色确实使我的叙述得心应手，竟然不知不觉之间写下了十几个以父亲为主角或配角的小说。纯粹是下意识的，是意外。直到有一天有人跟我说，你写了那么多父亲，会不会让人腻烦？会不会重复自己？这让我警醒。但我回头看了看，情况并不那么严重。众多的“父亲”性格不一，形象各异，有些还十分有趣，像“父亲”的模样。这让我放心。

张鸿：在短篇小说《革命者》和《骑手最后一战》中，都有马的形象。前者中的“我”骑着高头大马夺路狂奔，后者中的“父亲”被捆在马背上追寻火车而去。在这两篇小说中，马象征着什么？

朱山坡：在我心目中，马的形象是奔放的、野性的，勇猛的，有理想主义的色彩，它们应该在草原上风卷残云，或在战场上纵横驰骋。它是带领我们逃生的神灵，或是摆渡灵魂的使者。它是多么神圣的生物。我一辈子都渴望拥有一匹马。记得小时候，我第一次见识马，是在村里，从遥远的地方买回来的，高头大马，眼睛明亮，身材健硕，只是有点老迈，被村里人当作耕牛使唤，下田耕地，在众多耕牛中鹤立鸡群。这让我很不爽。有一天夜里我潜入马厩偷偷把它放跑。我以为它会沿着山路，逃离毫无用武之地的山旮旯，回到草原和森林里去。可是第二天在田埂上又见到了它被人呼来喝去，竹鞭子随意落在它的身上，噼啪声远远可闻。带我们逃离厄难，奔向光明、美好和未知的世界，这才是马的使命。在这两个小说中，马被赋予了诗意，像神灵一样存在。我想拥有一匹马。

张鸿：《爸爸，我们去哪里》给人强烈的震撼，亲情在饥饿面前显得微不足道，你想表达什么？

朱山坡：关于饥饿，祖辈和父辈更有发言权。那么多年过去了，他们的描述至今仍让我“触目惊心”。小时候，我对一顿肉，一顿无须节制的肉的强烈渴望胜过一切。那些饿了一辈子的老人，临死前如果能吃上一顿肉，他们宁愿提前闭上双眼。而还没等到吃上一顿肉便咽了气的，亲人们要及时将一碗肉放至他的遗体旁边，肉也要一起陪葬。《爸爸，我们去哪里》是我偏爱的一篇小说，估计是小说中围观的人蜂拥而上争夺死刑犯吃剩下的肉这个细节把你吓着了。饥饿时期的爱情、亲情、友情，在肉面前会碎成一地的。小时候我就看到过人们在酒席上对肉的明争暗斗，他们的吃相在今天看来丑陋不堪，可是，谁在意吃相呢？这是几代人的众生相，也是集体的记忆。

张鸿：你的作品中经常出现包括父亲、叔叔等亲人在内的“小人物”形象，也有一些残障者的形象，他们有着自己的人生追求，有着对幸福的渴望，但努力过后，他们无法把握自己的命运，最终变得无奈、麻木，你这种对苦难似乎无处不在的人生书写很残酷，我很想知道你是以一种平视的角度来看他们还是以一种俯视的角度来对待他们？你身居其中吗？

朱山坡：这些小人物都曾经雄心勃勃，但无法把握自己的命运，最终变得无奈、麻木、凄凉，疾病缠身，目光呆滞，别人看来很残酷，但这是无处不在的常态啊。现在回到乡村，看看依然是这样。这是农村人的宿命。我感觉我一直身在其中，至少我的亲人还在其中，代代轮回。也许现在的生活水平提高了很多，但他们依然处于社会的底层和边缘，他们所谓的表面上的幸福生活危机四伏，根本不堪一击。我不能用小说美化他们，更不愿意丑化他们。但我对他们的亲近感从来没有改变。只是有时候我用冷漠和残酷的方式掩饰了我对他们的疼爱与怜惜。

张鸿：我很喜欢你个性化的语言风格，虽然简洁、爽利、节制但内含诸多繁复的元素，有传统写法有先锋精神。当然，也只有语言能表达你想要表达的一切。我认为，从小处说，只有语言可以实现小说形式上的多元化，从大处说，只有语言可以确立作家的创作风格和实现作家的文学理想，这是不争的事实。你如何处理作品语言背后的那些更深层的存在？

朱山坡：我已经养成了一个习惯，看小说首先看语言。可能有失偏颇。因为小说还得看格局，看气象，看韵味，看故事和细节。有时候，语言会遮蔽内容。但我还是觉得语言是最重要的。小说是语言的艺术，语言就是风格。语言看重的是准确性和表现力。语言不能干巴巴，必须饱含信息量，能丰富小说的内涵，在叙述中扭转乾坤。有时候，故事和细节不能抵达的地方，语言可以穿透、抚摸，心照不宣地意会语言背后的深刻。

张鸿：作为诗人转而小说创作，除了语言的诗意、美感的强化，还有什么特别的意义？其实，这是一个我很感兴趣的话题，不仅仅是对你的个人创作。

朱山坡：诗人写小说是虚构欲望膨胀的结果。当“真情实感”无法满足诗人的表达欲望时，他们便寻求虚构的方式。我喜欢天马行空，胡思乱想，喜欢激情表达，诗歌这种形式挺适合我，因此我写了好一阵子的诗。但终于有一天，我想把奇特的想象与现实结合起来，在生活中找到形象的对照，有鲜活的人物、生动的细节和内在的冲突。这是诗歌难以实现的事情。于是我就作起了小说。就表现人物的形象丰富鲜活与故事的内在冲突而言，小说要比诗歌更合适些。小说和诗歌是截然不同的，诗歌是散发性的思维，讲究跳跃、飞扬，讲究意象、隐喻，诗歌是情绪化、碎片化的呈现；小说讲究逻辑，讲究结构，讲究叙述的节奏，强调可信度和整体性。我本以为诗人和小说家是可以互相转换角色的，但实际上并非易事，我曾经动员过一些优秀诗人也一起玩玩小说，但他们试了几下后便断然放弃了，原因未明，也可能是写小说比写诗辛苦多了。有时候，我把一些故事构思写成诗歌，然后再演绎成小说，蛮好玩的。诗人写小说，除了语言占点便宜外，还有诗人的小说往往弥漫着一些诗意。而诗意，对小说来说实属难得。

张鸿：曾经与作家鲁敏聊天时她谈到她正在写以“城市病”为主题的一个作品系列，对于乡村题材驾轻就熟的作家来说，你如何看待“城市病”这一现象？它与你的“乡村”有冲突和矛盾吗？你如何处理这种尴尬？

朱山坡：70后作家大多数是从乡村题材开始的，近年似乎不约而同地转向城市题材。我的理解是，对于70后这拨日趋成熟的作家来说，城市题材充满着巨大的诱惑，也充满着挑战。中国城市化进程之快超乎想象，是一场深刻的社会变革，乡村的人转移到了城市。城市日新月异，人心动荡不安，兴奋、迷惘、孤独，每天都发生着匪夷所思的事情，城市的时代已经来临，对小说家来说，这是难得的机遇。我们不会对眼前光怪陆离、荒诞不经的一切无动于衷。我们试图挣脱对童年记忆的依赖，把目光和触角伸向疑难杂症更多的城市。城市集中地暴露了这个时代的“病”。城市病是作家的心病，是作家的兴奋点。城市与乡村正好有一个强烈的对照，记忆与现实发生了巨大的反差，矛盾与冲突在所难免，但这不正是小说开始的地方吗？

张鸿：在一篇访谈中你提到“一切以赚钱为目的的文学创作都是耍流氓”，当下文学创作流派颇多，作家身份不同，境遇各异。一些作家专职写作，难免有赚钱方面的考量，毋庸置疑的是，也产生了一些佳作。在这个问题上，你可否详细谈谈你的看法？

朱山坡：那是一个调侃。但也有认真的成分。众所周知，现在最赚钱的是网络文学。网络文学中也有精品，但大多数离“文学”很远。这几年来，官方和民间对网络文学的吆喝声越来越高，有时候，我不觉起疑：对网络文学是不是重视过头了？我并没有贬损网络文学的意思，只是希望更理性、更客观一些，不要误导。对于专业作家，把赚钱放在重要位置是可以理解的，但如果只是为了钱而写作，无法苟同。人各有志，自行其是。文学创作也是有初心的，不要写着写着就把初心丢了。

载《广州文艺》2017年第5期

无隐喻，不成小说

——朱山坡《风暴预警期》访谈

张丽军　朱山坡

张丽军：您的新著《风暴预警期》引起了关注和反响，是2016年中国长篇小说的一个重要收获，尤其是在70后作家的长篇小说中显得比较另类。这部长篇小说的结构颇具匠心，每一章节都像是一个短篇小说，而连起来又组成了这样一部长篇，可以说是"以短篇的形式写长篇"，请问您选择这种方式来结构这部小说的原因是什么？

朱山坡：写长篇小说必然遇到结构的问题。作家总要绞尽脑汁谋篇布局，尽量使自己的作品区别于别人，具有标新立异的独特性。我不太喜欢平铺直叙的长篇，哪怕它的故事能吸引人一口气读完。其实"以短篇的形式写长篇"是一种策略。我认为《水浒传》就由系列短篇组成。比如奈保尔的《米格尔街》、安德森《小镇畸人》，看是短篇小说集，但我更愿意把它当成一部长篇小说来读，因为它们虽然每一章是独立的，但整体上气脉相连，把小镇上的十几个典型人物通过一个个故事、细节串联起来，互相呼应，浑然一体，完成了对独特的文学世界的塑造。我想，长篇小说不应该只有一种模样，不一定是线性的，不一定总是很紧凑和错综复杂。反映一个世界的真实，可以通过不同侧面的折射和碎片化的拼凑来完成。《风暴预警期》里每一个故事自成一体，每一章节既可作为整部小说的一部分，又可以单独成篇。既是长篇，又是短篇。既是单曲，又是组曲、交响乐。叙述不断地在几个主要人物之间进行切换。把每一个人的命运拆分开来，不会影响他们形象的完整性，也不会影响故事的力量。上帝藏在细节里，上帝依附在每一个人物的身上。我尝试以倒叙、插叙、回放和旁逸斜出的手法完成跨越时空的叙述，通过打碎、拆分、揉合、重组，拼凑出一幅有色彩、有气息、有视觉冲击力、野性蓬勃杂草丛生的抽象画。这是一个被勾勒出来的熟悉又陌生的世界，这正是我想要的“蛋镇”。

张丽军：《风暴预警期》中的“风暴”是一种非常强大的力量，它让这个南方小镇——“蛋镇”处在一个非常奇异的位置上，“风暴”既塑造了“蛋镇”的外在形态，又左右着在这里生活的人的行动和命运，在“风暴预警期”，人们既兴奋又惶恐，您如何看待这样一种力量？

朱山坡：“风暴”有物理上（自然）的，也有心理上的。这是一股摧枯拉朽的力量。“蛋镇”上的人每年都要等待台风来临，依靠台风清污去垢，除恶扬善，恢复公平正义，也试图依靠台风改变自己命运，改变固有的秩序。每一个人对“风暴”满怀期待，却又害怕被摧毁一切。“蛋镇”人人心里都有“风暴”，仿佛每个人都患上了“风暴”依赖症。但他们单纯得从来不追问“风暴”到底是什么东西？这是一种奇特的心理。也正是我的兴奋点。

张丽军：风暴无疑是一场可怕的灾难，但在您的《风暴预警期》中我发现“风暴”在小说中除了显示出其破坏性的一面（狂风肆虐、山洪暴发、洪水泛滥、农田房屋都被摧毁）外，还显示出了其建设性的一面：风暴也彻底清洗了“蛋镇”污浊的街道，唤醒良知，人心得以修复。您在写作时是有意识这样设置的吗？

朱山坡：显然是有意为之。世界藏污纳垢，人心也并非洁净无邪。顽固的一切无法自己消融，撕裂的人心无法自己痊愈，唯有等待台风和洪水。如期而至的台风是“蛋镇”的“宿命”，被扫荡、摧毁、肆虐，无能为力，不堪一击，无法躲避，不能逃离，逆来顺受，被困在风暴洪水的牢笼里听从命运的安排。台风洪水与每一个人息息相关，与生俱来，人心或许被摧残，受破损，被扭曲，已麻木，已颓败；然而，也有可能相反，“风暴”唤醒了良知，重塑人心，整合支离破碎。

张丽军：我注意到您曾经说过这样一段话：“我们都生活在精神病患者的身边。我对精神病人题材特别迷恋……在我的眼里，这个世界上有太多‘有病’的人，而这些人是需要怜悯的。”《风暴预警期》这部小说中涉及很多有些偏执或者是病态的人物形象，比如说柔弱又阴鸷的小莫、表面残忍内心柔软的“宰蛙人”荣冬天、沉溺于“生”与“死”之间的段诗人、日复一日拉着同一首曲子的“半边脸”李旦、捕捉台风的怪女人郭梅……这些人物构成了一个荒诞的世界，您如何看待小说中的这些人物？

朱山坡：世界上根本不存在所谓“正常”的人。人人都声称自己正常而别人有病的世界本身就很荒唐。而我们常常同情、怜悯别人，唯独没有同情、怜悯自己。这跟台风和洪水都没有关系。我们的身体和内心都遍布暗疾，腐烂、隐痛、蛆虫横生，我们都需要洗刷，将自己置身于阳光之下。《风暴预警期》只是试图在风光秀丽、阳光明媚、温情脉脉的南方小镇，在那个新旧之交、剧烈更变的时代环境，在爱恨交织、悲喜齐鸣的心理层面，勾勒出一群普通人的独特面容，揭示一个又一个卑微、孤独、绝望、不安的魂魅和异化的心灵。这些人物心里都有与生俱来的悲凉，无法言说的哀伤，莫名其妙的激情，容易陷入迷茫与虚无。台风激活了他们，也淹没他们。我们只能听到台风狂啸怒吼，而闻不到他们内心低沉的哀号。

张丽军：《风暴预警期》“隐喻”无处不在。小说中人物的偏执、病态甚至疯狂都有某种具体的原因，比如说荣秋天之所以陷入癫狂一直给“中央军委”写信是因为他在执行任务时枪杀了一个后来被证明是无辜的犯人，您觉得究竟是人物的病态还是现实的病态？你要告诉我们什么样的隐喻？

朱山坡：世界很繁杂，隐喻无处不在。无隐喻，不成小说。谁发现了“隐喻”，谁就会发出惊叫。因为他看到了机密和真相，有了绝望和恐惧。《风暴预警期》中，我相信自己有了发现，情不自禁地发出了“惊叫”。我的“惊叫”随风飘散，附之流水。我甚至说不清楚我要告诉你们什么。台风本身就是一个隐喻。我自认为，正是因为这些隐喻，使得这个小说有了些许价值。

张丽军：《风暴预警期》中这些有些“病态”的人物却带有很强的理想主义色彩，他们都有自己的生命诉求并不断为之努力，“我”坚持要逃离“蛋镇”去寻找妈妈、荣春天在战场失去一条腿后立志要做出世界上最好喝的汽水、只会用手风琴拉《莫斯科郊外的晚上》的李旦坚持在小镇传播“艺术”、段诗人撰写了无数的与台风有关的诗歌……您如何看待他们的这种理性主义气质？

朱山坡：他们的理想也是病态的。在一个狂风暴雨的世界里，每一个人都会萌生各种想法和追求，也是一个抗争。看似人人与众不同，但实际上都逃不脱宿命的牢笼。比如“我”，一次又一次出逃，却没有一次成功。怪女人郭梅悄悄地离开蛋镇，一路向北，声称到达了“寒风的故乡”西伯利亚，结果被一个自称“苏联”的北方男人强奸了，生下了一个姓“苏”的孩子，她的一生都将在等待孩子的父亲降临中度过。这些人物荒唐可笑，却又让我笑不出来，心还隐隐生疼。

张丽军：我认为这些人物的共通之处在于孤独，不知您是否同意？小说中的人物做出种种努力试图反抗这种现状，但他们的反抗都失败了，而失败又让他们更加孤独。这种孤独是否象征着人类的精神困境？

朱山坡：孤独、绝望、恐惧、死亡是文学永恒的主题，也是人类的精神困境。我已经非常努力地将这些贯串《风暴预警期》之中，读者很容易便能从文字中感受得到。有时候，为了对抗孤独、绝望、恐惧、死亡，他们会做出很多匪夷所思、荒诞无稽的事情来，有些是故意的，有些是下意识的、本能的，但在强大的现实面前，所有的反抗都是徒劳，使人陷入虚无和消极。风暴来临，内心躁动；风暴远去，躁动平息，如死灰般沉寂。周而复始，是无法制止的轮回。然而，这恰恰也是他们的日常生活。

张丽军：《风暴预警期》中的“父亲”形象引人注意，这里的荣耀是一个曾身经百战的国民党老兵，五双儿女都是被他收养的弃婴，在困难岁月里为了养活他们，荣耀经历了难以想象的苦难。“我”和四个哥哥对荣耀感情复杂，对他心怀敌意，甚至恨之入骨。兄弟们性格各异，亲情淡薄，关系冷漠，各自沉溺于自己的天地中。您这样设置这个家庭关系的原因是什么？

朱山坡：我塑造过不少“父亲”的形象，花城出版社准备出版我的一个短篇小说集《十四个父亲》，集中呈现十四个父亲形象。在《风暴预警期》中，“我”是一个少女，生活在一个六口之家。我和四个兄长都是来自街头的弃婴，被荣耀收养并含辛茹苦养大，一家人受尽屈辱。这一年，又到台风预警期，长兄荣春天正在试制世界上最好的汽水，二兄荣夏天正筹办一场还不确定的婚礼，不问世事的三兄荣秋天沉迷于给军委写信请求参战，四兄荣冬天为了赚更多的钱正在夜以继日地剥青蛙皮，而“我”正准备一声不响地逃离“蛋镇”……荣耀意外被一个肥胖的女人压死了，打乱了我们的节奏，也勾起了纷繁细腻的回忆。荣耀是一个内心暗藏风暴的人。他比谁都渴望风暴的到来。因为他有强烈的正义感，但对丑恶无能为力，他需要台风“惩恶扬善”，清除污秽，还世界一个干净。由于他的个性和卑微，含辛茹苦养大的五个儿女却对他叛逆怨恨，而他对此只好忍气吞声，只有台风将至未至之时，他可以尽情地释放自己。他经历过无数“风暴”，内心被“风暴”扭曲，留下了创伤，他报告台风行踪，给蛋镇“预警”，说明他的内心无比清醒和警惕。只是我们对他缺乏了解，中间有巨大的隔阂，无法沟通，各自成为连亲情也无法穿透的坚固堡垒。这一切，需要台风和死亡才能摧毁。最后，在暴风骤雨中，亲情毅然回归，我们决定齐心协力为荣耀办一场像样的葬礼。这个家庭中人物相互的关系，千疮百孔，脆弱得像一所破房子不堪一击。荣耀只有用死亡重新、暂时弥合了他们。台风离去，葬礼结束，他们还会分崩离析。

张丽军：您曾经提到：“十年前，我发现了一个‘秘密’：对写小说而言，想象力和虚构能力比生活经验更重要。于是，我不再迷信繁杂紊乱的现实生活，而是回到想象中去虚构我的小说世界。”“我调动了遥远而混沌的记忆，在想象的空间中开疆拓土，虚构出一个个光怪陆离陌生得连自己都懵懂的世界，冲动、蛮横、狂傲、怀疑、困惑、自卑，胆小如鼠又浑身是胆……”在您的《风暴预警期》中我看到了拉美魔幻现实主义的影子，在您的《风暴预警期》中，我觉得真实与虚构的壁垒被打破了，我们既看到了您的写实能力，也看到了您的虚构才华。比如说河边草地里死婴变成的青蛙、白轮船中满仓的“人形青蛙”等，比如说被台风带来的赵中国让人想起《百年孤独》的人物，“蛋镇”像是您的马贡多。在这样一个虚实混杂的空间中，是否更有利于传达出对荒诞世界的真实理解？请问您在写作中受到过魔幻现实主义的影响吗？或者说您的想象与虚构与魔幻现实主义的不同之处在吗？

朱山坡：我喜欢拉美魔幻现实主义。那是对刻板现实主义的反叛。作品里闻得到马尔克斯、卡夫卡、福克纳的气味，未必就意味着拙劣和失败。每一个作家都有来路，但未必都有去向。我遵循有来历的写作。我们这个时代的荒诞无处不在，荒唐可笑之事司空见惯，在西方人看来惊天动地的事情我们却麻木不仁熟视无睹，我们的内心已经很难掀起波澜了。僵化、粗暴的写实主义还能激起你的兴趣吗？还能刺痛你的神经吗？轻轻抚摸无法让人有感觉，必须借助皮鞭和响雷。魔幻就是荒诞。有时候荒诞比现实更接近真实。当下，写实主义大行其道，鸡毛蒜皮，家长里短，机械地照搬生活，刻板地描摹日常，对这种写作我没有任何兴趣。文学还是崇尚想象力的，想象力决定作家才华的高低。想象力不仅体现在编故事、细节上，更体现在叙述和语言上。建构一个完整、牢固、可靠的文学世界，对作家的虚构能力是一种考验。说实话，我对自己的想象力并不十分信任，害怕想象力过于奇倔而事实基础不牢靠。我得紧紧依靠更多更直观的事实。“蛋镇”是一个虚构的地方，为了把“蛋镇”写得扎实，我反复画了几幅地图，把每一条街道（巷子）、每一间店铺、每一幢建筑物（房子）、每一座桥梁（道路）等都画得清清楚楚，让自己确信，这些地方是真实的，坚不可摧。我还查阅了不少地方志资料，听一些人讲述当年的旧事，找到事实的观照和虚构的基础。

张丽军：《风暴预警期》及您之前的作品中都有很多关于暴力和死亡的叙述，您如何看待暴力和死亡？

朱山坡：昨天有一条发生在武汉的新闻，因一言不合，一个食客将一个面馆的老板的头颅割了下来。对此我十分震惊。这个社会戾气太重，仿佛人人心里都暗藏炸药包。暴力和死亡成为日常生活的一部分。恐怖就在身边。我们从来就没有真正的安全感。当用正常的方法无法在这个世界行走时，我也怒火中烧，出现暴力倾向。比如说，去办事遭到百般刁难时，就有要打架的冲动。《三国演义》《水浒传》《西游记》等文学作品充斥着暴力。台风、洪水也是一种暴力。暴力作为文学的一部分不应当大惊小怪。死亡更应该值得我们正视。我们只有悲伤、恸哭，却一直没法理解死亡。死亡如此简单，又如此复杂，如此肤浅，又如此深邃，像平静的湖面，又像无穷的深渊。死亡是永远不得其解的谜。关于死亡，我们知道的太少，要做的还太多。

张丽军：《风暴预警期》中的许多人物如荣耀、赵中国、荣秋天等的命运遭际都与历史、战争有关，请您谈谈您的思考。

朱山坡：荣耀和赵中国都是身经百战的国民党老兵，他们的际遇和恐惧让人唏嘘。战争远去，身心仍伤痕累累。小人物在灾难面前，在大时代面前，犹如草木在台风、洪水面前，无能为力，要么被风吹散，要么被水淹没，消失在大千世界的尘埃里。我想，通过文学打捞他们，让他们浮出水面，风平浪静、尘埃落定后，我们能依稀看清他们卑微的面容。

张丽军：您的小说给人一种处于先锋文学和现实主义之间的感觉，正如《风暴预警期》在建构“蛋镇”这个荒诞世界的时候，也没有忘记对历史和战争进行思考。这种张力给您的小说创作增添了极大的魅力，您如何看待这二者的关系？

朱山坡：70后作家都受过先锋文学的诱惑，又饱受现实主义的熏陶。直到今天，我依然赞叹先锋文学。前辈们的叙述方式和语言创新都让我入迷。我不明白人们为什么羞于谈论先锋？我以自己不是先锋作家而自卑，我只是学到他们（包括外国作家）的一点皮毛，因而常常黔驴技穷、捉襟见肘。《风暴预警期》中写到了“蛋镇”百年以上的历史，写到了抗战、内战、越战，还有反右、饥荒以及“文革”、严打等，揭示时代“风暴”对普通老百姓生活和命运的影响。有读者说读后心情很沉重、压抑，建议我今后写得阳光明媚些，读起来轻松愉快。我说，文学并不一定都是阳光明媚，写到满目疮痍、悲愤填膺处我不能粉饰太平，故作轻松。读者也应该有直面沉重和苦难的勇气。

张丽军：是什么促使您写作《风暴预警期》这样一部小说？

朱山坡：我相信每一个作家在选择长篇小说题材时一定会反复论

证，不断作自我否定，然后才下决心。他们写的都是自己无法放弃的题材。台风在我脑海里盘缠、呼啸了好久。台风差不多是我童年最深刻的记忆了。台风来了，摧枯拉朽，山洪暴发，山体滑坡，洪水泛滥，河水逃离河床，稻田、原野、桥梁和房屋都被淹没，庄稼和草木一片狼藉，连最高大的树都遍体鳞伤，原先熟悉的地方变得陌生……还有那些狡猾的禽兽、生机勃勃的植物和热气腾腾的内心，都是南方独有的。现在，很多年了，再也难得一见这些景象。尤其是，我再也没见过洪水，也没有了风暴预警期的兴奋和惶恐。我从没有忘记自己南方作家的身份，我一直在提醒自己：南方！南方！我开始回想台风和洪水，怀念我在小镇上读书的时光。风起云涌，尘土飞扬，草木摇晃，洪水悄然而至，那些应该复活、重现、说话的人从旧时蛋镇的大街小巷一一涌现，纷纷来到我的面前。于是便有了《风暴预警期》。

张丽军：您的作品在《新华文摘》等重要作品转载过，您如何看待同时代70后作家的创作？您认为70后作家如何向经典文学掘进？

朱山坡：目前70后作家很活跃，是文学期刊的主力，写出了许多优秀的中短篇小说，长篇小说创作也渐入佳境。我对我们70后这一代作家充满期待。如果回头认真梳理一下，你会发现70后作家其实已经写出了经典作品。但经典化是一个漫长的过程。

张丽军：您下一步的创作计划是什么？

朱山坡：正在写一个历史人物的长篇小说。但我更喜欢写短篇，痛快，对它们有激情，关键是没那么累。

2017年5月8日文学报

图书在版编目（CIP）数据

正在消失的南方 / 朱山坡著 . -- 南京 : 江苏凤凰文艺出版社 , 2019.9（2024.2重印）
ISBN 978-7-5594-3963-5

Ⅰ . ①正… Ⅱ . ①朱… Ⅲ . ①散文集 – 中国 – 当代
Ⅳ . ① I267

中国版本图书馆 CIP 数据核字 (2019) 第 160306 号

正在消失的南方

朱山坡 著

出 版 人	张在健
责任编辑	张 倩 王 青
特约编辑	王美元
装帧设计	蒋 浩
出版发行	江苏凤凰文艺出版社
	南京市中央路 165 号，邮编：210009
网 址	http://www.jswenyi.com
印 刷	三河市双升印务有限公司
开 本	880 毫米 ×1230 毫米 1/32
印 张	9.75
字 数	182 千字
版 次	2019 年 9 月第 1 版 2024 年 2 月第 3 次印刷
书 号	ISBN 978 - 7 - 5594 - 3963 - 5
定 价	56.00 元